クリスティー文庫
32

象は忘れない

アガサ・クリスティー
中村能三訳

早川書房

5300

ELEPHANTS CAN REMEMBER

by

Agatha Christie

Translated by
Yoshimi Nakamura
Published 2021 in Japan by
HAYAKAWA PUBLISHING, INC.
This book is published in Japan by
arrangement with
AGATHA CHRISTIE LIMITED
through TIMO ASSOCIATES, INC.

モリー・マイヤーズへ
たいへん親切にしてくださったお礼に

目次

第二部　長い影

象は忘れない

登場人物

アリアドニ・オリヴァ……………………探偵作家
ミス・リヴィングストン…………………オリヴァの秘書
ミセス・バートン＝コックス……………未亡人
デズモンド…………………………………バートン＝コックスの養子
シリヤ・レイヴンズクロフト……………オリヴァの名づけ子
アリステア・レイヴンズクロフト………シリヤの父
マーガレット・レイヴンズクロフト……シリヤの母
ドロシア・ジャロー………………………シリヤの伯母
マディ・ルーセル／ゼリー・モーウラ……………………シリヤの家庭教師
ジュリア・カーステアズ／ミセス・マッチャム／ミセス・マーリーン………………オリヴァの友人
ウィロビー…………………………………医師
ミセス・ローズンテル……………………美容院経営者
ミスタ・ゴビー……………………………情報屋
ギャロウェイ／スペンス…………………………もと警視
ジョージ……………………………………ポアロの従僕
エルキュール・ポアロ……………………私立探偵

1　文学者昼食会

ミセス・オリヴァは鏡の中の自分の姿を見つめた。それから、マントルピースの上の時計を横目でちらと見やったが、この時計は二十分ばかり遅れているはずである。彼女はふたたび髪型の研究にもどった。ミセス・オリヴァの悩みの種は——これは彼女も率直に認めているところだが——自分のヘア・スタイルがしょっちゅう変わっていることであった。いままでほとんどあらゆる髪型をつぎつぎと試してみている。かっちりした束髪にしたこともあるし、ほつれ毛型にしたこともある。この髪型にして、おくれ毛を払いのけると、知的な額があらわれる。すくなくとも、知的な額だと自分では思っているのだ。きちんと並んだ巻き毛にしたこともあるし、わざと気どって乱れ髪にしてみたこともあった。だが、今日はそれほど髪型を気にすることもないのだ。めったにないことだが、今日は帽子をかぶることにしていたからだった。

ミセス・オリヴァの衣裳戸棚のいちばん上の棚には、四つの帽子がしまってある。一つは明らかに結婚式用である。結婚式に出席しようと思えば帽子の一つぐらいは〝必需品〟である。だが、それにしてもミセス・オリヴァは結婚式用の帽子を二つ持っているのだ。一つはまるい紙箱に入っていて、鳥の羽根でできている。これは頭にぴったり合うし、車から教会の中へ、あるいは近ごろよくあるように、登記所に入るときなど、思いがけず、とつぜんにわか雨にあっても、これならびくびくせずに歩いていくことができる。

もう一つの、もっと手のこんだ帽子は、夏の土曜日の昼さがりの結婚式用である。花飾りとシフォン、それにミモザをあしらった黄色いネットがついている。

棚のほかの二つはもっと一般向きである。一つはミセス・オリヴァが〝田舎の邸宅用帽子〟と称しているもので、焦茶色のフェルト製。つばを上げたり下げたりすれば、ツィードならどんな型の服にでも似合う。

ミセス・オリヴァは暖かいカシミヤのセーターと、暑い日のための薄手のセーターを持っているが、どちらもこの帽子にぴったりの色合いだった。しかし、セーターはしょっちゅう着るものの、帽子はほとんどかぶらないと言っていいほどだった。そもそもちょっと郊外に行って、友だちと食事をするくらいに、なんで帽子をかぶらなくてはならないのか？

四つ目の帽子は、いちばん高価で、とほうもなく長持ちするという利点があった。たぶん、値段が高かったせいだろう、とミセス・オリヴァはときどき考えたものだった。一種のターバン型だが、濃淡さまざまなビロードを重ねてあって、それがすべてほどよいパステル調で、なんにでも似合うのである。

ミセス・オリヴァは思い迷った末、援軍をもとめた。

「マリア」と呼び、さらにもっと大声で、「マリア、ちょっと来てよ」

マリアが入ってきた。彼女はミセス・オリヴァが身につけるもので考えあぐねているとき、相談をうけるのにはもう慣れっこになっていた。

「そのかわいい、すてきな帽子になさいますの？」とマリアが言った。

「そうなのよ」とミセス・オリヴァは言った。「こうかぶったほうがいいか、それとも反対向きにしたほうがいいか、あんた、どう思う？」

マリアは一歩さがってちょっとあらためた。

「あの、いまのかぶり方だと、前後ろがあべこべじゃございませんかしら？」

「ええ、わかってるのよ。よくわかってるわ。でも、なんだかこのほうがいいみたいな気がしたのよ」

「まあ、なぜでしょう？」

「そうね、そのつもりでつくったんじゃないでしょうね。でも、これを売ったお店でそうだったように、わたしだってそんなふうにかぶったっていいはずよ」

「なぜあべこべのほうがいいとお思いでございますの？」

「だって、こうすればきれいな青と焦茶色が前に出るし、赤とチョコレート色の入ったグリーンが見える反対側より、このほうがいいと思ったのよ」

ここでミセス・オリヴァは帽子をぬぎ、またかぶり、あべこべ、まっすぐ、横っちょといろいろやってみたが、彼女自身もマリアも気に入らなかった。

「その帽子、融通がきかないんですよ。つまり、お顔に合わないんじゃございません？どなたの顔にも合わないみたいですもの」

「いえ、そんなことないはずよ。やっぱり、ふつうにかぶることにするわ」

「そりゃそのほうがどんなときにでも間違いはございませんよ」

ミセス・オリヴァは帽子をぬいだ。マリアは手伝って、仕立てのいい、なんともいえず美しい暗褐色の薄手ウールの服を着せ、帽子をかっこうよくかぶせてやった。

「とってもすてきだわ」とマリアは言った。

ミセス・オリヴァはマリアのこういうところが大好きなのである。すこしでも理由がたてば、いつでも彼女は賛成し、褒めてくれるのだ。

「昼食会ではスピーチをなさるのでございましょうね?」とマリアがたずねた。

「スピーチ!」ミセス・オリヴァは鳥肌だったような声で言った。「いいえ、もちろん、やりゃしませんよ。スピーチなんか絶対しませんよ」

「へえ、そういう文学者の昼食会では、スピーチはつきものだと、わたくし、思っておりましたわ。今日はその会にお出かけなんでございましょう? 一九七三年の有名な作家の方々――いえ、何年でもかまいませんけど、とにかく今年の」

「わたしはスピーチなんかしなくてもいいのよ。スピーチ好きの人がほかに何人もいるんだから、その人たちがやりますよ。わたしなんかよりずっとお上手ですもの」

「その気におなりになれば、きっとすばらしいスピーチができますわ」とマリアは誘惑者の役柄にふさわしく言った。

「まさかそんなこと。自分にできることと、できないことぐらいわかってますよ。わたしにはスピーチはできません。困りはてて、つっかえるか、同じことを二度も言うかが落ちですよ。自分でばかげていると思うだけでなく、ひとさまの目にもばかげて見えますよ。いえ、言葉だけなら、なんということはないんだけどね。言葉を書いたり、テープに吹きこんだり、口述筆記をさせたりはできます。自分がいまやってるのはスピーチじゃないってわかってれば、言葉なんかうまく出てくるんですけど」

「そうですわね。なにもかもうまくいくとよろしいんですけど。きっとうまくいくと思いますわ。すごく立派な昼食会なんでございましょう？」

「ええ」とミセス・オリヴァは憂鬱そうな声で言った。「すごく立派な昼食会なのよ」

それにしても、なぜ、いったいなぜ、わたしは行くのかしら？ と彼女は思ったが、声には出さなかった。自分の心の中をちょっと探ってみた。というのは、昔から彼女は、まず行動しておいてから、なぜそんなことをしたのだろうと考えるよりは、自分はなにをするつもりなのか、あらかじめ知っておくほうが好きだったからである。

「たぶん」と彼女は言った。これもマリアではなく、自分に向かって言ったのだった。

マリアはコンロにかけておいたジャムが吹きこぼれる匂いに気づいて、そそくさと台所へ行っていたのである。「どんな雰囲気のものか、のぞいてみたかったのよ。いつも文学者の昼食会とかそんなものに招かれたけど、一度も行ったことがないんだから」

ミセス・オリヴァはりっぱな昼食会の最後の料理までたどりつき、皿のメレンゲの残りをつつきながら、満足の溜め息をもらした。メレンゲが大の好物だったし、おいしい昼食のしめくくりはこれにかぎるようであった。しかし、人間中年ともなれば、メレンゲには注意しなければならない。歯である！　見たところ申し分ないし、痛みなんか知らないという大きな利点があるし、真っ白で、はた目にも気持ちのいいものである——まったく本物そっくりなのだ。ところが、これがほんとの歯でないことは事実である。しかも、ほんとの歯でない歯は——すくなくともミセス・オリヴァはそう信じているのだが——ほんとに高級な材料ではできていない。昔から彼女は、犬の歯はほんとの象牙質だが、人間の歯はただの骨だと考えている。すくなくとも、義歯ならプラスチックだろう。いずれにしろ肝心なのは、義歯のためにそういった恥さらしな顔なんかとかかわりあいにならないことだ。レタス、これが難物である。それに塩をまぶしたアーモンド、中に固いものが入っているチョコレート、歯にくっつくキャラメル、おいしいが、にちゃにちゃして離れないメレンゲなど。満足の溜め息をついて、彼女は最後の一口を片づけた。結構なお食事だったわ。

ミセス・オリヴァは胃の腑《ふ》を喜ばせるものが好きであった。この昼食会も、彼女は心ゆくまで楽しんだ。出席した人々も彼女を楽しませてくれた。これは著名な女流作家たちのために催された昼食会ではあったが、幸いに女流作家だけに限られたものではなかった。ほかにも作家や批評家や、書くほうでなく読むほうの人々も出席していた。ミセス・オリヴァの席は、じつに魅力的な男性二人にはさまれていた。エドウィン・オービン、この人の詩を彼女は日頃から楽しんで読んでいるのだが、彼は海外旅行でのいろんなおもしろい経験やさまざまな文学上および個人的な冒険をしてきた、きわめて愉快な人物だった。またレストランと料理に関心を持っていて、二人は文学の話題などそっちのけにして、食べもののことばかり話しあった。

反対側の隣のサー・ウェズリー・ケントもまた、気持ちのいい昼食仲間であった。彼女の作品を褒めてくれ、しかも、彼女にきまりわるい思いをさせないで褒めるこつを心得ていた。なんということはなく、そういうことのできる人がたくさんいるものである。彼女のある作品を好む理由を一つ二つあげるのだが、その理由がまたもっともなので、そのためにミセス・オリヴァはこの人物に好意を持ったものだった。男性から讃辞をうけるのは、いつでもうれしいものだ、とミセス・オリヴァは思った。大げさに並べたてるのは、女性にきまっている。女性からの手紙に書いてあることといったら！　まったく、こっちの顔が赤くなる！　もちろん、女性にかぎったことではない。ときにははるか遠い国の多感な若い男性であることもある。つい先週も「あなたの作品を読んで、きっと高貴な心の方にちがいないという気がしました」という書き出しのファン・レターを受け取ったばかりであった。『二匹目の金魚』を読んだ後、この青年は、ミセス・オリヴァの感じでは、完全に見当ちがいの、強烈な文学的陶酔におちいったのだ。彼女にしても不当に謙遜しているわけではない。自分の書いた推理小説は、この種のものとしては出来のいいものだと思っている。あまりかんばしくない作品もあれば、ほかのよりずっとましな作品もある。しかし、彼女が理解できるかぎりでは、高貴な心の持ち主だと言われる理由はないのである。自分は、多くの人が読みたいと思うものを書くこつを身につけた、幸運な女なのだ。すばらしい幸運だ、とミセス・オリヴァは心の中で思った。

まあ、なにはともあれ、彼女はこの試練をみごとに切り抜けてきた。充分楽しんだし、気持ちのいい人とお話もした。もう一同にコーヒーが配られ、相手をかえて、ほかの人とおしゃべりのできるほうへ場所を移しはじめている。こういう時が危険なのだ。そのことをミセス・オリヴァはよく知っていた。ほかの女性が攻撃をしかけてくるのは、いまのような時なのだ。歯の浮くような讃辞で攻めてくる、そこで彼女はちゃんとした受け答えができなくてみじめな思いをするのがつねなのである。というのは、ほんとにちゃんとした受け答えなどできるわけがないからである。それはきまり文句を並べた海外旅行の案内書にまったく似ている。

質問――「わたくし、ぜひとも言わせていただかなくては。あなたのお作を読むのが大好きですの。なんてすばらしい小説でしょう」

うろたえた作者の答え――「まあ、おそれいります。ほんとうにうれしゅうございますわ」

「わかってくださると思いますけど、わたくし、もう何カ月も前からお目にかかるのを楽しみにしてましたのよ。ほんとにすばらしいこと」

「まあ、ご親切に。ほんとになんてご親切なんでしょう」

こんな調子で延々とつづくのである。どちらもほかのことは話せないようなのだ。話題はすべて自分の作品のこと、あるいは、相手の女性の作品を知っていればのことだが、その作品のことに限られている。文学のクモの巣にひっかかり、しかも、こういうことは苦手なのだ。うまく切り抜ける人もあるが、ミセス・オリヴァはそのような能力に欠けていることを、いやというほど自覚していた。ある外国の大使官邸に滞在していたとき、外国人の友人が彼女に応対法といったようなものを教えようとしたことがあった。

「わたし、聞いているのよ」とアルバティーナは、きれいな、低い外国風の声で言ったものである。「新聞社からインタヴューに来た青年に、あなたが言ったことを聞いていたのよ。あなたはまるで――ええ、そうですとも！ ご自分の仕事に当然持っているべき誇りというものを、まるで持っていないのよ。あんなときは、こう言わなきゃ。『ええ、わたしはうまいのです。推理小説を書くことにかけては誰にも負けません』って」

「でも、そうじゃないんですもの」とミセス・オリヴァは即座に言った。「そりゃわたしだって下手ではないけど、だからといって――」

「ああ、そんなふうに『そうじゃない』って言うのをやめなきゃ、『そうだ』って言うのよ。たとえ自分では『そうだ』と思っていなくても『そうだ』と言わなきゃいけないのよ」

「ねえアルバティーナ、記者たちのインタヴューをうけるのが、あなただったらいいのにね。あなたならうまくやれるわ。いつか、わたしの替え玉になってみない、わたし、ドアの向こうで聞いているから?」

「そうね、わたしならやれそうよ、おもしろいんじゃない。でも、わたしがあなたじゃないってこと、見破られると思うわ。向こうはあなたの顔を知ってるんですもの。でも、あなたは『ええ、そうですとも、わたしは誰よりもうまいんですよ』って言わなきゃいけないのよ。誰に向かってもそう言うのよ。記者たちもそう思いこむ。そして、世間に話してまわるわ。ああ、ほんとに――あなたが、まるでこんなわたしを許してくださいみたいなことを言ってるのを聞くわたしの身のつらさ。そんなことではだめよ」

あれでは、まるでわたしが役柄を覚えようとしている女優の卵で、演技指導を受けてもとうてい望みがない、と演出家は見きわめをつけたみたいだった、とミセス・オリヴァは思った。まあ、いずれにせよ、ここならたいした面倒も起こらないだろう。みんなが食事から離れても、どうせ女性の出席者の二、三人は待ちかまえているだろう。実際、すでにそこらをうろついている一人、二人の姿が見えた。たいしたことはない。そばに行って、笑顔をつくって、愛想よくして、「ご親切に。とってもうれしゅうございますわ。自分の書いたものを喜んで読んでくださる方がいるっていうものは楽しいものですわ」なんて言っていればすむのだ。なんとまたカビのはえたような文句ばかりだろう。まるで箱の中に手を入れて、ビーズのネックレスのように、はじめからつなぎ合わせてある、役にたちそうな言葉を引きだすようなものだ。それがすんだら、それももうやがてすむだろうから、そこで帰ってしまえばいい。

　ミセス・オリヴァは食卓を見まわした。ことによったら自称崇拝者のほかに、友人がいやしないかと思ったからである。そうだ、遠くにモーリン・グラントがいる。とても愉快な人だ。いよいよおいでなすった。例の女流文学者たちと、これも同じく昼食会に出席していた、お供の騎士たちが席を立った。彼らは椅子のほうへ、コーヒー・テーブルのほうへ、ソファのほうへ、人目につかない片隅のほうへ、ぞろぞろと移っていった。危険な瞬間、とミセス・オリヴァは、こういう時のことを、よくそういうふうに考えるのだった。もっとも文学者仲間のパーティにはほとんど出ないので、それはたいていの場合、カクテル・パーティの席でだった。いつなんどき危険が迫ってくるかわからない。こちらは覚えていないが、向こうはこちらを覚えている人、あるいは、絶対に話したくないのだが、避けるわけにはいかない人といった具合である。今日の場合、これが彼女に襲いかかってきた最初のディレンマだった。大柄な女。たっぷりした体格、大きくて白い強そうな歯。フランス語でなら、さしずめ怖るべき女《ユヌ・ファム・フォルミダブル》と呼ばれるところだが、この女は怖るべきというフランス的性格だけでなく、たしかに比較を絶した取り巻きをつくるというイギリス的性格も兼ねそなえているのである。あきらかにミセス・オリヴァのことを知っているか、あるいは、この場で近づきになろうと思っているのだ。その持っていき方は後者のほうであった。

「まあ、ミセス・オリヴァ」とその女は甲高い声で言った。「今日あなたにお会いできるなんて、こんなにうれしいことはありませんわ。ずっと前からぜひお会いしたいと思ってましたのよ。あたくしね、あなたのご本、とってもおもしろく読ませていただいてますの。息子もそうですわ。主人なんか、あなたのご本をすくなくとも二冊は持たなきゃ旅行には出ないって、いつも言ってるんですの。まあ、こちらにお掛けなさいましな。おききしたいことが、それこそ山ほどありますもの」

やれやれ、これはわたしの好きなタイプの女じゃないわ、とミセス・オリヴァは思った。だが、ほかの女にしても、どうせ似たりよったりなのだ。

彼女は、警官ならこうもあろうかという断固とした態度で誘われるままにまかせた。この新しい友人は彼女を隅の長椅子に連れていき、コーヒーを受けとり、彼女の前にもコーヒーを置いた。

「さ、これでやっと落ちつきましたわ。あたくしの名前、ご存じありませんでしょうね。ミセス・バートン＝コックスと申しますの」

「はあ、そうでございますか」とミセス・オリヴァは例によってまごつきながら言った。ミセス・バートン＝コックス？　やはりものを書いている人かしら？　いや、まったくなんにも覚えがない。しかし、名前は聞いたことがあるような気がする。かすかな記憶がよみがえってきた。政治の本、なにかそんなものだった。小説でもないし、滑稽ものでもないし、犯罪ものでもない。政治上の偏見に関する知識人向きのあれじゃなかったかしら？　それならわけはない、と思ってミセス・オリヴァはほっとした。勝手に話をさせておいて、ときどき、「ほんとにおもしろいお話ですわね！」なんて合いの手を入れておけばいいのだ。

「これからお話しすることをお聞きになったら、とてもびっくりなさいますわ、ほんとに」とミセス・バートン＝コックスは言った。「でも、あなたのご本を読んで、あたくし、思いましたの、なんて思いやりのある、人間性を知りつくした方だろうって。そして、あたくしがおききしたいと思っている質問に答えられる方がいるとしたら、あなたをおいてほかにいないって、そう思っていますもの」

「だって、わたし、なんにも、ほんとうに……」とミセス・オリヴァは、自分に要求される高みにまで昇れるかどうか、ひどく不安をおぼえていることを言おうとして、それにぴったりの言葉を考えだそうと努めながら言った。

ミセス・バートン＝コックスは角砂糖をコーヒーに浸し、食肉獣が骨でも噛むように、ガリガリかじった。たぶん象牙質の歯なのだ、とミセス・オリヴァはぼんやりと考えた。象牙質？　犬は象牙質の歯を持っている、セイウチも持っている、それに象も象牙を持っている、当たり前の話だが。すごく大きな象牙の牙《きば》。ふと気がつくと、ミセス・バートン＝コックスが話していた。

「ところで、まず最初におたずねしなくてはならないことは――と申しましても、あたくし、自分では間違いないと、かなり確信しておりますのですけど――あなたには、ご自分が名づけ親におなりになった娘さんがありましたわね？　シリヤ・レイヴンズクロフトっていう名づけ子が？」

「あら」とミセス・オリヴァは、むしろうれしさのまじった驚きをこめて言った。名づけ子のことなら、たぶんなんとかできそうな気がしたのだ。彼女にはじつにたくさんの女の名づけ子がいるし――それを言うなら、男の名づけ子だっている。年月がたつにつれ、彼女も認めざるを得なくなったが、全部の名前を思いだせないときがある。彼女は順を追って義務を果たしてきた。名づけ子がまだ小さい頃には、クリスマスに玩具を送ったり、その子や両親を訪ねるとか、就学中には家に招いてやったり、男の子を、いや女の子もだが、学校から連れだしてやるといった義務である。やがて、花の盛りの頃ともなると、二十一歳の誕生日に名づけ親はそれ相応なことをし、それが感謝されるようにし、しかも、それを手際よくやらなくてはならない。あるいは、結婚するとなると、これには同じような贈り物や経済的その他のお祝いを必要とする。これがすむと、名づけ子たちはすこし遠くに、あるいはずっと遠くへ離れていく。結婚するとか、外国や外国の大使館に行くとか、外国の学校の教壇に立つとか、社会的な事業にたずさわるとかである。いずれにしろ、一人また一人と彼らは名づけ親の人生から姿を消していく。彼らが、たとえて言えば、ふたたび忽然と地平線上に浮かびあがりでもすれば、それで満足するのだ。しかし、彼らと最後に会ったのはいつだったのか、誰の娘なのか、どんな縁で名づけ親に選ばれたのだったか、そんなことを考えるには忘れずにいなければならない。

「シリヤ・レイヴンズクロフトね」とミセス・オリヴァはありったけの記憶を総ざらいしながら言った。「ええ、ええ、もちろんですわ。ええ、そうですとも」

なにもシリヤ・レイヴンズクロフトの姿が目の前に浮かんだわけではなかった。ずっと幼いとき以来の姿は、という意味である。洗礼式だ。シリヤの洗礼式に出席し、とてもすてきなクィーン・アン時代の銀の濾《こ》し器を、洗礼式のお祝いに贈ったっけ。とてもすてきだった。ミルクを濾すのにとても調法だし、それに、なにかの場合、現金がほしいと思えば、名づけ子がかなりの額でいつでも売れるといった品物であった。そうだ、あの濾し器ならよく覚えている。クィーン・アン——あれは一七一一年のものだった——ブリタニアのマークがついていたっけ。その子のことより、銀のコーヒー・ポットとか、濾し器とか、洗礼式のコップとかを思いだすほうが、どれほどやさしいことか。

「そうですわ」とミセス・オリヴァは言った。「ええ、そうですとも。ただ、シリヤとはもうずいぶん会っていませんけど」

「そうでしょうね。もちろん、すこしばかり衝動的な娘さんですから」とミセス・バートン＝コックスが言った。「つまり、しょっちゅう考えてることを変えるんですよ。そりゃとても知的ですし、大学でも成績は優秀ですし、でも——政治的な意見が——このごろでは、若い方がみんな政治的な意見を持っているようですわね」

「わたし、政治のことにはあまり嘴《くちばし》を入れないものですから」とミセス・オリヴァは言った。彼女には政治は昔からおぞましいかぎりのものだったのだ。

「ねえ、あたくし、あなたにはなんでも打ち明けてお話しするつもりなんですのよ。これから、あたくしが知りたいことをそのままお話しいたしますわ。お気になさらないでしょうね。たくさんの人から、あなたがどんなに優しい方か、どんなことでも、いやな顔ひとつせず、いつでも引き受けてくださる方だとうけたまわっておりますもの」

この人、お金を借りようっていうんじゃないかしら、とミセス・オリヴァは思った。こうした話からはじまる面会は何度も経験しているのだ。

「ねえ、これはあたくしにとって大事件なんですの。ぜひとも突きとめておかなくてはって、ほんとに思ってるんです。シリヤがね、結婚しようっていうんです——いえ、自分では結婚する気でいるんですの、あたくしの息子のデズモンドと」

「まあ、それはそれは!」

「すくなくとも、いまの二人はそう考えてるんですわ。もちろん、人さまのことは、ぜひとも知ってなきゃなりませんので、あたくしにも、非常に知りたいことがありますの。どなたかにお願いするといっても、とほうもないことなので、あたくし、お訪ねして—

―いえ、つまりその、赤の他人をお訪ねして、うまくお願いするなんてできないものですから。でも、あなたなら赤の他人という気がいたしませんもの、ねえ、ミセス・オリヴァ」

赤の他人と思ってくれれば助かるのに、とミセス・オリヴァは思った。彼女はいらいらしはじめていた。シリヤが私生児を産んだか、これから産もうとしているかして、自分、つまりミセス・オリヴァならそういうことを知っていて、詳しいことを話してくれると思われているのかしら。そうだとすると、変な立場になる。いっぽう、あの子とはもう五、六年も会っていないし、二十五、六になっているはずだ、とすれば、なんにも知りません一点張りで通せるのだから、気は楽なものである。

ミセス・バートン＝コックスは身を乗りだし、大きく息をついた。

「ご意見を聞かせていただきたいんですけど。というのは、どうしてあんなことになったのか、あなたならきっとご存じか、あるいは、はっきりした考えをお持ちにちがいないと思うものですから。あの娘の母親が父親を殺したんでしょうか、それとも、母親を殺したのが父親だったんでしょうか？」

ミセス・オリヴァがどんなことを予想していたにせよ、このことでないことは確かだった。彼女はミセス・バートン＝コックスを信じられない気持ちで見つめた。

「でも、わたし、まるで——」彼女はそこで言葉をきった。「わたしには——わたしには理解できません。つまり、どんな理由で——」

「ねえ、ミセス・オリヴァ、あなたがご存じないはずはございませんわ……あれほど有名な事件ですもの……そりゃもうずいぶん昔のことで、そうですわね、すくなくとも十年、いえ十二年も前のことですかしら、でも当時はたいへんな評判になったものですわ。きっとお思いだしになったでしょう、覚えていらっしゃるにちがいありませんわ」

ミセス・オリヴァの頭脳は必死になって働いていた。シリヤは自分の名づけ子だ。それに間違いはない。シリヤの母親は——そうだ、もちろん、シリヤの母親はモリー・プレストン・グレイで、とくに親しいほどではなかったが友人だった。そして、陸軍の軍人と結婚して、そうだ——なんという名だったっけ——サー・なんとか・レイヴンズクロフトだった。軍人じゃなくて大使だったかしら？　こんなことを思いだせないなんて、いやになってしまう。彼女は自分がモリーの花嫁付き添い人だったかどうかさえ、記憶がさだかでなかった。だったような気がする。近衛隊の礼拝堂かどこかで、かなり気のきいた結婚式だった。だが、とにかくよく忘れるものだ。その後、彼らとはずっと会わなかった——どこか外国に行って——中東だったかしら？　ペルシャだったかしら？　イラクだったかしら？　一時いたのはエジプトだったかしら？　マラヤだったかしら？

ごくたまにだったが、彼らがイギリスに帰ってきたときなど、また顔を合わせたこともあった。しかし、彼らは自分で撮《と》って眺める写真のようだった。写真の中の人物が誰か、ぼんやりとはわかるのだが、なにしろすっかりぼやけていて、実際には、それが誰だか見わけたり思いだしたりはできないのである。サー・なんとか・レイヴンズクロフトと娘時代の名前モリー・プレストン・グレイことレイヴンズクロフト卿夫人が、はたして自分の人生に深いかかわりあいを持っていたかどうか、いまではミセス・オリヴァも思いだせなかった。そんなことはなかったような気がする。だが……ミセス・バートン＝コックスがまだ彼女を見ていた。彼女の呑みこみの悪さ《サヴオアル・フエール》、あれほどの有名事件《コーズ・セレブル》を覚えていない、その物覚えの悪さに失望したといわんばかりに、彼女を見つめているのだ。

「殺したって？　つまり——事故だったのですか？」

「まあ、ちがいますよ、事故じゃありませんわ。海のそばの家で。コーンウォールだったと思いますけど。なんでも岩のあるところですわ。ともかく、あの人たち、そこに家を持っていたのです。そして、二人ともそこの崖の上で発見されました、撃ち殺されてね。でも、妻が先に夫を撃ち、それから自殺したのか、それとも、夫が先に妻を撃ち、それから自殺したのか、警察当局としてもそこのところを判断する手がかりがなに一つなかったのです。警察では——ほら、弾丸とかいろんな証拠を調べたんですけど、それはなかなか困難でした。警察では合意の心中ではないかと考えたようでしたけど――陪審員の評決はどうでしたか忘れましたわ。なんだか――過失によるものとか、なんでもそんなふうなことでしたわ。でも、『故意』だったことは、世間では、もちろん、誰でも知っていましたし、当時、さまざまな噂が流れましてね――」

「みんな作り話でしょう」とミセス・オリヴァは、できるものなら、その噂の一つなりと思いだそうとしながら、相手の返事を期待しながら言った。

「ええ、あるいはね。あるいはそうかもしれません。そりゃなんとも言えませんわ。その日か前の日に口論していたという話もありましたし、ほかの男の噂も、それから、もちろん、例によって、ほかの女の噂もちらほらありました。しかも、それがどっちを差しているのか誰にもわかりませんの。ずいぶんたくさんのことが揉み消されたんだと思いますわ、だってレイウンズクロフト将軍の地位は高いんですものね。それに、将軍はその年療養所に入っていたんですって、なんでもひどく衰弱していて、自分のしていることが、ほんとうはわからなかったそうですわ」

「ほんとに残念ですけど」とミセス・オリヴァはきっぱりした口調で言った。「わたし、この事件についてはなにも知らないと申しあげるより仕方がございません。いまお話をうかがって、そんな事件があったことや、名前や、その人たちが知り合いだということは思いだしましたけど、どんなことが起こったとか、そのほか事件のことはまるで知りませんでしたの。それに、わたし、これといって考えがあるわけではないし……」

　わたしの知らないことをきくなんて、あなたはなんという無作法な方でしょう、と言うだけの勇気があったらと思いながら、ミセス・オリヴァは心の中だけで思った。

「とっても重要なことですから、あたくし、どうしても知らなくてはならないのです」とミセス・バートン＝コックスが言った。

　どことなく固いおはじきを思わせる彼女の眼が、食いつきそうになってきた。

「重要なのですよ、だって、あたくしの息子が、かわいい息子がシリヤと結婚したいと言ってるんですからね」

「お役にたてそうもありませんわ」とミセス・オリヴァは言った。「わたし、なんにも聞いたことがありませんもの」

「でも、あなたならおわかりのはずですわ。だって、あんなすばらしい小説をお書きになるし、犯罪のことならなんでもご存じなんですから。誰の犯行かとか、その動機とか。それに、きっといろんな人が小説の裏の話を持ちこんでくるんでしょうね。こういうことって、誰でもあれこれと考えるものですからね」

「わたし、なにも存じません」とミセス・オリヴァは言ったが、その声はもはやていねいさなどかなぐりすて、嫌悪をあらわにこめた調子であった。

「でも、どなたのところに行っておきさしていいか、わからないでいるんですよ。というのは、こんなに年月がたっているのに、まさか警察に行くわけにはいかないし、また、警察が揉み消そうとしていたことをはっきりしているんですから、どうせ話してくれるとは思えませんもの。でも、あたくしにとって、真相を知ることが重要なのです」

「わたしはただ小説を書いているだけです」とミセス・オリヴァは冷ややかに言った。「すべて作り話なのです。犯罪のことなど、自分じゃなんにも知りませんし、犯罪学なんかにも意見は持っておりません。そんなわけで、どこから見てもお役にたてそうにはございません」

「でも、あなたの名づけ子におききになればいいじゃありませんか。シリヤに」

「シリヤにきくんですって！」ミセス・オリヴァはあらためて眼をみはった。「そんなことが、いったいどうしてできますか。あの子は——だって、その悲劇が起こったときは、まだほんのねんねだったと思いますけど」

「でも、なにもかも知っていると思いますわ。子供ってなんでも知ってるものですよ。あなたには話します。あなたになら、きっと話しますわ」

「ご自分でおききになったらいかが？」とミセス・オリヴァは言った。

「そんなことできっこありませんわ。だって、デズモンドが喜ぶとは思えませんもの。あの子は、すこし――ええ、シリヤのこととなると、すこしばかり扱いにくくなるんですよ。ですから、あたくし、とてもそんなこと――いいえ――シリヤがきっと話しますよ」

「わたし、あの子にきこうなんて夢にも思いませんよ」とミセス・オリヴァは言った。そして、腕時計をのぞくふりをした。「あらたいへん、こんな楽しいお昼食だったので、ずいぶん時間がたちましたわね。わたし、急がなきゃ。とっても大事な約束があるものですから。失礼いたします、ミセス――ええっと――ベドリー＝コックス、お役にたてなくて申しわけありませんけど、こういうことはとかくデリケートなものでして、それに――どちらにいたしましても、たいして違いはないんじゃありませんかしら、あなたの立場からの話ですけど」

「まあ、たいへんな違いだと思いますわ」

ちょうどそのとき、ミセス・オリヴァがよく知っている作家が、そばをぶらぶら通りかかった。ミセス・オリヴァはとびあがって、彼女の腕をつかまえた。

「ルイーズ、会えてうれしいわ。あなたが来ているのを知らなかったわ」

「まあ、アリアドニ、ずいぶん久しぶりね。ばかに痩《や》せたじゃない？」

「相変わらずお世辞がうまいのね」とミセス・オリヴァは言いながら、友人の腕をとって長椅子から退却した。「急いで帰るところなのよ、約束があるもんだから」

「あのすごい女につかまったのね？」と友人は、ミセス・バートン＝コックスのほうを肩越しに見ながら言った。

「とほうもないことを頼まれていたのよ」

「まあ、それで答えようがなかったというわけ？」

「そうなのよ。どっちにしたって、わたしには関係のないことだったの。わたし、そんなこと知らなかったんですもの。とにかく、はじめっから答える気はなかったし」

「なにかおもしろいこと？」

「そうね」とミセス・オリヴァは言ったが、新しい考えが頭に浮かんできた。「そうね、もしかするとおもしろいかもしれないわ、ただ――」

「あの人、立ちあがったわ、追いかけてくる気よ」と友人は言った。「いらっしゃい。送っていってあげる。自分の車で来たんじゃなかったら、どこでも行きたいところまで乗せてってあげるわ」

「わたし、ロンドンでは自分の車は使わないことにしてるの。駐車がたいへんですもの」

「ほんと。ひどいものだわね」

ミセス・オリヴァはそれぞれの人に適当な別れの挨拶をした。お礼、とても楽しかったというような大げさな言葉、そして、まもなく、ロンドンのとある広場を走る車の人となっていた。

「イートン・テラスだったわね？」と親切な友人がきいた。

「ええ、でも、これから行くところは――ホワイトフライアズ・マンションだと思うんだけど。名前をよく覚えていないのよ、でも、場所はわかるわ」

「ああ、フラットになってるところね。わりと現代風のでしょう。四角っぽくて、幾何の図形みたいな」

「ええ、それよ」とミセス・オリヴァは言った。

2　象に関する最初の言及

そのときは友人のエルキュール・ポアロが不在だったので、のちほどミセス・オリヴァは電話をかけた。

「あなた、今晩、お宅にいらっしゃいますか？」

彼女は電話のそばに座り、すこし神経質に指でテーブルを軽くたたいていた。

「これは、もしや――？」

「アリアドニ・オリヴァですよ」とミセス・オリヴァは言ったが、友だちはみんな、自分の声を聞いたとたん、それとわかるはずだと日頃から思っているので、名前を告げなくてはならないとなると、いつも意外の感をおぼえるのだった。

「ええ、今晩はずっと家におります。これは、あなたが訪ねてくださるという喜びが期待できるということですかな」

「ほんとにいい方ですわね、そんなふうに言ってくださるなんて。それがそれほどの喜びになるかどうかわかりませんけど」

「あなたとお会いできるのは、いつでも喜びですよ、マダム」

「どうですかしら」とミセス・オリヴァは言った。「もしかすると――ええ、かえってあなたのご迷惑になるかもしれませんよ。質問攻めにしてね。あることで、あなたのお考えを知りたいんですよ」

「そんなことだったら、いつでも、誰にでもお話ししますよ」

「あることが起こったのです。厄介なことで、わたし、どうしていいかわからないのです」

「それで、わたしに会いにいらっしゃるというわけですな。光栄です。光栄の至りです」

「何時がよろしゅうございますか、ご都合は？」

「九時では？　ごいっしょにコーヒーでもどうです。それとも赤スグリのシロップか黒スグリのシロップがいいですかな。いや、そういうのはお好きじゃありませんでしたね。思いだしました」

「ジョージ」とポアロは、またと得がたい従僕に向かって言った。「今晩、ミセス・オリヴァが訪ねておいでになる。コーヒーと、そうだな、なにかリキュールを。あの人、どんなものが好きか、はっきり覚えていないのだ」
「あの方が桜桃酒《キルシュ》を召し上がるのを見たことがございますよ、旦那さま」
「それに、はっか入りリキュール《クレーム・ド・マーント》もね。だが、桜桃酒が好きなようだな。では、よろしい、それにしよう」

ミセス・オリヴァは約束の時間どおりに来た。

それまでポアロは、夕食をとりながら、なんでミセス・オリヴァは自分を訪ねる気になったのか、なぜ彼女は自分のしていることに自信がないのか、と考えていた。なにか難問を持ちこんでくるのだろうか、それとも、なにかの犯罪を知らせるのだろうか？ポアロがよく知っているとおり、ミセス・オリヴァなら、なにを持ちだすかわからなかった。じつに平々凡々なこともあれば、突飛きわまりないこともある。要するに、どちらも彼女にとっては同じなのである。困っているのだな、と彼は思った。うん、ミセス・オリヴァならなんとかできる。これまでもミセス・オリヴァをなんとかしてきたのである。ときには彼女に癇癪《かんしゃく》を起こしたこともあった。と同時に、心から愛情をおぼえたこともあった。二人はさまざまな経験や試みをともにしてきた仲である。つい今朝ほども、新聞で彼女のことを読んだばかりであった——いや、夕刊だったかな？　彼女がくる前に思いだしておかなくては。ちょうど思いだしたところへ、彼女の来たことが告げられた。

彼女が部屋に入ってくるなり、ポアロは、困っているという自分の診断はまさに適中したと思った。手際よく結いあげた髪がくしゃくしゃになっている。これは彼女がときどきやる癖だが、めったやたらに指で髪をかきむしったことを物語っている。ポアロは喜びをいっぱいにあらわして彼女を迎え、椅子をすすめ、コーヒーを注いでやり、桜桃酒のグラスをわたした。

「ああ！」とミセス・オリヴァは、ほっとしたように溜め息をついて言った。「あなたはわたしのことを、どうしようもない馬鹿女だと思っているでしょうね、でも……」

「あなたが、今日、文学者昼食会に出席していることを、新聞で見てます、いや、見ましたよ。有名な女流作家たち。なにかそんなふうでしたね。あなたはそういう会には出ないんだと思っていましたが」

「いつもは出ないんですよ。そして、絶対にもう二度と出ませんわ」

「ほほう。ひどい目にあったんですね？」ポアロの態度は同情あふれんばかりであった。

彼はミセス・オリヴァが途方にくれる時を知っていた。自分の作品を大げさに褒められると、いつもひどく取り乱すのだ、それというのも、一度ポアロに打ち明けたことがあったが、適当な受け答えができないからだった。

「昼食会がおもしろくなかったんですか？」

「あるときまでは楽しかったんですよ」とミセス・オリヴァは言った。「そのあと、とっても厄介なことが起こったのです」

「ほほう。それでわたしのところにいらしたわけですね」

「そうなんです、でも、なぜ来たのかわかりませんの。というのは、あなたにはなんにも関係のないことだし、あなたの興味をひくようなことだとは思えませんもの。わたしだって興味があるわけじゃないんです。でも、すくなくとも、興味を持つには持ったんでしょうね、でなきゃ、あなたの考えをうかがいに来ようなんて思うわけがありませんもの。あなたの考えを――いえ、あなたがわたしだったら、どうなさるかなんて」

「そりゃなかなかむずかしい質問ですね、その最後の質問は」とポアロは言った。「わたしエルキュール・ポアロが、なにかの場合、どうするかはわかります。しかし、あなたがどうするか、わたしにはわかりません、いくらあなたをよく知っているからと言ってもね」

「あなただって、もうそろそろ意見をお持ちのはずですわ。これだけ長くおつきあいしているんですから」

「およそ――二十年になりますかな？」

「さあ、どうなんでしょう。何年だとか、何月何日だとか、わたし、どうしても思いだせないんですよ。なにもかもごちゃごちゃになって。一九三九年は覚えています、その年に戦争がはじまったんですから。ほかにも、あちこちで奇妙な事件が起こったので、何月何日って覚えていることもありますけど」

「とにかく、あなたは文学者の昼食会に行った。そして、あまり楽しくなかったんですね」

「昼食会は楽しかったんですよ、でも、そのあと……」

「いろんな人があれこれ話しかけてきたわけですね」とポアロは病状をきく医者のようにやさしく言った。

「ええ、みなさんがわたしに話しかけようとしていました。そこへだしぬけに、大きくて、ボス的な女、ほら、いつも人の上に立とうとして、誰よりも相手を不愉快にする女がいるでしょう、そういう女がわたしに襲いかかってきたのです。蝶かなにかをとるみたいに。ただ、蝶とり網を持っていなかっただけですわ。わたしを追いたてるみたいにして、むりやり椅子に押しこんで、さてそれから話しだしたんですけど、それがわたしの名づけ子のことなんです」

「なるほど。あなたが可愛がっている名づけ子ですね？」

「その娘とは、わたし、もう何年も会っておりませんの。名づけ子全部としょっちゅう連絡をとっているわけにはいきませんもの。それから、その女がとても困った質問をしましてね。わたしに――こんなこと、とっても話しにくいんですけど――」

「いや、そんなことはありません」とポアロがやさしく言った。「じつに楽なことです。みなさん、わたしには、おそかれ早かれ、いつかはなにもかも話してくれます。わたしはただの外国人です、だから、話したってどうということはありません。わたしが外国人ですから、気が楽なんですね――」

「そうですわね、あなたにお話しするのは、わりと気楽ですわ。その女は、その娘の両親のことをたずねるんです。母親が父親を殺したのか、父親が母親を殺したのかって」

「もう一度、どうぞ」とポアロは言った。

「ええ、わかってます、ばかげてるとおっしゃるんでしょう。わたしだってばかげてると思いましたもの」

「あなたの名づけ子の母親が父親を殺したのか、父親が母親を殺したのか、ですね」

「そうですわ」

「だが――それは事実あったことですか？　父親が母親を殺した、あるいは母親が父親を殺したというのは？」

「それが、二人とも撃たれていたんです。崖の上で。コーンウォールだったかコルシカだったか思いだせないんですけど。なんでもそんなところですわ」

「それでは、事実だったのですね、そこで、その女はなんと言ったんです？」

「ええ、そこのところまでは事実だったんです。ずっと昔の事件でしてね。でも、わたしが言いたいのは――なぜ、わたしのところに持ちこんできたのでしょう？」

「あなたが犯罪小説の作家だからですよ。その女はきっと、あなたなら犯罪のことをなにからなにまで知っているはずだ、とでも言ったことでしょうね。これはほんとに起こったことなんでしょう？」

「ええ。誰それがなにかをしたといったようなことでもなかったし――母親が父親を殺したのか、あるいは父親が母親を殺したのかどうかについての正式な訴訟といったものでもありませんでしたわ。いえ、ほんとうに起こったことなんです。あなたにはすっかりお話ししたほうがいいんでしょうけどね。つまり、わたしの言いたいのは、当時たいへん有名な事件だったんですが、わたし、よく覚えていないんです。およそ――ええ、すくなくとも十二年ほど前のことですわ。その人たちの名前は覚えています、だって、知っている人たちでしたもの。奥さんのほうは学校でいっしょだったので、よく知っています。友だちだったんです。有名な事件でしてね——新聞やなにかに出ましたわ。サー・アリステア・レイヴンズクロフトとレイヴンズクロフト卿夫人。とても幸せそうなご夫婦で、ご主人は大佐だか将軍かで、奥さんといっしょに世界じゅうをまわっていましたわ。やがて、どこかに家を買いました——外国だったと思うんだけど、思いだせません。そのうちに、とつぜん、この事件の記事が新聞に出たんですよ。誰かが二人を殺したのか、暗殺かなんかされたのか、それとも、お互いに殺しあったのか。ずっと昔から家にあったピストルだったと思います、そして——ええ、思いだせるかぎり、みんなお話ししますわ」

ちょっと元気を取りもどして、ミセス・オリヴァはいままでに聞いた大筋《レジュメ》を、なんとかもうすこしわかりやすくポアロに説明した。ポアロはときどき口をはさんで、要点を確かめた。

「でも、なぜですか？」と彼は最後に言った。「その女がこの事件のことを知りたがっているのは、いったいなぜなのです？」

「ええ、そこなんですわ、突きとめたいのは。シリヤとは連絡がとれると思います。というのは、いまでもロンドンに住んでるんです。それともケンブリッジ、いえ、オックスフォードだったかしら――学位をとって、どこかで教師かなんかしているんです、そして――ほら、例の現代的っていうやつですよ。変な服を着て、髪を長くした連中と出歩いてね。麻薬をやっているとは思いませんけど。あの子なら大丈夫ですわ――ほんのときたまですけど、便りもよこしますし。ええ、クリスマスとかそんなときには、カードを送ってくるんですよ。名づけ子のことをしょっちゅう思いだすわけでもありませんし、あの子だって、もう二十五、六にはなってるんですから」

「まだ結婚は？」

「ええ、これから結婚するらしいんですけど――まあ、考慮中っていうところかしら――例の女――また忘れた、なんて名前だっけ――そうそう、ミセス・ブリトル――そうじゃない――バートン＝コックス、その人の息子さんと」

「で、その娘さんの父親が母親を殺したか、母親が父親を殺したかしたので、ミセス・バートン＝コックスは、その娘さんと自分の息子が結婚するのを望んでいないというわけですね？」

「まあそういうことでしょう。ほかには考えられませんもの。でも、どっちだってかまわないじゃありませんか？　両親のどちらかが片方を殺したって、これから結婚しようという相手の息子の母親にとって、それがほんとに重大な問題なのかしら？」

「それは考えなければならないことかもしれませんよ」とポアロは言った。「それは——さよう、きわめて興味あることです。サー・アリステア・レイヴンズクロフトやレイヴンズクロフト卿夫人のことに興味があると言っているのではありませんよ。わたしもなんとなく記憶があるような気がします——ええ、これと似た事件で、あるいは、この事件じゃなかったかもしれませんが。それにしても、じつにおかしいですな、ミセス・バートン＝コックスのことは。たぶん、頭がすこしおかしいようですね。息子さんを非常に可愛がっているんですか？」

「でしょうね。おそらく息子さんとその娘を結婚させようなんて、頭から思っていないでしょう」

「その娘さんが結婚相手の男を殺す素質まで遺伝しているおそれがあるからですか——あるいは、なにかそのようなことで？」

「わたしにわかるはずがないじゃありませんか？　あの女は、わたしから話が聞けると思ってるらしいんですけど、自分のほうじゃ充分なだけ話してはいないんですよ、ね、そうじゃありません？　でも、なぜだとお思いになります？　裏になにがあるんでしょう？　どういう意味なんでしょう？」

「それを突きとめてみたら、おもしろいことになるかもしれませんね」

「ええ、それでおうかがいしたのですよ。あなたはいろんなことを突きとめるのがお好きなんですものね。はじめは理由がわからないことを。いいえ、誰にも理由がわからないことっていう意味ですけど」

「ミセス・バートン＝コックスはなにか好みを持っていますか？」

「つまり、夫が妻を殺したほうがいいとか、妻が夫を殺したほうがいいとか、という意味ですの？　そうは思いませんわ」

「いや、あなたのディレンマはわかりますよ。きわめて興味をそそられますね。パーティから帰ってくる。パーティでは非常に困難な、ほとんど不可能にちかいことをしてくれと頼まれた、それで——そういうことを処理するには、どうすればいいかと思い惑っている、というわけですね」

「ええ、どうすればいいとお考えになります？」

「それはご返事に困ります。わたしは女じゃありませんからね。あまりよく知らない女、あるパーティで偶然会った女が、そういう問題を提出し、これといった理由も示さずに、そのことをやってくれと頼んだんですね」

「そうなんです。そこでアリアドニはどうするか？　言いかえれば、こういうことを新聞で読んでいたとしたら、頭のいい子はどうするでしょう？」

「そうですな、頭のいい人ならできそうなことが三つあります。まずミセス・バートン＝コックスに手紙で『まことに恐縮ですが、この件についてはご希望に添いかねます』とか、まあ言葉は好きなように書いて、言ってやるんですね、つぎは、その名づけ子に連絡をとり、その娘さんが結婚しようと思っている少年だか青年だかの母親から頼まれたことを話すのです。娘さんが本気でその青年と結婚するつもりかどうか、聞きだせますよ。もしそうだとすると、娘さんになにか考えがあるか、あるいは、青年が母親の考えていることを、娘さんに話しているのかどうかもわかるでしょう。それ以外にも、まだ興味ぶかいことがあります。たとえば、その娘さんが結婚しようと思っている青年のお母さんのことを、どう思っているか、そこのところを知るというようなことがね。三つ目は、そして、じつはこれこそ断然おすすめしたいのですが……」

「わかってますわ」ミセス・オリヴァは言った。「一言で」

「静観」とポアロは言った。

「そのとおり。ええ、それが簡単であり、適切ですわ。静観。名づけ子の娘のところへ行って、あなたの未来のお姑さんは、人さまのことを噂してまわり、なにかきいてまわっているのよ、なんて言うなんて、厚かましいもいいところですわ、でも――」

「わかりますね。人間の好奇心というやつですよ」

「わたし、なぜ、あのいやらしい女があんなことを言ったのか、そのわけが知りたいんですよ。それさえわかれば、気が楽になって、そのことはすっかり忘れられるんですけど。でも、それがわかるまでは……」

「そう、眠れないでしょうね。夜中に目がさめて、わたしが知っているあなただと、まったく途方もない、大げさなことを考える、そして、たぶん、やがてそれを読みだしたらやめられないような犯罪小説につくりあげる。推理小説《フーダニット》――スリラー。そういうものにね」

「そうですわね、これもそんなふうに考えれば書けるでしょう」とミセス・オリヴァは言った。彼女の眼がかすかに光った。

「これはおよしなさい」とポアロは言った。「なかなかむずかしい話の筋で、ちょっと手がつけられませんよ。これといった理由がまるでないようですから」

「でも、これといった理由がないということを、わたし、確かめたいんですよ」

「人間の好奇心ですか。じつに興味ぶかいものです」ポアロは溜め息をついた。「歴史を通じて、われわれがどれだけその好奇心のおかげをこうむっているか考えるとね。好奇心。好奇心を発明したのは何者でしょうな。ふつうは猫と結びつけて言われています。好奇心が猫を殺すんですよ。でも、わたしに言わせれば、好奇心の発明者はギリシャ人ですね。彼らはなんでも知ろうとしたんです。わたしの知っているかぎりでは、彼ら以前にはそれほど知りたがったものはいませんでした。ただ、自分の住んでいる国の法律がどういうものかとか、どうすれば首をちょんぎられたり、杙《くい》に串刺しにされたり、そのほかのいやな目にあわずにすむかとか、そういうことを知りたがっただけでした。しかも、服従するか、しないかのどちらかだけ。その理由を知りたいとは思わなかったのです。しかし、その後たくさんの人が理由を知りたいと思うようになってきて、そのために、いろいろなものが現われました。汽船、汽車、飛行機、原子爆弾、ペニシリンやさまざまな病気の薬。一人の少年が母親のやかんの蓋《ふた》が蒸気で持ちあがるのを見ていた。つぎに、われわれは汽車を手に入れている、やがて、当然の帰結として、鉄道ストライキとかそういうものが起こる。以下、同じことです」

「どうでしょう、わたしのことをひどいおせっかい焼きとお思いになります？」

「いや、いや。だいたいにおいて、あなたが好奇心のかたまりのようなご婦人とは思いません。でも、これだけはよくわかります、あなたは文学者パーティで興奮状態におちいり、度のすぎた親切、度のすぎた讃辞から自分をまもろうと夢中だったことはね。そして、逆に自分から身動きならぬディレンマにはまりこみ、その原因となった人物をはげしく憎むようになったのですよ」

「ええ、そうです。とても癇《かん》にさわる女ですし、とても不愉快な女なんです」

「仲もむつまじかったし、これといった不和のきざしもなかった夫婦の、過去における殺害事件。その原因についてはまったくわからない、あなたのお話ではこうでしたね」

「撃たれたんです。ええ、ピストルで撃たれていたんです。合意の自殺とも考えられます。最初は警察もそう考えたんだと思いますわ。もちろん、これだけ年月がたったんですから、真相を突きとめることは無理ですわ」

「いやいや」とポアロは言った。「わたしにはなにかわかるかもしれませんね」

「と申しますと——あなたのあのわくわくするようなお友だちの手を借りて？」

「いや、わたしならわくわくするような友人とは言いませんね、たぶん。そりゃたしかに物知りの友人はいます。記録を手に入れたり、事件当時の報告書を調べたり、わたしがなにかの記録を手に入れる手段を提供してくれたりする友人がね」

「あなたなら真相が突きとめられるかもしれませんわ」とミセス・オリヴァは期待をこめて言った。「そしたら、教えてくださいな」

「さよう、とにかく事件の全容を知る上で、あなたのお手伝いはできると思います。ただ、すこし時間がかかりますよ」

「あなたのほうでお願いしたことをしてくだされば、わたしのほうもなにかしなくてはね。あの娘に会いますわ。この事件のことでなにか知っているかどうか調べなきゃ。そして、未来のお姑さんの悪口を言ってもらいたいとか、ほかに力になれることはないかとか、たずねてみますわ。それに、あの子が結婚する気でいる男の子にも会いたいものですわ」

「結構ですね、すばらしい」

「それから、どうでしょう、ほかの人たちにも――」とミセス・オリヴァは言いかけて眉をよせた。

「ほかの人たちがそれほど役にたつとは思いませんな。これはもう過去の事件です。たぶん、当時は有名事件《コーズ・セレブル》だったでしょう。しかし、考えてみると、有名事件とはいったいなんでしょう？　あっと驚くような大団円《デヌマン》を迎えるべきなのに、この事件にはそれがなかった。誰も覚えてはいませんよ」

「ええ、そのとおりですわ。新聞でもずいぶん書きたてましたし、しばらくはこの話でもちきりでしたわ。それがやがて――影のように消えてしまいました。ええ、ちかごろ起こる事件と同じですよ。ほら、このあいだの女の子のこと。家を出たっきりで、行方がわからなかったのです。それが五、六年も前のことで、そのうちに、とつぜん、砂の山か砂利の穴かなんかで遊んでいた男の子が、その女の子の死体を見つけたんですよ。

五、六年も後になってね」
「それは事実です。そして、これも事実です。死体から死後どれくらいたっているかとか、事件当日にどんなことが起こったかを知ったり、記録に残っているさまざまな事件をさかのぼってたどっていくうちに、殺人犯人にぶちあたったりすることもね。しかし、あなたが抱えこんだ問題は、もっとむずかしいでしょう。答えは二つのうち一つにちがいないようですからね。つまり、夫が妻を憎み、この世から消してしまおうとしたか、妻が夫を憎んでいたか、ほかに愛人をつくったかです。したがって、あるいは情熱の殺人だったかもしれないし、まるでちがった犯罪だったかもしれません。いずれにせよ、真相を突きとめる手がかりは、いわば皆無なのです。当時、警察で真相が突きとめられなかったのは、動機の発見がむずかしくて、なかなかわからなかったからでしょう。そこで、人の噂も七十五日ということになった、それだけのことですよ」

「わたし、あの娘のところに行ってみようと思いますの。たぶん、あのいやらしい女が、わたしにさせようと——いえ、してもらおうとしたのは、このことでしょうから。あの女はあの子が知っていると考えたんですわ——ええ、あの子なら、あるいは知っているかもしれません。子供ってそんなものですわ。とんでもないことを知っているものですわ」

「あなたの名づけ子は、当時いくつぐらいだったか、見当がつきますか？」

「そうですね、計算すればわかりますけど、すぐにと言われてもね。たぶん、九つか十だったと思いますけど、もっと上だったかもしれませんわ。当時は遠くの学校へ行っていたと思います。でも、これはわたしの想像で、なにか読んだものを思いだしているのかもしれませんわ」

「でも、あなたの考えでは、ミセス・バートン＝コックスは、あなたに娘さんからなにか聞きださせようとしているんですね。たぶん、娘さんはなにかを知っていて、彼女の息子になにかを話し、息子が母親になにかを話したのですよ。ミセス・バートン＝コックスは娘さん本人にきこうとして、みごとはねつけられたが、名づけ親でもあり、犯罪知識なら充分持っている、有名なミセス・オリヴァなら、なにか情報を手に入れられるのではないかと考えたんですよ。もっとも、なぜそのことが彼女にとって重要なのか、相変わらず、わたしにもわかりませんがね。それに、あなたが漠然と『ほかの人たち』と呼んだ連中も、これだけ年月がたっているのですから、役にたつとも思えませんな」それから彼はつけくわえた。「誰か覚えていそうな人がいますかね？」

「ええ、いるんじゃないかと思ってるんですよ」

「これはまた」ポアロはいささか意表をつかれた面持ちで、彼女を見つめた。「ほんとに覚えている人がいますかね？」

「それが、わたし、じつは象のことを考えていたんですの」

「象？」

いままでにも、たびたび考えたことだが、ミセス・オリヴァというのはまったく不可解な女性だ、とポアロは思った。なんでまた、ここでひょいと、象なんかを？

「わたし、昨日の昼食会で象のことを考えていましたの」とミセス・オリヴァは言った。

「なんで象のことなんか考えていたんです？」とポアロはいくらか好奇心をおぼえて言った。

「それが、ほんとは歯のことなんです。食べようとして、義歯だったりすると——よく食べられないものですわ。自分が食べられるものと食べられないものと、知っておかなくちゃだめなんですよ」

「なるほどね！」とポアロは深い溜め息まじりに言った。「さよう、さよう。歯医者ならたいていのことはしてくれますが、なにからなにまでというわけにはいきませんからね」

「そうですわ。そこで、わたし、考えましたの——ほら——わたしたちの歯はただの骨ですから、とても立派とは言えません、だから、ほんとの象牙質の歯を持っている犬だったら、どんなにすてきだろうなんてね。それから、ほかに象牙の歯を持っているものを考えて、セイウチとか——ええ、ほかの動物のことを考えたんです。そして、象のことを考えたんです。もちろん、象牙のことを考えれば、誰でも象のことを思いだすにきまってますわね。すごく大きな象の牙」

「まことにもっともなことです」とポアロは言ったが、ミセス・オリヴァの話の要点が、いまだにつかめなかった。

「そこで、わたし、考えたんですよ、わたしたちがほんとにやらなくちゃならないのは、象のような人たちを見つけることだって。世間で、象は忘れないって言いますわね」

「その言葉なら聞いたことがありますよ、ええ」

「象は忘れない」とミセス・オリヴァは言った。「ご存じかしら、子供たちが小さいときから聞かされるお話？　ある男が、インド人の仕立屋なんですけど、象の牙に縫い針かなんか突き刺したんです。ちがうわ。牙じゃなくて、鼻ですよ、もちろん、象の鼻です。そして、そのつぎその象が通りかかったとき、口いっぱい水をふくんでおいて、仕立屋に頭からぶっかけたんですって。もう何年も会わないというのに。象のほうは忘れていなかったんですよ。覚えていたんですね。そこですわ、要点は。象は覚えている。わたしたちがやらなきゃならないのは——わたし、どこかにいる象と連絡をとらなくちゃいけませんわ」

「あなたが言う意味はよくわかるんですが、まだわたしには呑みこめませんな。あなたはどういう人を象として分類しているんですか？　まるで、情報を求めて動物園に行こうとしているように聞こえますがね」

「まあ、文字どおりそのままじゃありませんけど」とミセス・オリヴァは言った。「象としての象ではなくて、人間がここまでは象に似ているというところですわ。世の中には、ずいぶん記憶のいい人がいるものですよ。実際、人間は妙なことを覚えているものですわ。わたしだっていろいろなことをよく覚えていますよ。たとえば——五つの時の誕生日のパーティやピンク色のケーキのことを覚えていますもの——そりゃきれいなピンク色のケーキでしたわ。上にお砂糖の小鳥がとまっていて。それから、わたしのカナリヤが逃げて泣いた日のことも覚えていますわ。これはまた別の日ですけど、野原へ行ったら、そこに雄牛がいて、角で突かれるぞって誰かに言われて、こわくて逃げだしたくなったのを覚えています。ええ、これははっきり覚えていますわ。それが火曜日だったことも。どうして火曜日だったことを覚えているか、わけがわかりませんけど、ともかく火曜日だったのです。それから、黒イチゴを摘んだ楽しいピクニックも覚えています。ひどく棘《とげ》にさされたけど、誰よりもたくさん黒イチゴを摘みましてね。楽しかったことといったら！　そのとき、九つだったと思いますわ。でも、これほど昔にさかのぼる必要はありませんわ。だって、わたしはいままでに何百という結婚式に出席しましたけど、振りかえってみて、とくに覚えているのは二つしかありませんもの。一つはわたしが花嫁の付き添いをつとめたものです。ニュー・フォレストで式を挙げたんです、それは覚えていますけど、実際に誰が式にいたか、覚えていませんわ。式を挙げたのは、わたしのいとこだったと思います。そのいとこのことはそれほどよく知らなかったんですけど、花嫁の付き添いをたくさん集めたかったのですね、そして、わたしがちょうど手頃だったんでしょう。でも、もう一つ結婚式を覚えています。海軍にいた友人の結婚式でした。その人、潜水艦に乗り組んでいるとき、もうすこしで溺れて死ぬところだったのを助けられて、そのうちに婚約していた娘さんの家族が結婚に反対しましたけど、それでも、その後結婚して、わたしが花嫁の付き添いになったわけです。ええ、要するに、かならず覚えていることが、よくあるものなんですよ」

「あなたの言いたいことはわかりますよ」とポアロは言った。「それで、象探《ア・ラ・ルシエルシュ・デ・ゼレファン》しに乗りだすんですか？」

「そうですよ、正確な日付を知る必要がありますわね」

「そのことなら、わたしがお役にたてるかもしれませんよ」

「じゃ、わたしは当時の知り合いを思いだすことにします。共通の知り合いのある人、たぶん、なんとか将軍を知っていた人たちをね。外国であの二人とつきあっていた人で、わたしも知っている人。もっとも、もうずいぶん長いあいだ会っていないでしょうけど。長いこと会っていない人っていうのは訪ねていきやすいものなんですよ。だって、過去から現われた人に会うのは、とてもうれしいものですからね。たとえ、相手のことをあまりよく覚えていなくてもですよ。そこで、それとなく、その日に起こったことや、記憶にあることを話題にするんですよ」

「なかなかおもしろい」とポアロは言った。「あなたはその仕事にうってつけです。レイヴンズクロフト夫婦を、よく知っている人、あるいはそれほどよく知らない人、事件が起こった土地に住んでいたか、あるいは滞在していた人。相当困難だが、まるで手のつけられないことじゃないと思います。だから、なんとかいろいろやってみることですね。まず手はじめに、事件のこと、その人たちが事件をどう考えているか、誰それから聞いたことだが、こうだったらしいとか、夫、あるいは妻の恋愛事件、誰かが相続したらしい財産。そういうことをおしゃべりしてみるんですね。たくさんのことが掻き集められると思いますよ」

「やれやれ。わたしって、ほんとにおせっかい焼きなんですね」

「あなたは任務を与えられたんです。あなたの好きな人からではない、親切にしてやりたいと思う人からでもない。あなたのまるで嫌いな人からです。そんなことは問題じゃない。あなたはいまだに探求の途にある、知識の探求の途に。ご自分の道をいらっしゃい。それは象の道です。象は覚えているかもしれません。では、道中ご無事で《ボン・ヴォワイヤージュ》」

「なんとおっしゃいましたの」

「あなたを発見の旅に送りだすところなんですよ。象探しの旅に」

「わたし、気が狂ってるんじゃないかしら」とミセス・オリヴァは悲しそうに言った。そして、また両手で髪をかきむしったので、『もじゃもじゃピーター』の絵本そっくりになった。「わたし『ゴールデン・レトリーヴァー』という小説に取りかかろうかなんて考えていたところなんですよ。でも、うまくいかないんですの。書きだしで筆が進まないんです。わたしの言う意味、わかってくださるかしら」

「大丈夫、『ゴールデン・レトリーヴァー』はおあきらめなさい。象のことだけに専念するのです」

第一部　象

3　アリスおばさんの手引き

「わたしの住所録、探してくださらない、ミス・リヴィングストン？」

「机の上にありますわ、ミセス・オリヴァ。右の隅に」

「あれじゃないのよ。あれはいま使ってるんですよ。わたしが言ってるのはこの前の住所録。去年の、いいえ、おととしのだったかしら」

「お捨てになったんじゃありませんの？」

「いいえ、住所録とか、そういうものは捨てやしませんよ、しょっちゅう必要になるんだから。つまり、新しいのに写しかえていない住所があるのよ。脚つきのたんすの引き出しにあるんじゃないかしら」

ミス・リヴィングストンはミス・セジウィックの後釜で、新しく来たばかりだった。

アリアドニ・オリヴァはミス・セジウィックを手放したのが惜しかった。セジウィックはなんでも知っていた。ミセス・オリヴァが、ときどきなにかを置き忘れた場所、しまいこんだ場所を知っていた。ミセス・オリヴァがていねいな手紙を書き送った人々や、勘忍袋の緒をきらして、いささか失礼なことを書き送った人々の名前も覚えていた。彼女はまたと得がたい秘書である。いや、であったのだ。「あの娘はまるで本みたいだったわ――あれはなんという本だっけ？」ミセス・オリヴァは考えた。「ああそうだ、思いだした――大きな茶色の本だった。ヴィクトリア朝の人は、みんなあの本を持っていたものだわ。『よろず案内』、ほんとに役にたつ本！　リネンについたアイロンの痕を消す法とか、固まったマヨネーズの処理の仕方とか、主教さんに打ちとけた手紙を書くにはとか。なんでもかんでも、そういうことがみんな『よろず案内』に載っていたものだわ」偉大なアリスおばさんの手引き。

ミス・セジウィックはアリスおばさんの本に劣らず役にたつ女であった。ミス・リヴィングストンなんか同日には語れない。いつも不景気な顔をし、土気色の肌で、わざと有能そうな様子で控えている。顔の皺《しわ》の一つ一つが「わたくしはたいへん有能でございます」と言っている。なにが有能なもんか、とミセス・オリヴァは心の中で言った。ただ、やはり物書きだった前の雇い主がなにかをしまっておいた場所をすべて知っていて、ミセス・オリヴァならここにしまっておくはずだ、と彼女は考えるだけなのだ。

「わたしがほしいのはね」とミセス・オリヴァは、甘やかされた子供のように、一歩もひかぬ勢いで言った。「一九七〇年の住所録なのよ。一九六九年のもね。できるだけ早く探してちょうだい」

「はい、かしこまりました」

ミス・リヴィングストンは、いままでにそんなものは聞いたこともないが、有能さをもってすれば、思いがけぬ僥倖《ぎょうこう》に恵まれて取りだせるかもしれないものを探しているといった、どことなく虚ろな表情であたりを見まわした。

セジウィックを呼びもどさないと、わたしは気が狂ってしまう、とミセス・オリヴァは心の中で思った。セジウィックがいないことには、この女はどうにも手に負えない。

ミス・リヴィングストンは、ミセス・オリヴァの書斎兼事務室と呼ばれている部屋の、家具の引き出しをかたっぱしから開けはじめた。

「去年のがありましたわ」とミス・リヴィングストンがうれしそうに言った。「これのほうが新しいから役にたつんじゃございませんか？　一九七一年のです」

「一九七一年のはいりません」

ぼんやりした考えと記憶がよみがえってきた。

「そのお茶入れのテーブルをのぞいてみて」とミセス・オリヴァは言った。

ミス・リヴィングストンはとまどい顔であたりを見まわした。

「あのテーブルよ」とミセス・オリヴァは指さしながら言った。

「机上用の住所録は、あまりお茶入れには入っていないものですけどね」と、ミス・リヴィングストンは、雇い主に向かって、世間の一般的事実を指摘した。

「いいえ、ないともかぎりませんよ。どうやら思いだしたような気がします」

ミス・リヴィングストンを押しのけ、彼女はお茶入れテーブルに行くと、蓋《ふた》を開けて、みごとな象牙細工をほどこした内部をのぞいた。「ここにきっとありますよ」ミセス・オリヴァはインド紅茶とは対照的な中国高級紅茶を入れておくようにつくった、張子のまるい茶筒の蓋を開け、端のまくれあがった、小さな茶色の手帳を取りだした。

「ほら、あった」

「それは一九六八年のじゃございませんか、ミセス・オリヴァ。四年も前のですわ」

「これでもいいんですよ」とミセス・オリヴァは言って、手帳を取りあげ、机に持っていった。

「いまのところ、これで間に合うんですよ、ミス・リヴィングストン、でも、わたしのバースデイ・ブックがどこかにないか、探してみてくださらない?」

「わたくし見覚えが……」

「このごろは使ってないんだけど、前はあったのよ。とっても大きな本でね。わたしが子供のころからはじまっていて、何年もつづいているの。上の屋根裏部屋にあるんじゃないかと思うんだけど。ほら、男の子が休日に来るときや、そんなことかまわない人がくるときなど、ときどき臨時に使う部屋ですよ。そこのベッドのそばにあるたんすだか戸棚だかみたいなものの中よ」

「わかりましたわ。探してまいりましょうか」

「それがいいわね」

ミス・リヴィングストンが部屋を出ていくと、ミセス・オリヴァはすこし元気が出た。ミス・リヴィングストンが出たあと、ドアをしっかり閉め、机にもどって、インクの色も褪《あ》せ、紅茶の匂いのする住所録に目をとおした。

「レイヴンズクロフトと、シリヤ・レイヴンズクロフト。これだわ。フィシュエイカー・ミューズ一四、S・W・三。これはチェルシーの住所だわ。あのころ、ここに住んでいたのね。でも、そのあとで変わったんだっけ。どこかキュー・ブリッジの近くのストランド・オン・ザ・グリーンとかなんとか」

彼女はさらに二、三ページめくった。

「ああそうだ。これが新しい住所らしいわ。マーダイク・グローブ。フラム・ロードのはずれだったかしら。そこらあたりだわ。電話があるのかしら？　すっかりかすれてしまって、でも、どうやら——ええ、これでいいらしいわ——フラクスマン……とにかく、かけてみましょう」

彼女は電話のほうへ行った。ドアが開いてミス・リヴィングストンが顔を出した。

「もしかすると、あれは——」

「探していた住所が見つかったわ」とミセス・オリヴァは言った。「あのバースデイ・ブックをもっと探してください。大事なものなんだから」

「シーリー・ハウスにいらしたとき、そのままにしておいでになったんじゃございません？」

「いいえ、そんなことはありません。もっと探してちょうだい」

ドアが閉まると彼女はつぶやいた。「いつまでも好きなだけ探しているがいいわ」

彼女はダイヤルをまわし、待っているあいだに、ドアを開け、階上に向かって声をかけた。

「あのスペイン風の箱も見てくださいな。真鍮の輪のかかった箱よ。いまどこにあるか忘れたんだけど。ホールのテーブルの下じゃないかしら」

ミセス・オリヴァの最初の電話は目的を達しなかった。ミセス・スミス・ポターなる女につながったらしく、腹を立て、おまけに好意的でもなく、そのフラットの前の住人の現在の電話番号なんか知らないということだった。

ミセス・オリヴァはもう一度住所録を調べてみた。そして、さらに二つの住所を見つけたが、それはほかの番号の上に、急いでなぐり書きしたもので、それほど役にたちそうになかった。しかし、三度目の正直で、いくらか読みにくいが、レイヴンズクロフトという文字が、横線で消した跡や頭文字や住所などのあいだから、おぼろげにあらわれた。

シリヤを知っているという女の声。

「ええ、そうです。でも、彼女はもう何年も前からここにはおりません。最後に便りがあったときは、ニューキャスルにいたようですけど」

「まあ、どうしましょう」とミセス・オリヴァは言った。「わたし、住所を知らないんですけど」

「ええ、わたくしもなんです」とその親切な娘は言った。「どこかの獣医の秘書に就職して行ったようですわ」

これもあまり有望だとは思えなかった。ミセス・オリヴァはさらに一、二度試してみた。彼女の住所録二冊のうち、新しいほうの住所は役にたたなかったので、もうすこしさかのぼってみた。そして最後の一冊、一九六七年の分まで来たとき、いわば油田を掘りあてたのであった。

「ああ、シリヤのことですね。シリヤ・レイヴンズクロフトでしたわね？　それともフィンチウエル（鳥のウソ）だったかしら？」

ミセス・オリヴァはもうすこしのところで「いいえ、レッドブレスト（コマドリ）でもありませんわ」と言いそうになったのを、あやうく思いとどまった。

「とても有能な娘でした」とその声がつづけて言った。「わたくしのところで一年半働いていました。ええ、そりゃ有能でしてね。もっといてくれれば大助かりだったんですけど。わたくしのところから、ハーリー街のどこかに行ったようですわ。でも、どこかに住所が控えてあると思います。ちょっとお待ちください」ミセス・X——氏名不詳——が探しているあいだ、長いあいだ声がとぎれた。「ここに一つありましたわ。イズリントンのあたりのようです。見込みがありますかしら？」

ミセス・オリヴァはどんなことでも見込みはあると答え、ミセス・Xにお礼を言って、その住所を書きとめた。

「ひとの住所を調べるなんて、むずかしいものですわね。ふつうなら向こうから言ってきますけど。ほら、葉書とかそんなものを。わたくしなんかしょっちゅうなくしてますけど」

その点では自分にも覚えがある、とミセス・オリヴァは言った。それからイズリントンの番号に電話をかけてみた。ふとい、外国なまりの声が答えた。

「なんです、ええ――なにを教えてくれ？　ええ、ここに誰が住んでいる？」

「ミス・シリヤ・レイヴンズクロフトは？」

「ええ、そうです。そのとおりです。ええ、ここに住んでいますよ。部屋は三階です。いまは出かけていて、まだ帰っていません」

「今晩、もっと後でならおりますかしら？」

「ええ、もうすぐ帰ると思います。パーティがあるので着がえをしに帰ってきて、出かけるのですから」

ミセス・オリヴァは教えてもらったお礼を言って電話を切った。

「まったく」とミセス・オリヴァはいくらか腹立たしさをこめて、心の中でつぶやいた。「女の子ってね！」

彼女は名づけ子のシリヤと最後に会ってから、どれくらいになるか考えてみた。失われた絆。それが一切の問題だったのだ。シリヤはいまロンドンにいる。もしボーイフレンドがロンドンにいるとしたら、あるいはボーイフレンドの母親がロンドンにいるとしたら——すべてはうまくいくのだが。ああ、ほんとに頭が痛くなる、と彼女は考えた。

「なあに、ミス・リヴィングストン？」彼女は振りかえった。

ミス・リヴィングストンはふだんの彼女とは思えぬ姿、クモの巣を無数にくっつけ、頭から埃《ほこり》をかぶり、埃だらけの本を山ほど抱え、困った様子で入口に立っていた。

「この中のものが、なにかのお役にたつかどうか、わたくし、わかりませんわ、ミセス・オリヴァ。ずいぶん古いもののようですけど」彼女はいかにも不満そうだった。

「きまってるじゃない」とミセス・オリヴァは言った。

「探せとおっしゃったものがあるのでしょうか？」

「どうですかねえ。そこのソファの隅に置いといてくだされば、今晩にでも見ておきますよ」

ミス・リヴィングストンは、ますます不満の色をつのらせながら言った。「かしこまりました、ミセス・オリヴァ。まず埃をはらっておきますわ」

「そうしてくださるとありがたいわね」とミセス・オリヴァは言った。そして、「それに後生だから、自分の埃もいっしょに払ってきてちょうだい。左の耳にクモの巣が六つもぶらさがっているわ」と言うのを、あやうにところでやめた。

　彼女は腕時計にちょっと目をやって、またイズリントンの番号に電話をかけた。こんど電話に出た声はまぎれもなくアングロ＝サクソン系で、きびきびした鋭さがあり、ミセス・オリヴァは満足をおぼえた。

「ミス・レイヴンズクロフトですか？――シリヤ・レイヴンズクロフトですか？」

「はい、シリヤ・レイヴンズクロフトです」

「わたしのこと、あまりよく覚えてないでしょうね。わたし、ミセス・オリヴァ。アリアドニ・オリヴァよ。お互いにずいぶんご無沙汰しているけど、まちがいなく、わたしはあなたの名づけ親なのよ」

「まあいやだ。知ってますわ、それくらい。ええ、ずいぶんお目にかかりませんわね」

「なんとかお会いできないかしら、会いに来てくださるとか、ご都合のいいように。お食事にでも来てくださるとか、それとも……」

「そうですわね、いますぐにはむずかしいですわ、働いていますから。よろしかったら今夜にでもおうかがいしましょうか。七時半か八時ごろ。そのあとデートがありますけど、でも……」

「そうしてくださると、ほんとにありがたいわ」

「じゃ、もちろん、うかがいますわ」

「住所を教えておきましょう」

「わかりました。そちらにうかがいます。ええ、場所はよく知っていますわ」

ミセス・オリヴァは電話用メモ用紙に短い走り書きをして、大きなアルバムの重さに悪戦苦闘しながら部屋に入ってきたミス・リヴィングストンを、いささか困惑の表情で見やった。

「これがお探しのものじゃございませんでしょうか、ミセス・オリヴァ？」

「いいえ、ちがいますよ。それにはお料理の仕方が集めてあるんですよ」

「あら」とミス・リヴィングストンは言った。「ほんとうですわ」

「まあ、とにかく、そのうちのいくつかは目を通しますから」とミセス・オリヴァはそのアルバムを断固として押しのけながら言った。「もう一度探してみてちょうだい。そうそう、わたし、リネンの戸棚のことを考えていたのよ。浴室の隣にある。バスタオルの上のいちばん上の棚を見なきゃだめよ。わたし、そこに書類とか本を突っこむことがあるんだから。ちょっと待って。自分で見に行きます」

十分後、ミセス・オリヴァは色の褪《あ》せたアルバムのページに目を通していた。殉難の最後の段階に入ったミス・リヴィングストンは、ドアのそばに立っていた。そのひどい苦しみようを見るにたえず、ミセス・オリヴァは言った。

「そうね、そっちはもういいわ。食堂の机の中をちょっと見てくださいな。古い机よ。ちょっとこわれてるのよ。そして、もっとほかにも住所録はないか探してください。古いのよ。十年ぐらい前のなら、見て損はしないから。それがすんだら、今日はもう必要なものはないようよ」

ミス・リヴィングストンは立ち去った。

「いったい」とミセス・オリヴァはつぶやき、腰をおろしながら、深い溜め息をついた。それからバースデイ・ブックのページに目を走らせた。「どっちのほうが喜んでるかしら？　立ち去る彼女かしら、それとも、立ち去る彼女を見ているわたしかしら？　シリヤが来て帰ったら、忙しい夜になりそうだわ」

机のそばの小さなテーブルの上に積み重ねてある山から、新しい学生用ノートを一冊抜きとり、いろいろな日付や、見込みのありそうな住所や名前を書きこみ、電話帳で一つ二つ調べ、それからムシュー・エルキュール・ポアロに電話をかけた。

「ああ、あなたですの、ムシュー・ポアロ？」

「そうです、マダム、わたしですよ」

「なにかなさいました？」

「なんと言われました？——わたしがなにかしたかって？」

「なにかですよ。昨日、お願いしたこと？」

「ええ、もちろんです。いろんなことに手をつけましたよ。調査するように手はずをととのえたりね」

「でも、まだ終ってはいないんですね」とミセス・オリヴァは言った。彼女は、なにかをするという男の考えに対しては、はなはだ心もとない意見を抱いていたのである。

「で、あなたは、マダム？」

「わたしは、そりゃ忙しかったんですよ」

「ほほう！　それで、どんなことをしていらっしゃったんです、マダム？」

「象集め。これでおわかりになるかしら」

「あなたのおっしゃる意味はわかりますよ」

「そう簡単にはいかないものですわね、昔のことを調べるって。名前を調べようとすると、どんなにたくさんの人を覚えているか、まったく驚くほどですわ。それに、その人たちがときにはバースデイ・ブックに、ずいぶんくだらないことを書くものだっていうこともね。十六だか十七だか、いいえ、三十になってまで、なぜバースデイ・ブックになにか書いてもらいたかったのか、自分でも理解に苦しみますわ。毎年、その日のための詩の引用みたいなものがあるんですよ。そのなかには、お話にならないほどくだらないのがありますわ」

「あなたの調査ですが、見通しは明るいんですか？」

「明るいとは言えませんね。それでも、正しい線をいっていると思います。あの名づけ子に電話をしたんですよ——」

「ほう、それでお会いになる？」

「ええ、会いに来てくれるんですよ。今夜、七時半と八時のあいだに、向こうですっぽかさなきゃね。くるかどうか。若い人って当てになりませんからね」

「あなたが電話したのを喜んでいるようでしたか？」

「わかりません。とくに喜ぶというほどじゃありませんでしたわ。とても歯切れのいい声で、それに——いまでも覚えていますわ。最後に会ったとき、あれは六年ほど前だったと思いますけど、そのときはなんだかこわいような気がしたんですけど」

「こわいって？　どんなふうに？」

「つまりね、わたしがあの子をいじめるっていうよりは、あの子のほうでわたしをいじめているっていうような」

「それはいいことであって、悪いことではないかもしれませんよ」

「まあ、そうお思いになります？」

「人間は、この人を好きになりたくない、この人は絶対に好きではないと思いこんだら、相手にその事実をさとらせて、いっそうの満足を得るものなのです。そういう場合、愛想よくしようとするときよりも、もっと多くの情報を洩らすものですよ」

「わたしにおべっかを使うという意味ですか？　ええ、一理ありますわ。つまり、相手が喜びそうなことを話すわけですね。そして、もうひとつの場合は、相手に閉口しているから、相手を閉口させるようなことを言うんですね。シリヤもそうなのかしら？　あの子のことは、いくつの時よりも五つの時のことを、いちばんはっきり覚えているんですよ。保母を兼ねた家庭教師がついていましてね。彼女は、よく長靴を投げつけたものですわ」

「家庭教師が子供にですか、それとも子供が家庭教師に？」

「あの子が家庭教師にですよ、もちろん！」

電話をきると、彼女はソファに行き、山とつまれたさまざまな思い出の品々を調べた。そして、人の名前を小声でつぶやいた。

「マリアナ・ジョゼフィン・ポンターリア——そうだわ、この人のことなんか、長いあいだ思いだしもしなかった——死んだと思ってたわ。アナ・ブレイスビー——そうそう、この人、あそこに住んでたんだっけ——でも、いまは」

こんなことをつづけているうちに、時間が過ぎた——そして、ベルが鳴ったときには、不意をつかれたように驚いた。彼女は自分でドアを開けに行った。

4　シリヤ

背の高い娘が、外の靴拭きの上に立っていた。一瞬、ミセス・オリヴァははっとして娘を見つめた。では、これがシリヤなのだ。はつらつとして生命力がすこぶる強い印象を与えた。ミセス・オリヴァはめったにひとが味わわない感情を味わった。

なにかを持っている、と彼女は思った。積極的というか、扱いにくいというか、ほとんど危険とも言えるものだ。人生に使命感を持っている女、おそらく、暴力に献身する女、主義に殉ずる女、そういう女たちの一人だ。しかし、興味はある。確かに興味をそそる娘だ。

「お入んなさい、シリヤ。ずいぶん久しぶりだわね。最後に会ったのは、わたしの覚えているかぎりでは、どこかの結婚式だったわ。あなたが花嫁の付き添いをつとめて。覚えていますよ、アンズ色のシフォンの衣裳を着て、大きな花束を——なんの花だったか思いだせないけど、なんでもアキノキリンソウみたいな花束を持って」

「ほんとにアキノキリンソウでしたわ」とシリヤ・レイヴンズクロフトが言った。「みんな、しきりにくしゃみしてましたもの——花粉症で。ひどい結婚式でしたわ。よく覚えています。マーサ・レグホーンでしたわね？　あんなみっともない花嫁付き添い人の衣裳なんて、見たこともありませんでしたわ。あたしもあんなみっともないのを着たのははじめて！」

「ええ、あれじゃ誰にだって似合いやしませんよ。こんなこと言っちゃなんだけど、あなたはましなほうでしたよ」

「まあお世辞のお上手なこと。あたし、とてもいい気分どころじゃありませんでしたわ」

ミセス・オリヴァは椅子をすすめ、ディキャンターを二つ、手ぎわよく並べた。

「シェリーがいい、それともほかに？」

「いえ、シェリーをいただきますわ」

「じゃ、どうぞ。変に思ったことでしょうね、こんなふうに、だしぬけにお電話なんかして」

「まあそんなこと。べつに変わったこととは思いませんわ」

「わたし、あまり良心的な名づけ親じゃないみたいね」

「そんな必要がありますかしら、あたし、もうこんな年ですもの」

「あなたのおっしゃるとおりね。ある時期になると、義務もこれでおしまいって気になるのよ。なにもわたしが義務を果たしたというわけじゃないけど。あなたの洗礼式に行ったことも覚えていないのよ」

「名づけ親の義務というのは、教義問答とか、そういうものを覚えさせるだけじゃありませんかしら？　わが名にかけて、悪魔とそのすべての所業をしりぞけよ」とシリヤは言った。口もとにかすかな、いたずらっぽい微笑が浮かんだ。

とても人好きのする娘だけど、それと同時に、ある意味では、すこし危険な娘だ、とミセス・オリヴァは思った。

「ところで、わたしがなぜあなたに連絡をとろうとしたか、そのわけをお話ししましょう。話そのものがすこし妙なのですよ。わたし、文学者のパーティになんか、めったに顔を出さないんだけど、たまたま一昨日のパーティに出席しましてね」

「ええ、知ってますわ。新聞にそのことが書いてあって、おばさまのお名前も出ていましたもの、ミセス・アリアドニ・オリヴァ、そして、おばさまがいつもそんなパーティにはお出にならないと知って、ちょっと不思議に思いましたわ」

「ええ、あの日も行かなきゃよかったと思っていますよ」

「おもしろくなかったんですか？」

「いえね、これまでああいうものには出たことがないので、ある意味ではおもしろかったんですよ。だから――ええ、はじめてのものというのには、いつもなにかしらおもしろいことがあるものです。でも、たいていおもしろくないこともあるものですよ」

「それで、なにかお困りのことが起こりましたの？」

「ええ。そして、それが妙なふうにあなたとつながりがあるんですよ。それで、わたし考えましたの――その起こったことというのが気に入らなかったから、これはあなたとお話ししとかなくちゃって、まるっきり気に入らなかったんですよ」

「おもしろそうですわね」とシリヤは言って、シェリーのグラスに口をつけた。

「女の人がいてね、話しかけてきたんですよ。わたしも向こうを知らないし、向こうもわたしを知らないのにね」

「でも、そんなことは、おばさまにはよくあることなんでしょう？」

「ええ、どうしたってね。それは――文筆稼業の業《ごう》みたいなものね。誰かが寄ってきて話しかける。『わたし、あなたのご本に夢中なんですの。こうしてお目にかかれるなんて、ほんとにうれしゅうございますわ』まあ、こんな調子なのよ」

「あたし、いちど作家の秘書をしたことがありますの。ですから、そういうことや、それがどんなに厄介なことか知っていますわ」

「ええ、あの日もそんなことがあったのよ、でも、こちらも心構えができていますからね。そこで、その女が寄ってきて言うのよ。『たしかあなたにはシリヤ・レイヴンズクロフトという名づけ子がおありでしたわね』って」

「まあ、それはちょっと変ですわね」とシリヤが言った。「いきなり近寄ってきて、そんなことを言うなんて。すこしずつその話に持っていくべきだと思うんですけど。まず、おばさまのご本のこととか、最新作がどんなにおもしろかったとか、そんなふうなことから話しはじめて。それから、さりげなくあたしのことに話題を移すとか。なにかあたしに悪感情でも持っていたんですか？」

「わたしの知っているかぎりでは、なにも悪感情は持っていませんでしたよ」

「その方、あたしのお友だち？」

「さあ、どうでしょう」

沈黙がおとずれた。シリヤはまたシェリーをすこし飲み、さぐるようなまなざしでミセス・オリヴァを見た。

「おばさまったら」と彼女は言った。「わざわざあたしの好奇心をあおっていらっしゃるみたいだわ。どんな話になるのか、あたしにはまるで見当がつかないんですもの」

「そこでね、わたしに腹を立てないでいただきたいんだけど」

「なぜあたしがおばさまに腹を立てなきゃなりませんの？」

「それはね、これからあることを話します。いえ、聞いたことをそのまま話します。すると、あなたは、そんなことおばさまの知ったことじゃない、胸におさめて黙っているべきだと言いそうだからですよ」

「もうあたし、好奇心でいっぱいですわ」

「その人の名前、ミセス・バートン＝コックスっていうんです」

「まあ！」シリヤの「まあ」にはかなりはっきりした意味がこめられていた。「まあ！」

「ご存じ？」

「ええ、知っています」

「知ってるにちがいないと思ってましたよ、だって――」

「だって、なんですか？」

「だって、その方の話してくれたことではね」

「なにをでしょう――あたしのこと？　あたしを知ってるって？」

「息子さんがあなたと結婚することになりそうだって言っていましたよ」

シリヤの表情が変わった。眉があがり、またさがった。そして、じっとミセス・オリヴァを見つめた。

「そのとおりか、そうでないか、お知りになりたいのですか?」

「いいえ、とくに知りたいとは思いませんわ。その方が最初に言ったのがそのことだったから、お話ししたまでですよ。わたしがあなたの名づけ親だから、わたしなら、あなたにあることを話してくれと頼めるんじゃないかって言うんです。たぶん、そのことを話してもらったら、それを自分に伝えてもらおうと思ってるんでしょうね」

「どんなことですの、あたしが話すっていうのは?」

「これからお話ししようとすることは、あなたの気に入るとは思えません。わたし、自分でもおもしろくないんですから。事実、いやな感じが背筋に走ります。だって、考えても——たいへん厚かましいことですもの。失礼にもほどってものがあります。許すべからざることですよ。その方、こんなことを言ったんです。『あの娘さんの父親が母親を殺したのか、母親が父親を殺したのか、聞きだしていただけないでしょうか』って」

「おばさまにそんなことを言ったんですか? そんなことをしてくれって頼んだんですか?」

「ええ」

「おばさまを知りもしないのに？　いえ、作家としてとか、パーティで同席したとかをべつにすれば？」

「まるで知らないんですよ。向こうもわたしに会ったことがないし、わたしも向こうに会ったことがないんですよ」

「非常識とお思いになりません？」

「その女が言ったことに非常識なことがあったかどうかわかりません。なにしろ、こんなこと言ってなんですけど、なんというかいやな女だろうという気持ちのほうが先でしたからね」

「ええ、あんないやな女って、そうざらにはいませんわ」

「それで、あなた、あの女の息子さんと結婚するつもりなの？」

「そのことは、二人のあいだで考えましたわ。どうなりますやら。それで、その方が話していたこと、おばさまはご存じでしたの？」

「そうね、あなたのご家族とお近づきだった人が知っていることぐらいなら」

「あたしの両親は、父が軍を退役になると、田舎に家を買いました。ある日、二人連れだって、崖沿いの路に散歩に出かけました。そこで二人は発見されました。二人とも撃たれて。そばにピストルが落ちていました。父のものでした。うちにはピストルが二挺あったようです。合意の自殺なのか、父が母を殺してから自殺したのか、あるいは、母が父を殺してから自殺したのか、まったくわかりませんでした。でも、こんなことは、もうおばさまもご存じですわね」

「一応はね。あれはおよそ十二年前のことだと思いますけど」

「だいたい、それくらいですわ」

「そして、当時あなたは十二か十四ぐらいでしたわね」

「ええ……」

「わたしもよくは知らないんですよ。イギリスにもいなかったんですから。そのころ──アメリカに講演旅行に行っていましてね。新聞で読んだだけ。新聞もずいぶん大きく紙面をさいていました、真相がわからなかったし──動機らしい動機もないというのでね。ご両親はふだんから仲がむつまじくて、幸せなご夫婦でした。そう書いてあったのを覚えています。わたしが気になったのは、わたしたちがずっと若かった頃、ご両親とはお近づきだったからで、ことにお母さまとはね、学校がいっしょで。その後、それぞれべつの道を歩みましたけど。わたしは結婚して、どこだかへ行くし、お母さまも結婚して、軍人のご主人と、あれはたしかマラヤでしたかしら、そんな国へ行っておしまいになるし。でも、自分の子供の一人には名づけ親になってくれと頼まれましてね。それがあなたなの。ご両親は外国で暮らしていらしたから、長いあいだ、ほとんどお目にもかかりませんでしたの。あなたには、折にふれて会ってたけど」

「ええ、よく学校から誘いだしてくださいましたわ。よく覚えています。おまけに、すごいご馳走をしてくださって。おいしいご馳走を」

「変わった子でしたよ、あなたは、キャヴィアが好きでね」

「いまでもですわ。もっとも、めったにおごってくださる人がないから、あまりいただいてませんけど」

「新聞であの記事を読んだときはショックでしたわ。詳しいことは載っていないしね。これは一種の存疑評決と思いました。これといった動機もない。証明するものはなに一つない。不和だったという話もないし、第三者から襲われたようすもない。わたしはショックをうけました。そして、やがて忘れました。なぜあんなことになったのかしら、一、二度考えたこともないではなかったけど、なにしろ国を離れていたもので——当時わたしは旅行中だったんです、さっきも言ったとおりアメリカへ——事件のことはすっかり頭から消えてしまいました。それから何年かたって、あなたと会ったとき、当然、そのことには触れませんでした」

「ええ、気をつかっていただいて、ありがたいと思っていますわ」

「生きているうちには」とミセス・オリヴァはつづけた。「友だちとか知り合いに、ひどく奇妙なことが起こるものですよ。もちろん、友だちの場合なら、どうしてそんなことになったか、だいたいの見当はつきます――どんな事件だろうとね。ところが、それが議論の的になったり、話の種になったりしてから長いことたつと、まるで五里霧中、そのことについてありあまるほどの好奇心を示せるような相手もいないということになるんです」

「おばさまは、いつだってあたしによくしてくださいましたわ。すてきな贈り物をしてくださったりして。二十一のときの贈り物なんかは、とくにすてきでした、よく覚えていますわ」

「二十一といえば、若い娘さんにとっては、余分のお金がいる時ですよ。だって、あれもしたい、これも欲しいっていう頃ですからね」

「ええ、あたし、おばさまって理解のある方だと思っていましたの、それが――いえ、世の中にはいろいろな人がいるものですわ。根掘り葉掘りきいて、他人のことを知りたがる人。おばさまはなんにもおききにならない。よくショーに連れてってくださったり、おいしいご馳走を食べさしてくださったり、あたしに対しても、まるで、ええ、まるでこれでいいのよっていうみたいに、そして、遠い親戚みたいに話してくださいましたわ。

ほんとにありがたいと思っています。いままでたくさんのおせっかい焼きに会ってきましたもの」

「ええ、そういう人間には、おそかれ早かれ、誰だってぶつかるものですよ。でも、あのパーティでわたしが困らされたことも、それでわかるでしょう。ミセス・バートン＝コックスみたいな、まるで赤の他人からものを頼まれるなんて、考えられもしないことですわ。なぜあんなに知りたがるのか、わたしには想像もできません。あの人の知ったことじゃないんですもの。ただ——」

「ただ、あたしとデズモンドの結婚に関係がなければ、とお考えになったんですね。デズモンドはその方の息子ですから」

「ええ、そんなことじゃないかって、わたしも考えたけど、どうして、なにがあの人と関係があるのか、わたしにはわかりませんわ」

「あの方にとって、世の中のことすべて自分に関係があるんです。なんでもほじくり返すのが好きで——おばさまのおっしゃるとおり、いやな女ですわ」

「でも、デズモンドはいやな人じゃないでしょうね」

「ええ、そりゃもう。あたし、デズモンドにとても好意を持っていますし、デズモンドのほうもあたしに好意を持ってくれています。あたしが嫌いなのは、あの母親ですわ」

「デズモンドはお母さまが好きなの?」

「よくわかりません。好きなんじゃないかと思いますけど——どんなことだってあり得ますもの。どっちにしても、あたし、いまのところは結婚したくないんです。そんな気分じゃありませんから。それに、なにやかやと——ええ、障害というんですかしら、いろいろと面倒なことが多くて。こんなこと言って、さぞおばさまの好奇心をあおることでしょうけど、つまり、その、なぜ、ミセス・おせっかい焼きのコックスは、おばさまにわたしのことを遠まわしにさぐって、それを伝えてくれなんて頼んだかということですよ——ところで、おばさまはその事件のことを、あたしにおたずねになるつもり?」

「つまり、お母さまがお父さまを殺したのか、お父さまがお母さまを殺したのか、あるいは心中だったのか、あなたはどう思っているか、またはなにを知っているかって、わたしがたずねるかって。あなたの言う意味はそういうこと?」

「ええ、ある意味ではそうです。でも、もしおばさまがそういうことをおききになるんでしたら、あたしのほうからもおききしなければなりませんわ。あたしからなにか聞きだした場合、そのことをミセス・バートン＝コックスに伝えるつもりで、おばさまはあたしに質問なさるのかどうか」

「とんでもない。絶対にそうじゃありません。あのいやな女に、そんなことを話そうなんて、夢にも思ってやしませんよ。あの女には、これはあなたにかかわりのあることでも、わたしにかかわりのあることでもないし、シリヤからなにか聞きだして、それをあなたに伝える気なんか毛頭ありませんって、きっぱり言ってやりますよ」

「それじゃ、あたしの考えていたとおりですわ。そこまではおばさまを信用していいんじゃないかと思っていましたの。おばさまなら知っていることをお話ししてもかまいませんわ」

「いいんですよ、話さなくて、頼んでるわけじゃないんだから」

「ええ、それはよくわかっています。でも、やっぱりお答えしますわ。答えは——なんにも知らない、です」

「なんにも知らない」とミセス・オリヴァは考え考え言った。

「そうなんです。あたし、あの時はあそこにいなかったんです。家にいなかったという意味です。どこにいたのか、いまは覚えていません。スイスの学校にいたか、でなければ、学校の休暇中、学校の友だちのところにいたんだと思います。いまでは、なにもかも頭の中でごちゃごちゃになって」

「わたしもそうだと思っていましたよ」とミセス・オリヴァはあいまいな調子で言った。「あなたが知っているなんて、ちょっと考えられませんからね。当時のあなたの年を考えれば」

「おばさまがそのことをどう思っていらっしゃるか、うかがいたいと思いますわ。あの事件のこと、あたしがなにもかも知っているかもしれないとお考えになりますか？　それとも、知ってるはずがないって？」

「そうね、家にいなかったと言ったわね。あのとき、家にいたのなら、なにかを知っていることも大いにあり得ると思いますね。子供って知ってるものですよ。ティーンエイジャーって知ってるものですよ。その年頃の人はたくさんのことを知っているし、たくさんのことを見ていて、しかも、そのことはなかなか話さないものです。でも、外部の人が知らないことを知っているのに、たとえば警察の訊問をうけても、すすんで話そうとはしないんですよ」

「ええ、そうですわ。おばさまって、ほんとによくわかっていらっしゃるのね。あたしが知ってるはずはありませんわ。知ってたとは思いません。あたしなりの考えがあったとも思いません。警察ではどう判断したのですか？　こんなことおたずねしてもお気になさいませんわね、だって、あたしが関心を持つのは当たり前ですもの。あたし、検視とかそういうことや、調査の記事を読みませんでしたから」

「警察では心中とみたようですけど、動機についてはなにもわかっていなかったようですよ」

「おばさま、あたしの考えてること、お聞きになりたい？」

「あなたが聞かせたくないのなら、いいんですよ」

「でも、おばさまは関心をお持ちのはずよ。なんてったって、自殺したり、殺しあったり、そういう動機を持っていたりする人々のことを扱った犯罪小説を書いていらっしゃるんですもの。関心をお持ちになってるにきまってますわ」

「ええ、それは認めますよ。でも、知らなくてすむことをきいて、あなたを不愉快にしたくはありませんからね」

「あたし、考えたんです。なぜだろう、どうしてだろうって、ときどき考えたことがありますわ。でも、あたし、いろんなことを知らなかったんです。つまり、家ではどういうことになっていたかっていうようなことを。あの事件の前の休暇のときもヨーロッパにいたものですから、両親にはそのずっと前から会っていなかったのです。父と母が一、二度スイスに来て、学校から連れだしてくれましたけど、それっきりだったのです。いつもとたいして変わっていないようでしたけど、年をとったようでしたわ。父はからだをこわしていました。だんだん弱っていたんです。心臓かなんかだったらしいんですけど。人間はそんなこと、あまり考えないものですわね。母のほうもすこし神経質になっていました。憂鬱症というわけではありませんけど、健康のことを気にしすぎるきらいがありましてね。二人はとても仲がむつまじかったんですよ。とくにあたしの注意をひくようなことはありませんでした。ただ、ときには思いあたることがあるものですわ。ほんとだとは思えなかったり、かならずしも正しいとばかりは言えないけど、もしかすると、と考えるようなことが――」

「このことは、もうこれ以上お話しするのはよしましょう。知る必要もありませんし、探りだす必要もありません。すんだことだし、片づいているのですよ。評決だって充分納得のいくものでした。評価する手段も、動機とかそういったものもないんです。ただ、お父さまが計画的にお母さまを殺したか、お母さまが計画的にお父さまを殺したか、どっちかに疑問の余地はないって」

「どちらかに可能性があるかといえば、父が母を殺したんだと思いますわ。だって、男が誰かを撃つっていうほうが、ずっと自然ですもの。どんな理由があるにせよ、女を撃つなんて。一般に女が、いえ、母のような女が父を撃つなんてとても考えられませんわ。母が父の死を望んでいたとしたら、ほかの方法を選んだんじゃないでしょうか。でも、父だって母だって、相手の死を望んでいたとは思いませんわ」

「では、第三者の犯行だったかも」

「ええ、でも、第三者っていっても誰のことやら」

「ほかに誰かその家に住んでいた人は？」

「家政婦、かなりな年で、眼も耳もすこし不自由な。それに外国人の女性、つまりオペア・ガール、もとあたしの家庭教師で——とってもいい人でしたわ——入院していた母の世話をするため、またもどってきたんです——それから、伯母、この人は、あたし、どうしても好きになれませんでしたわ。でも、この三人が父や母に恨みを抱いていたとは考えられません。両親の死で得をするものといえば、あたしと、四つ下の弟エドワードのほかにはおりません。あたしと弟とで遺産を相続しましたけど、たいしたお金ではありませんでした。父には、もちろん恩給がついていました。母にも自分の収入がありましたけど、これだってほんのわずかばかり。ええ、重要なものはなんにもありませんでしたわ」

「ごめんなさいね、こんなことをきいて、あなたを苦しめたんじゃないかしら」

「苦しめるなんて。あたしが思いだすのをちょっと手伝ってくださっただけで、それはあたしにも関心のあったことなんです。だって、自分が知っていたらなあって思う年になったんですもの。両親のことは知っていました。世間の娘並みには愛してもいました。情熱こめてというほどではなく、普通に。でも、両親の実際の姿は、いまでもわかりません。どんな生活をしていたのか。どんなことが問題だったのか。そういうことをなんにも知らないんです。知っていたらと思います。栗のいがみたいな、なにか突きささっていて、しかも放っておくこともできないようなものです。ええ、あたし、知りたいんです。だって、知ってしまえば、それであの事件のことを考えなくてすみますもの」

「じゃ、あのことを考えてはいるのね？」

シリヤはちょっとミセス・オリヴァを見つめていた。心をきめようとしているようすだった。

「ええ」と彼女は言った。「しょっちゅうといっていいほど考えていますわ。あたし、あの事件のことで、あることがだんだんわかりかけてきたんです。あたしの言う意味、わかっていただけますかしら。それにデズモンドも同じことを考えていますわ」

5　過去の罪は長い影をひく

エルキュール・ポアロは回転ドアを押した。ドアの回転を片手で押さえて、小さなレストランに入る。客の姿はちらほらとしか見えない。ちょうど中途半端な時刻だったが、それでもポアロはすぐに目当ての人物を見つけた。がっしりした、堂々たる体格のスペンス元警視が、片隅のテーブルから立ちあがった。

「やあ」と警視は言った。「ちゃんと来ましたな。この店、すぐにわかりましたか？」

「ええ、いっぺんで。あなたの誘導はまことに要領を得ておりましたよ」

「ところで、ご紹介しましょう。こちらはギャロウェイ主任警視。こちらはムシュー・エルキュール・ポアロ」

ギャロウェイはかさかさした、苦行僧のような顔をした、背の高い痩せた男で、白髪まじりの頭のてっぺんだけ剃髪したようにはげているので、ちょっと聖職者を思わせるところがあった。

「これはこれは」とポアロは言った。

「わたしは、もちろんもう退職した人間です」とギャロウェイは言った。「ところが、記憶は残るものです。さよう、妙なことをいろいろと覚えているものですよ。古い昔のことで、世間の人はたいがい忘れてしまっていることでもね。ええ、覚えていますよ」

エルキュール・ポアロはもうすこしで「象は覚えているものです」と言うところだったが、かろうじて思いとどまった。この言葉は、彼の心の中で、すぐにミセス・アリアドニ・オリヴァと結びつくので、はっきり不適当だとわかっている多くの場合でも、口をすべらさないようにするのは一苦労なのだった。

「じっとしておれなくなったんでしょうな」とスペンス警視が言った。

彼は椅子をひきよせ、ほかの二人も腰をおろした。給仕がメニューを持ってきた。スペンス警視はこのレストランの常連なので、それとなく助言をした。ギャロウェイとポアロはめいめいの料理を選んだ。それがすむと、三人は椅子の背にかるくもたれて、シェリーのグラスを傾けながら、しばらく無言のまま顔を見あわせていた。

「お二方にはお詫びをしなくてはなりません」とポアロが言った。「すんだことだし、もう片もついた事件のことでお力添えを願うなんて、ほんとに申しわけないと思います」

「あなたが興味を持ったことなら」とスペンスが言った。「わたしだって興味を持ちますよ。最初わたしも、過去のことをほじくりまわすなんて、あなたらしくないと思いましたがね。これはなにか最近起こったことと関係があるか、それとも、不可解な犯罪事件にとつぜん好奇心がわいてきた、といったところじゃないですかな？」

彼はテーブル越しに目をやった。

「ギャロウェイ主任警視は、といっても、当時は警視だったんですが、レイヴンズクロフト射殺事件の捜査を担当していたのです。古くからの友人なので、連絡をとるにはなんの造作もありませんでしたよ」

「それで、今日はとんでもないご足労をかけたわけで」とポアロは言った。「それもただ、もうすんで片のついた出来事に対して、自分でも身のほど知らずだとはっきり認めている好奇心だけのために、わざわざ」

「いや、そうは思いませんな」とギャロウェイは言った。「過去の事件に興味を持つのは、誰しも同じですよ。リジー・ボーデンはほんとうに斧で父親と母親を殺したのか？　いまだにそう思っていない人がいます。チャールズ・ブラヴォを殺したのは何者で、その理由は？　ほとんどが充分な根拠のないものですが、いくつかの異なった意見があります。しかし、いまでもはっきりした証明を見いだそうとする努力がされていますよ」

彼の厳しく鋭い視線がテーブルの向こうのポアロに注がれた。

「そして、わたしの記憶に誤りがなければ、ムシュー・ポアロは、いままでにも、いわば過去の殺人事件に立ちもどって、事件の究明にあたる傾向を、ときおりお見せになりましたな、二度、いや、おそらく三度も」

「三度だよ、たしか」とスペンス警視が言った。

「一度はまちがいないと思いますが、カナダ人の娘さんの依頼によるものでしたな」

「そうです」とポアロは言った。「カナダ人の娘さんで、情熱と激情と気迫のかたまりのような人でした。母親が死刑を宣告された、ある殺人事件を調べに来たのです。もっとも、母親のほうは刑の執行を待たずに死にましたがね。娘さんは母親の無実を信じていたのですよ」

「それで、あなたもそうお考えになったんですね？」とギャロウェイが言った。

「最初その娘さんから事件のことを聞いたときには、そうは思いませんでした。しかし、その娘さんというのが非常に熱心で、なみなみならぬ確信を持っているのです」

「娘さんとしては、母親の無実を願い、あらゆる事実に抗して母親の無実を証明しようとするのは、無理からぬ話ですよ」とスペンスが言った。

「それだけではないのです。娘さんは母親の人となりをわたしに納得させたのですよ」

「人殺しなんてできっこない女だと？」

「いや、これはあなたがたもご賛同くださると思いますが、それがどういう人間か、どうしてそういうことになったのか、その間《かん》の事情がわかったとしても、人殺しなどできっこない人間がいると考えるのは、なかなかむずかしいのではないでしょうか。しかも、この事件の場合、その母親は自分の無実を主張しなかったのです。あまんじて刑に服する気のようでした。そもそもこれからして妙だったのです。彼女は敗北主義者だったのでしょうか？　そうとも思えないのです。わたしが調査をはじめてみますと、敗北主義者などではないことがはっきりしました。まあ言ってみれば、ほとんどその正反対だったのですよ」

ギャロウェイは興味をひかれたようすだった。皿のロールパンをちぎりながら、テーブルに身を乗りだした。

「それで、母親は無実だったのですか？」

「そうです。無実でした」

「それが、あなたには意外だったのですね？」

「わかったときには、そうも思いませんでした。一つ二つ――ことに一つのことがあって――彼女が有罪であるはずはないことを示していましたから。そのときは誰もほんとうの意味を認めなかった一つの事実がね。それがわかれば、いわばメニューの中でほかのところを探すように、そこにあるものを探すだけでよかったのですよ」（『五匹の子豚』参照）

ちょうどそのとき、鱒のグリルが三人の前に出された。

「ほかにも一つ、やり方は少々ちがうが、やはり過去を掘りかえした事件がありましたな」とスペンスが言った。「パーティで、女の子が殺人の現場を見たと言った。あの事件ですよ」（『ハロウィーン・パーティ』参照）

「あのときも、やはり――なんと言えばいいかな――前向きに進まないで、後向きに進まなくてはならなかったのです。さよう、まったくそのとおりですよ」

「それで、その女の子は殺人の現場をほんとに目撃したのですか？」

「いや、見たのはほかの女の子だったのですよ。この鱒はおいしいですな」とポアロは舌鼓《したつづみ》をうつようにして言った。

「ここの魚料理は、どれもこれもじつにうまいんですよ」とスペンス警視が言った。そして、差しだされたソース入れから、ソースをとった。

「このソースがまたなんともいえずうまいんです」

それからの三分間は、黙々と料理を賞味することにあてられた。

「スペンスがわたしのところに来て」とギャロウェイ警視が言った。「レイヴンズクロフト事件のことで、なにか覚えていることはないかときいたとき、わたしはいっぺんに興味をそそられ、わが意を得たりと思ったのですよ」

「あの事件のことをお忘れになってはいないんですね？」

「レイヴンズクロフト事件はね。あれはちょっと忘れられない事件でしたから」

「では、あなたもあの事件には割り切れないところがあったとお考えなんですな？　証拠が不充分、ほかにも解答がある、と」

「いや、そういうことじゃないんですよ。あらゆる証拠が明白な事実を示している、死に方だって、いくつも先例がある。さよう、すべては順調に片づいたのです。それでいながら、なお――」

「それで？」とポアロが言った。

「それでいながら、なお、あの事件はどこから見てもおかしいんですよ！」

「ほう」とスペンスが言った。興味をそそられたようすだった。

「そういう感じを、あなたは前にも一度うけたことがありましたね？」とポアロはスペンスを振りかえって言った。

「マギンティ夫人事件でね。ありましたよ」（『マギンティ夫人は死んだ』参照）

「あなたには納得がいかなかったのですな」とポアロは言った。

「あのきわめて扱いにくい青年が逮捕されたときにね。彼には手をくだす理由がすべてそろっていた、いかにも彼の犯行だというように見えた。彼の犯行だと誰もが考えた。ところが、あなたには彼の犯行でないことがわかっていた。それには確信があったので、あなたはわたしのところに来て、調査に乗りだすようすすめたんでしたね」

「あなたなら、なんとかできないものかと思ってね——そしたら、あなたはちゃんとなんとかしたじゃありませんか？」

ポアロは溜め息をついた。

「幸いにも、そのとおりです。それにしても、なんともはや厄介な青年でしたな。殺人を犯した罪ではなく、無実を証明してやろうというものに手を貸そうともしない罪で、一人の青年を絞首刑にするわけにはいかないものですかねえ。ところで、レイヴンズクロフト事件ですが、あなたは、ギャロウェイ警視、なにかおかしなところがあると言いましたね？」

「そうです。それにはかなり確信がありますよ。わたしの言う意味がわかっていただけますかな」

「わかりますとも」とポアロが言った。「スペンスにだってわかりますよ。ときどき、こういうことにぶつかるものです。証拠はそろっている。動機、機会、手がかり、周囲の状況《ミーズ・サン・セヌ》、こうしたものもすべてそろっている。いわば完全な青写真がですな。ところが、それと同時に、知ることを職業にしている人々には、わかるのです。これはどうもおかしいということがわかるのです。ちょうど美術界の批評家には、ある絵がおかしいときには、それがわかると同様です。にせもののときは、それがわかるのです」

「いずれにしても、わたしにはどうにも手のつけようがなかったのですよ」とギャロウェイ警視が言った。「わたしはあの事件を、言ってみれば、中から、まわりから、上から下から調べてみました。関係者とも話してみました。成果はゼロでしたよ。合意の自殺にしか見えませんでしたし、合意の自殺の特徴なら、すべてそなわっていました。もちろん、夫が妻を殺し、それから自殺した、あるいは、妻が夫を殺し、それから自殺したとも考えられます。三つともよくあることです。そういう場合にぶつかれば、そういうことが起こったのだなとわかるものです。しかし、たいてい、動機について、なにか見当はつくものですよ」

「この事件では、これといった動機は考えられなかったのですね？」とポアロが言った。

「そう、そうなんですよ。ある事件の調査に入り、関係者やなんかを調べると、普通、すぐに彼らの生活がどういうふうだったか、はっきり浮かびあがってくるものです。この事件では相当の年配の夫婦で、夫は恥ずかしからぬ経歴の持ち主、妻は愛情こまやかな、気持ちのいい人柄、二人でむつまじく暮らしていた。こういうことは、すぐわかります。彼らは幸福に暮らしていた。いっしょに散歩をしたり、夜は二人でピケットやポーカーをしたり。とくに心配をかけるような子供もいなかった。男の子はイギリスの学校に、女の子はスイスの寄宿学校に入っています。見たかぎりでは、彼らの生活にはこれといって変わったところはありません。普通に入手できる医学的証拠から推しても、彼らの健康にはそれほど悪いところはありませんでした。夫のほうは、一時、高血圧症にかかっていましたが、平常にもどすための適当な薬を服用したおかげで、健康なからだになっていました。妻のほうはすこしばかり耳が不自由で、ごく軽い心臓病にかかったことがありますが、これも心配するほどのものではありませんでした。もちろん、世間でもよくあるように、夫婦のいずれかが健康に不安を持っていたということは、考えられないこともありません。どこも悪いところはないのに、癌だと信じこんでいたり、あと一年とは生きていられないだろうと思いこんでいたりする人が、世の中にはいくらでもいます。そのために自分の命を断つこともあります。しかし、レイヴンズクロフト夫婦は、そういった人物には見えませんでしたよ。じつに調和のとれた、穏やかな人柄のようでした」

「それで、あなたは実際にはどう判断なさったのですか?」とポアロが言った。

「困ったことに、判断がつかなかったんです。事件を振りかえってみて、あれは自殺だったのだと自分に言いきかせているのです。自殺だとしか考えようがありませんからね。なんらかの理由で、人生は自分たちにとって耐えがたいものだ、と彼らは考えた。経済上の困窮からではない。健康上の不安からではない。不幸な生活のためではない。ここでわたしは立ち往生してしまったのです。自殺の特徴がすべてそろっている。自殺以外、ほかのことが起こったとは考えられません。彼らは散歩に出かけた。その散歩にピストルを持っていった。ピストルは二人の死体のあいだに落ちていた。二人の指紋がぼんやりと残っていた。二人ともピストルに触ったことは確かだが、最後にそれを発射したのが誰であるか、それを示すものはなにもない。誰でも、夫が妻を殺し、それから自殺したと考えるところです。これだって、そのほうがもっともらしいというにすぎません。それでは動機は？　長い年月がたちました。折にふれ、なにかのことで、たとえば、どこかで夫婦の死体が発見され、どうやら自殺らしいというような記事を新聞で読むにつけ、わたしは昔のことを振りかえり、レイヴンズクロフト事件ではどんなことが起こったのかと、あらためて考えなおすのです。十二年か十四年だか前だというのに、いまでもレイヴンズクロフト事件が忘れられず、わたしは考えているのです。ただひとこと。動機は——動機は——動機は？　ほんとに夫は妻を憎んでいたのだろうか、それもずっと前から？　ほんとに妻は夫を憎んでいて、殺そうと思ったのか？　二人はおたがいに憎みあい、もうこれ以上耐えられないところまできていたのか？」

ギャロウェイはまたパンをちぎり、それを嚙んだ。

「あなたもなにか考えがあったのですね、ムシュー・ポアロ？　誰かが来て、とくにあなたの興味を呼びさますようなことを話したんですか？　『なぜ』を解きあかす手がかりをご存じなのですか？」

「いや、そんなことはありません。それにしても、あなたにはきっと意見がおありなんでしょう。どうです、ご意見はおありなんですね？」

「そりゃありますよ。誰でも意見の一つや二つは持っています。自分の意見がすべて、いや、すくなくとも、そのうちの一つくらいは、うまく当てはまってくれればと思うのですが、たいていの場合、そうは問屋がおろさないものです。わたしの意見というのは、結局、不明の要素が多すぎるのだから、原因を求めるのは無理だということになります。わたしになにがわかっているでしょう？　レイヴンズクロフト将軍はもう六十ちかく、奥さんは三十五。厳密にいうと、わたしが彼らについて知っていることといえば、死に先立つ五、六年間のことです。将軍は退役後、恩給で暮らしていた。夫婦は外国からイギリスに帰り、わたしが入手した証拠とか情報はすべて、彼らがまずボーンマスに家を買い、それから、あの悲劇を迎えた家で暮らしていた、ほんのわずかな期間のものだけです。彼らはそこで平和に、幸福に暮らし、子供たちも学校の休暇には帰っていましてね。平和な人生と誰でもが思う人生の最後を飾る、平和な一時期とでも言うべきでしょうか。だが待てよ、とわたしは考えました。その平和な人生について、自分はどれだけのことを知っているか？　退役後のイギリスでの生活や、家族のことは知っている。経済上の動機はない、憎悪にもとづく動機はない、性的なもつれとか、第三者との恋愛沙汰による動機もない。ないないづくしです。しかし、それ以前の時期があります。その時期について、わたしは何を知っているか？　わたしが知っていることといえば、その時期の大半を外国で暮らし、たまに故国に帰る生活、夫の立派な経歴、妻の友人から聞いた彼女に対する好意的な思い出、これくらいのものです。これといった悲劇的なことも、不和も、人の口の端《は》にのぼることもありません。しかし、わたしにわかるはずはありませんよ。誰も知らないのです。さよう。二、三十年間の時期があるのですよ。子供時代から結婚するまでの年月、マラヤやそのほかの外国で暮らした期間。おそらく、悲劇の種はそんなところで蒔かれたんでしょうな。わたしの祖母がよく口にした諺がありますす。過去の罪は長い影をひく。死の原因は、長い影、過去の影だったのではありますまいか？　こういうことは調べてもなかなかわかるものではありません。ある人物の経歴とか、友人や知り合いがどう考えているとか、そんなことは調べればわかりますが、内部の詳しい事情となるとわかるものではありません。そこで、わたしの心の中では、もし調べられるものなら、そこを調べるべきではないかという考えが、すこしずつ芽生えてきたようです。その当時、おそらくは外国で起こったこと。忘れ去られたと考えられていること、もはや存在しないと考えられているが、おそらく、ちゃんと存在していること。過去の怨恨とか、誰も知らないなにかある出来事、それはイギリスでの彼らの生活でではなく、どこかほかで起こったかもしれないこと。それをどこで探せばいいのか、それさえわかっていたならね」

「あなたがおっしゃるのは」とポアロが言った。「誰でも覚えていそうなことじゃないわけですな。現在でも人が覚えている、という意味ですが。イギリスにいる彼らの友人も、おそらく知らなかったことなのですね」

「イギリスにいる友人といっても、ほとんどは退役後に知りあった人たちらしいですな。もっとも、たまには昔の友人が訪ねてきていたようですがね。しかし、過去の出来事というものは、耳に入らないものですよ。人間は忘れますからね」

「さよう」とポアロは考え深げに言った。「人間は忘れますね」

「象のようにはいきませんな」とギャロウェイ警視はかすかな笑いを浮かべて言った。

「よく言うじゃありませんか、象はなんでも覚えているって」

「これはまた奇妙ですな、あなたの口からそんなことを聞くなんて」

「わたしが長い罪の影なんて言ったことですか？」

「いや、そのことではありません。あなたが象のことを言ったので、興味をおぼえたのですよ」

ギャロウェイ警視はいささか驚いた顔でポアロを見た。話のつづきを待っているようすだった。スペンスもこの古い友人のほうにちらと視線を投げた。

「なにか東洋であった話でしょうな。つまり――その、象というのは東洋からくるものなんでしょう？　それともアフリカだったかな。それはともかく、象のことを誰が話したんですか？」

「友人がたまたま象の話をしてくれたんですよ」とポアロが言った。「あなたも知っている人ですよ」と彼はスペンス警視に向かって言った。「ミセス・オリヴァ」

「ほほう、ミセス・アリアドニ・オリヴァですか。なるほど！」彼は口をつぐんだ。

「なるほど、なんですか？」

「なるほど、では、あの人はなにか知ってるんですか？」

「いままでのところ、知っているとは思いません。しかし、非常に近いうちに、なにかを探りだしそうです」ポアロは考え考えつけくわえた。「そういう人なのですよ。ほうぼう飛びまわっているのです、わたしの言う意味がわかっていただけますかな」

「わかりますとも」とスペンスが言った。「それで、あの人、なにか考えがあるのですか？」

「ミセス・アリアドニ・オリヴァのことですか、小説家の？」とギャロウェイがいくらか興味を示してたずねた。

「そうですよ」とスペンスが言った。

「あの方は犯罪のことをよく知ってるんですか。犯罪小説を書いているんでしたね。着想なり事実なりをどこから引っぱりだしてくるんですかね」

「着想は彼女の頭から生まれるのですよ」とポアロは言った。「事実のほうは――さよう、これは着想よりむずかしい」彼はちょっと言葉をきった。

「なにを考えているんです、ポアロ、なにか特別のことでも？」

「そうです。わたしは一度、彼女の作品を台なしにしたことがありましてね、いや、すくなくとも、彼女はそう言うんですよ。彼女はちょうどある事実について、すばらしい着想が浮かんだところだったのです。なんだか長袖のウールの肌着に関係のあることでした。わたしが電話でなにかたずねたもので、その小説の着想が頭から跡形もなく消えてしまったと言うんです。なにかにつけ、よく文句を言われるんですよ」

「やれやれ」とスペンスが言った。「それじゃ、まるで暑い日、バターの中に沈みこんだパセリみたいですな。ほら、シャーロック・ホームズと、夜はなにもしない犬」

「犬を飼っていたんですか？」とポアロがきいた。

「え？」

「あの人たちは犬を飼っていたのかと言ったのですよ。レイヴンズクロフト将軍夫婦のことです。殺された日、散歩に出るとき、犬を連れていったのですか？　レイヴンズクロフト夫妻のことですよ」

「犬がいましたね――たしかに」とギャロウェイが言った。「そうですな、散歩のときは、たいてい犬を連れていってたようですよ」

「これがミセス・オリヴァの小説だったら」とスペンスが言った。「二つの死体のそばで、その犬が遠吠えしていた、ということになるんでしょうな。ところが、あいにく、そういうことはなかったんですよ」

ギャロウェイも首を振った。

「その犬は、いまどこにいるのですか？」とポアロが言った。

「誰かの家の庭にでも埋められているのではないですか」とギャロウェイが言った。

「なにしろ、十二年も昔のことですからな」

「それでは、犬に聞くわけにはいきませんね」とポアロは言ってから、考えこんでつけくわえた。「残念です。犬の記憶力といえばおどろくほどですからね。正確にいって、家にはどんな人がいたのですか？　事件当日のことを言っているんですが」

「リストを持ってきましたよ」ギャロウェイが言った。「検討なさりたいんじゃないかと思いましてね。ミセス・ホイッティカー、年配の料理人兼家政婦です。当日は休みにあたっていたので、役にたちそうなことは、あまり聞きだせませんでした。滞在客が一人いましたが、この人は以前レイヴンズクロフトの子供たちの家庭教師をしていたはずです。ミセス・ホイッティカーは耳と目がすこし不自由でしてね。とくに興味のあることは知りませんでしたが、ただ、すこし前、レイヴンズクロフト夫人は病院だか療養所だかに入っていたそうです――どうやら病気というより神経のほうだったようですな。庭師が一人おりましたよ」

「しかし、外部から他所者《よそもの》が来たと考えられないこともないな。過去から来た第三者。あなたの考えはそうなんでしょう、ギャロウェイ警視？」

「はっきりした意見というほどの考えじゃないよ」

ポアロは黙っていた。過去のことを調べるように依頼され『五匹の子豚』の童謡を思いださせる、過去の五人の人物を調査したときのことを考えていたのだ。おもしろい事件だったし、結局は苦労のしがいがあったというものだ。ついに真相を突きとめたのだから。

6 旧友の回想

翌朝、ミセス・オリヴァが自宅に帰ると、ミス・リヴィングストンが待っていた。

「お電話が二本ございました、ミセス・オリヴァ」

「あら、そう？」

「最初のはクライトン・アンド・スミスからでした。ライム・グリーンのブロケイドになさるか、うすいブルーのになさるか、おききしたいということでした」

「まだきめてないのよ」とミセス・オリヴァは言った。「明日の朝、もう一度言ってくださらない？　夜の明かりで見ておきたいから」

「もうひとつのほうは、外国人で、たしかミスタ・エルキュール・ポアロとおっしゃったようでした」

「あら、そう。どんな用事でした？」

「今日の午後、お越しいただけないかって」

「それはとても無理だわ。ポアロさんに電話してくださらない？　じつは、わたし、またすぐ出かけなきゃならないのよ。あの方、電話番号を教えてくれた？」

「はい、うかがいました」

「よかったわね。また調べないですみますもの。いいわ、電話してちょうだい。そして、申しわけありませんけど、うかがえません、わたしは象の追跡に出かけなきゃなりませんからって、そうお伝えしておいて」

「え、なんとおっしゃいまして？」

「象の追跡に出かけているって言うのよ」

「はい、かしこまりました」とミス・リヴィングストンは雇い主のほうを鋭い目でうかがいながら、このミセス・アリアドニ・オリヴァは、流行作家だとはいえ、頭のほうはすこしおかしいのではあるまいか、という今日にはじまったことではないこの感じは、やはりそのとおりなのだろうかと考えていた。

「わたし、象狩りってまだやったことはないけど」とミセス・オリヴァは言った。「でも、そりゃおもしろいものよ」

　彼女は居間に入り、仕分けしてソファの上に置いてある本のうち、いちばん上の一冊を開いた。ほとんどの本がすりきれているように見えたが、これは、昨夜、この本の山を苦労して調べあげ、いろいろな住所を書きぬいたからだった。

「ところで、どこか出発点をきめなきゃね。こまかいところを抜きにすると、もしジュリアがいまもあの揺り椅子にへばりついているとすれば、彼女からはじめるのがいいんだけど。いつでもうまい考えを持っているし、なんといっても、あの近くに住んでいたんだから、地元のことなら知ってるはずだわ。そうだ、ジュリアから取りかかることにしましょう」

「サインをしていただくお手紙が四通ございますけど」とミス・リヴィングストンが言った。

「いまは手がはずせないのよ。ほんとに一分間だってむだにできないの。ハンプトン・コートまで行かなくちゃならないんだけど、ずいぶん遠いわね」

ジュリア・カーステアズは、ゆっくり腰をやすめたり、しばらくうたた寝などして立ちあがるとき、七十の坂を越えた老人がよくやるように、ちょっと大儀そうにして、やっと肘掛け椅子を離れ、『選ばれたるものの家』の一員としての資格で彼女が住んでいる、この個室の居候で忠実な召使が、いましがた取り次いだ人物は何者だろうと、前に出て、ちょっとうかがった。いくらか耳が遠いので、名前がよく聞きとれなかったのだ。

ミセス・ガリヴァ。そうだったかしら？　しかし、ミセス・ガリヴァなる人物には記憶がなかった。相変わらず前のほうをうかがいながら、彼女はかすかに震える膝で進みでた。

「わたしのこと、覚えていらっしゃらないでしょうね。ずいぶん昔、お会いしたっきりですもの」

多くの老人と同様、ミセス・カーステアズは顔よりも声のほうを覚えていた。

「あら」と彼女は大声をあげた。「あなた——まあ、アリアドニじゃない！　あなたったら、うれしいわ、会えるなんて」

挨拶がかわされた。

「ちょっとこのあたりまで来たものですから」とミセス・オリヴァは言った。「ご近所に用があったんですよ。昨夜、住所録を見ていて、これはあなたのお住まいのすぐ近くだと思ったことを思いだしましてね。すてきなお部屋ですわね」と彼女はあたりを見まわしながらつけくわえた。

「まあまあってところね」とミセス・カーステアズは言った。「新聞やなんかで書きたててあるほどでもないのよ。でも、いろいろといいところもあるわね。家具やなんかは自分のものを持ってきていいんだし、中央レストランがあって、そこでお食事ができるし、もちろん、自分でお料理してもかまわないのよ。ええ、申し分なしよ、ほんとに。お庭もきれいで、手入れがよく行きとどいているの。でも、まあお掛けになって、アリアドニ、お掛けなさいな。あなた、とてもお元気そうね。先日もあなたが文学者昼食会に出たって、拝見しましたわ、新聞で。変なものね、新聞でなにかを見たと思ったら、もうその翌日といっていいくらいの日に、その当人と会うなんて。ほんとに珍しいことだわ」

「そうですわね」とミセス・オリヴァはすすめられた椅子に掛けながら言った。「世の中のことって、そんな巡りあわせになるものじゃありませんかしら?」

「あなた、いまでもロンドンにお住まい?」

ミセス・オリヴァは、いまでもロンドンに住んでいると言った。それから、子供のころ、四人組《ランサー》ダンスの一番手として、ダンスのクラスに通った淡い記憶をたよりに、心の中で考えていることのほうへ話を持っていった。ランサー。前に出て、後ろにさがって、両手をひろげ、二度まわって、大きく一回、などなど。

彼女はミセス・カーステアズの娘と二人の孫の近況をたずね、もう一人の娘さんは何をしているかときいた。その娘はニュージーランドで仕事をしているらしかった。それがどんな仕事だか、ミセス・カーステアズはあまりはっきりとは知らないようすだった。

なんでも環境調査だとか。ミセス・カーステアズは椅子の肘についているベルを押し、エマにお茶を持ってくるよう命じた。ミセス・オリヴァは、どうぞおかまいなくと言った。ジュリア・カーステアズは言った。

「なんといったって、アリアドニとお茶はつきものよ」

二人の婦人はゆったりと椅子の背にもたれた。ランサーの二番手と三番手の噂。昔の友人たち。知人の子供。友だちの死。

「最後にお会いしてから、もうずいぶんになるわね」とミセス・カーステアズが言った。

「ルウェリンの結婚式だったかしら」とミセス・オリヴァは言った。

「ええ、きっとそれくらいね。花嫁の付き添いになったモイラのみっともなかったこと。アンズ色のドレス、ひどいものだったわね」

「覚えていますわ。まるで似合っていませんでしたね」

「結婚式もわたしたちの頃ほどすばらしくなくなったんじゃないかしら。とんでもない服なんか着る人もあるんですってね。先日もお友だちが結婚式に行ったんだけど、花婿さんったら、白いキルトのサテン地の服で、襟もとにひだ飾りがついていたそうよ。ヴァランシェンヌのレースね、きっと。そんなとんでもない服ってあるかしら。娘さんたちがまた、とっぴなパンタロン・スーツ。それが白は白だけど、いちめんに緑色のクローヴァの模様が染めだしてあったというんですからね。ねえ、アリアドニ、あなた、そんなの想像できる？　行きすぎですよ、まったく。それも教会でですよ。わたしが牧師だったら、その二人を結婚させるのはお断りしますよ」

お茶が運んでこられた。話はつづいた。

「先日、わたし、名づけ子のシリヤ・レイヴンズクロフトに会いましてね」とミセス・オリヴァは言った。「レイヴンズクロフト家の人たちのこと、覚えていらっしゃる？　もちろん、ずっとずっと昔のことだけど」

「レイヴンズクロフト家と？　ちょっと待って。あのいたましい悲劇、あれじゃなかった？　心中って、そんなふうに世間では言ってたわね。オーヴァクリフの自宅の近くで」

「あなたの記憶力ったら、たいしたものですわ、ジュリア」

「昔からですよ。もっとも、ときどき名前を思いだせないことがあるけど。そう、ほんとにいたましい事件だったわね」

「ほんとにいたましい事件でしたわ」

「わたしのいとこがマラヤであの方たちと親しくしていてね、ほら、ロディ・フォスターですよ。レイヴンズクロフト将軍はとても華々しい軍歴をお持ちの方でね。そりゃ退役なすったときは、耳がすこし遠くなっていましたけど。人の話がよく聞きとれないこともあったんですよ」

「あのご夫婦のこと、よく覚えていらっしゃる?」

「ええ、覚えていますとも。人さまのことって、すっかり忘れるものじゃありませんよ。ええ、そう、あの方たちはまる五年か六年、オーヴァクリフに住んでいました」

「わたし、奥さんの洗礼名を忘れたんですけど」

「マーガレット、だったと思うわ。でも、みんなモリーって呼んでたわね。ええ、マーガレットですよ。あの頃はマーガレットっていう名の人がずいぶんいたわね。あの人、よくかつらをつけていましたわ、覚えている?」

「ああ、そうでしたわね。はっきり思いだせないけど、覚えているような気がしますわ」

「あの人、わたしにもかつらを買わせようと思ったらしいわ。外国へ行ったり、旅行に出たりするときには、とても便利だって。あの人はいろいろなのを四つ持っていてね。一つは夜会用、一つは旅行用、一つは――それでとても不思議なのよ。かつらの上から帽子をかぶって、それでいて、ちっとも乱れないのよ」

「わたしは、あなたほどあのご夫婦と親しくなかったんですよ」とミセス・オリヴァは言った。「それに、ほら、事件のあった頃は、講演旅行でアメリカにいたでしょう。だから、詳しいことはよく聞いていないんですよ」

「そりゃもう、たいへんな謎の事件だったのよ。というのは、つまり誰にもわからなかったわけ。いろんな噂が乱れとんだものだったわ」

「検視ではどういうことになったんですの――検視はあったんでしょう?」

「ええ、もちろん、ありましたよ。警察が調査をしました。そもそもピストルによる死というのが、どっちともつかない判定でね。どんないきさつだったのやら、警察にもはっきりしたことはわからなかったんですよ。レイヴンズクロフト将軍が奥さんを殺してから、自殺したとも考えられるし、どうやらレイヴンズクロフト夫人がご主人を殺しておいてから自殺したと受けとれないこともないし。いちばん考えられるのは、合意の自殺というところだけど、では、どうしてそういうことになったのかとなると、はっきりしたことはわからずじまいなんですよ」

「犯罪の疑いはないようでしたわね?」

「ええ、ええ。犯罪らしい臭いがないことは、もうはっきりしているという話でしたよ。つまり、指紋とか、誰かが近づいた形跡とか、そんなものがまるでなかったんですよ。ご夫婦はお茶のあと、散歩するために家を出たんです、これはそれまでにもよくあったことでね。そして、そのまま夕食に帰ってこないので、下男だか庭師だかが——誰だっていいけど——探しに行って、二人とも死んでいるのを見つけたってわけ。ピストルが死体のそばに落ちていたのよ」

「そのピストルというのは、将軍のものだったんでしたわね？」

「ええ。将軍は家にピストルを二挺持っていたのよ。退役軍人って、よくそうしてるんじゃない？　いまの世相を見るにつけ、ピストルを持ってると安心できるのね。もう一つのピストルは家のたんすの引き出しに入れたままになっていたの。とすると、将軍が——将軍のほうが計画的にピストルを持って出たということになりそうね。奥さんがピストルを持って散歩に出るなんて、ちょっと考えられませんもの」

「ええ、そりゃ無理だったんじゃないかしら？」

「でも、不幸だったとか、二人のあいだで言い争いがあったとか、自殺しなければならない理由があったとか、そういうことを示す証拠は、見たところまるでなかったんですからね。もちろん、ひとさまの生活にどんな悲しいことがあるか、はたからはわからないものですけど」

「ええ、そうですわ。誰にもわかりゃしませんわ。そのとおりですものね、ジュリア。それで、あなたもなにかご自分の意見はあったんでしょう？」

「ええ、人間ってどんなときでも詮索ずきなものですからね」

「そうですわ。人間ってどんなときでも詮索ずきなものですわ」

「ご主人がなにかの病気にかかっていたと考えられないこともありません。癌でもうすぐ死ぬと宣告されたとか。でも、医者の証言では、そんなことはなかったんですよ。まったく健康でね。といっても、ご主人のほうは——ずっと以前のことだと思うけど——なんていったっけ？——冠状血栓、これでいいの？　なんだか王冠みたいだわね、でも、ほんとは心臓の病気なんでしょう？　あの方はそんな病気にかかったことがあったんだけど、もうすっかりよくなっていたのよ。奥さんのほうは、そうね、とても神経質で、いつもノイローゼ気味でしたよ」

「ええ、そのことはわたしも覚えているような気がしますわ。もちろん、あのご夫婦とはそれほど親しくしていたわけじゃありませんけど、でも——」ミセス・オリヴァは藪から棒にたずねた——「奥さんはかつらをつけていましたか？」

「それがね、よく覚えていないのよ。いつもつけてはいたけど。四つのうちの一つをという意味ですよ」

「わたし、ちょっと不思議に思ったんですよ。これからピストルで自殺しようって人が、あるいは夫を殺そうって人が、かつらをつけるものかしらって、なんとなくそんな気がしたものですから」

この点を二人は興味を持って検討した。

「ほんとうのところ、どうお考えになる、ジュリア？」

「だからね、さっきも言ったでしょう、人間って詮索ずきなものでね。そりゃなにかと噂はありましたよ、でも、噂っていつでもついてまわるものですからね」

「ご主人のことで、それとも奥さんのことで？」

「じつはね、若い女がいたっていう噂なのよ。ええ、ご主人の下で秘書みたいな仕事をしていたんじゃないかしら。将軍は海外勤務中の回想録を書いていましたからね——出版社から頼まれたんだと思うけど——それで、その女が口述筆記をしていたんですよ。でも、世間にはいろんなことを——ときには、とんでもないことを言う人がありますからね、将軍は——その——その女となにかの関係があるとかなんとか。女というのはそう若くもなくてね。三十は過ぎていて、それほど器量もよくなかったし、わたしの目からみて、とても——その女にはスキャンダルめいたことはなかったんだけど、それでも、わかったものじゃありませんからね。もしかすると、将軍が奥さんを殺したんじゃないだろうかって、それも、ただ——その女と結婚したいばっかりに、なんて世間では考えてたのですよ。でも、そんなことを口に出して言った人がいたとは思えませんし、わたしだって、そんなこと信じちゃいませんでしたよ」

「あなたのお考えは？」

「そりゃね、奥さんのほうのことも、ちょっと勘ぐってはみましたよ」

「男の噂があったっていうこと？」

「マラヤでなにかあったんだと思いますよ。あれこれ話を聞きましたからね。あの人、ずっと年下の男と面倒を起こしたんですって。ご主人はそのことがひどく気にさわって、ちょっとしたスキャンダルをひきおこしたのよ。どこのことだったか忘れましたけどね。でも、どっちにしろ、遠い昔のことだし、それが尾をひいていたとは思いませんね」

「もっと自宅の近くで、なにか噂でもありませんでした？　ご近所の方と特別な関係はなかったんですか？　夫婦げんかとか、そういうふうなことは？」

「ええ、なかったと思うけど。もちろん、わたしだって、当時はあの事件の記事を読みあさりましたよ。それはもう、誰も彼もその話でもちきりでね。だって、たぶん、なにか――この事件の裏には、なにかとても悲しい恋物語がひそんでいるのだっていう気持ちが、誰にでもありましたからね」

「でも、そんなものはなかった、とお考えなんですね？　あのご夫婦にはお子さんがいましたわね。もちろん、わたしの名づけ子もそのなかの一人なんですけど」

「ええ、そうでしたわね、それに息子さんが一人。まだほんの子供だったと思うわ。どこかの学校に行ってて。女の子のほうだって、やっと十二、いえ——もっと大きかったかしら。スイスのある家にあずけられていてね」

「あの家には——精神異常とでもいうようなものはなかったのですか？」

「ああ、あの男の子のことを言ってるのね——ええ、もちろん、ないとはいえません。変わった話を聞くものだわね。父親をピストルで撃った男の子がいたんですよ——あれはニューキャッスルの近くのどこかだったと思うけど。あの事件の何年か前のことですよ。ええ、そうなの。その男の子はひどい憂鬱症にかかっていて、噂によると、はじめは、大学生の頃、首をくくろうとしたんだけど、どう思いなおしたのか、こんどは父親を撃ったんですって。でも、理由は誰にもわからなかったの。いずれにしろ、レイヴンズクロフト家では、そんなことはありませんでしたよ。ええ、そんなことがあったとは思いませんせん、それには、わたし、かなり確信がありますもの。ただ、どうしても考えずにはいられないのは、なにかのかたちで——」

「それで、ジュリア？」

「どうしても考えずにいられないのは、男がいたんじゃないかってことなの」

「つまり、奥さんに——？」

「ええ、それがその――ほら、そういうことはよくありがちだって、誰でも考えるでしょう。たとえば、あのかつらがそうよ」

「なんでまた、そこにかつらが割りこんでくるのか、よくわかりませんけど」

「もっときれいになりたいと思ってよ」

「あの方、三十五だったと思いますけど」

「もっとよ、もっとよ。たしか三十六だったわ。それで、ある日、かつらを見せてくれてね、実際、そのうちの一つ二つは、ほんとに美人に見えましたよ。それに、いつもたっぷりお化粧をしていてね。そういうことがみんな、あそこに住むようになってからのことなのよ。もともと器量のいいほうだったしね」

「というと、奥さんは誰かと、どこかの男と会っていたというわけ？」

「ええ、わたし、ずっとそのことを考えてきたのよ。男が女と妙な関係になってごらんなさい、男って尻尾をかくすのがあまり上手じゃないから、たいてい、人に気づかれるものですよ。ところが、女となると、そうとはかぎらないもので――つまり、奥さんは誰かと会っていたけど、誰もそれを知らなかったというわけ」

「まあ、ほんとにそうお考えになるの、ジュリア？」

「いいえ、わたしだって、まさか本気でそう思ってるわけじゃありませんよ、ただね、世間はいつだって知ってるってこと。召使も知っている、庭師とかバスの運転手も知っている。ご近所の人も。世間の人がみんな知っている。そして噂をする。噂だけじゃなく、そんなようなことがないわけじゃなかった、そこで、ご主人がそのことに気づくかなんかして……」

「では、嫉妬による犯行だとおっしゃるんですか？」

「ええ、そう思いますね」

「じゃ、奥さんがご主人を殺してから自殺したというより、ご主人が奥さんを殺しておいてから自殺した可能性のほうが大きいと考えておいでなんですね」

「そういうことになるわね——だって、奥さんがご主人を殺すつもりだったのなら——いっしょに散歩になんか行ったとは考えられないし、奥さんはハンドバッグにピストルを忍ばせて行かなくてはならないし、それだと相当大きめのハンドバッグだったでしょうね。実際的な面も見落とすわけにはいきませんからね」

「ええ、そうですわ。見落とすわけにはまいりませんわ。興味のある見方ですわね」

「あなたにとっては、きっと興味があるはずですよ、だって、ああいう犯罪小説を書いておいでなんだから。こういう見方をすれば、もっといい着想も浮かぶと思いますよ。将来どんなことになりそうかってこともね」

「どんなことになりそうかなんて、わたしにはわかりませんわ。だって、わたしが書いている犯罪は、みんな自分でつくったものなんですもの。つまり、こんなことが起こればいいなと思うことは、わたしの小説の中でも起こるんです。実際に起こったことや、起こりそうなことじゃないんです。だから、ほんというと、わたしほどこの事件を語る資格のないものはいないんですよ。そこへゆくと、あなたはおつきあいも広いしね、ジュリア、それに、あのご夫婦とも親しくしていらしたんだから、あなたがどんなふうに考えておいでになるか、興味を持ってるんですよ。奥さんは、なにかあなたに打ち明けたことがあるんじゃないかと思うんですけど――あるいは、ご主人のほうが」

「ええ。ええ、ちょっと待って、そう言われてみると、なにか思いだしそうな気がしますよ」

ミセス・カーステアズは椅子の背にもたれ、自信なさそうに首をふると、うすく眼をとじて、一種の昏睡状態に陥った。ミセス・オリヴァは無言のままでいたが、その顔には、やかんのお湯がたぎってくる最初の徴候を待っているときの女性のような表情をうかべていた。

「覚えていますよ、たしかに、あるとき、奥さんが言ったことがあります。あれはどういうつもりで言ったんでしょうね」とミセス・カーステアズが言った。「新しい生活をはじめるとか、そんなことを——聖女テレサの話のついでだったと思うけど。アーヴィラの聖テレサよ」

ミセス・オリヴァはいささか呆気《あっけ》にとられたようすだった。

「でも、なんでまた、アーヴィラの聖女テレサなんかが出てくるんですか？」

「ええ、わたしにもよくわからないんですけどね。聖テレサの伝記でも読んでたんじゃないかしら。ともかく、女があらためて生活をやりなおすなんて、すばらしいことだって言ったんですよ。そのとおりの言葉ではなかったけど、なんでもそんなようなことでしたわ。女が四十か五十か、そんな年になって、とつぜん新しい生活をはじめたくなる、ね、わかるでしょう。アーヴィラのテレサだってそうだったのよ。そのくらいの年までは修道女ひとすじ、これといって目立ったこともしなかったのが、修道院改革に乗りだし、とことんまでやりとげて、結局は偉大な聖女になったんですよ」

「ええ、そうですわ、でも、それとこれとでは話がちがうような気がするんですけど」

「ええ、話はちがいますよ」とミセス・カーステアズは言った。「でも、女って、だんだん年をとってきて、恋愛事件なんかの話になると、まったく他愛のないことを言うものですよ。まだまだ手遅れじゃない、なんてね」

7　ふたたび子供部屋に

　横町に面した、小さな、荒廃の影のきざした簡易住宅の三段の階段と玄関のドアを、ミセス・オリヴァはいささか自信なげに見やった。窓の下には、おもにチューリップだが、球根がいくつか芽を出していた。

　ミセス・オリヴァは躊躇《ちゅうちょ》し、手にした小さな住所録を開いて、これが目当ての家であることを確かめ、ノッカーで軽くドアをたたいた。その前に、見たところ電流が通じていそうなベルのボタンを押そうとしかけたのだが、家の中でこれはというようなベルの音とか、そんな反応を期待できそうにもなかったからである。応答がないので、しばらくして、もう一度ノックした。こんどは家の中で物音がした。足を引きずる音、喘息《ぜんそく》気味の息づかい、どうやらドアを開けようとしているらしい音。こうした音にまじって、くぐもった聞きとりにくい声が、郵便受けから聞こえた。

「ええ、なんてこった。なんてこった。また、くっついちまって。このトンマめ」

ついに、こうした内側での勤労が報われ、ぎしぎしと、いささか心もとない音をたてて、ドアがゆっくりと開いた。皺だらけの顔、曲がった背、からだじゅう関節炎といったようすの、苔でも生えていそうな老婆が訪問者を見すえた。迷惑そうな顔だった。不安の色はなく、ただイギリス女の牙城ともいうべき家に来てノックする者に対する嫌悪の色だけであった。おそらく七十か八十にはなろうという老婆だったが、いまだに家庭の勇敢な守護者であった。

「なんの用で来なすったか知らないが、わたしは――」老婆は言葉をきった。「まあ、ミス・アリアドニじゃありませんか。これはこれは、どうしたんでしょう！　ミス・アリアドニですよ、ね」

「すばらしいわ、憶えていてくださったなんて」とミセス・オリヴァは言った。「お元気、ミセス・マッチャム？」

「ミス・アリアドニ！　ほんとに思いもかけないことで」

ミス・アリアドニなんて呼ばれたことは、もうずいぶん昔のことだが、寄る年波にしゃがれてはいるものの、その声の抑揚には、なつかしい調子がこもっている、とミセス・アリアドニ・オリヴァは思った。

「さあ、お入りになって」と老婆は言った。「さあさあ、どうぞ。お元気そうですわね。

お目にかかるのは何年ぶりでしょう。すくなくとも十五年にはなりますよ」

十五年なんてものではなかったが、ミセス・オリヴァは訂正しなかった。彼女は家に入った。ミセス・マッチャムは手を握ろうとするのだが、その手は持ち主の言うことをきかないようすだった。やっとこさドアを閉めると、老婆は足を引きずり、びっこをひきながら、小さな部屋に入った。ここは彼女がわが家に迎えいれる気になった、いつくるともわからぬ訪問者をもてなすために用意してある部屋だということが、ひと目でわかった。部屋には、赤ん坊の、あるいは大人《おとな》のおびただしい数の写真が飾ってあった。だんだん古びてきてはいるが、まだぼろぼろにはなっていない、立派な革製の額縁におさまっているものもあった。もういくらか変色している銀の額縁には、頭の上に羽根飾りをつけた礼服姿の若い娘の写真があった。海軍士官のが二枚、陸軍将校のが二枚、絨毯に腹ばいになった裸の赤ん坊のが何枚か。部屋にはソファが一つと椅子が二つあった。すすめられるままにミセス・オリヴァは椅子に腰かけた。ミセス・マッチャムはソファに腰をおろし、一苦労して、背中のくぼみにクッションをあてがった。

「ほんとにまあ、こうしてお目にかかれるなんて。それで、いまでもやっぱり、あんなすてきな小説を書いていらっしゃるんでしょうね？」

「ええ」とミセス・オリヴァは言ったものの、推理小説や、犯罪および一般の犯罪と見なされる行為の小説が、はたしてどの程度「すてきな小説」と呼ばれ得るものやら、いささか疑問に思った。しかし、これはミセス・マッチャムの口癖みたいなものなのだ、と彼女は思った。

「わたしもとうとう一人ぽっちになりましてね」とミセス・マッチャムは言った。「おぼえていらっしゃいますかしら、妹のグレイシーを？　去年の秋に亡くなりましてね。癌だったんですよ。手術をしたんですけど、手遅れでした」

「まあ、それはお気の毒に」

ひきつづきそれから十分間ばかり、ミセス・マッチャムの最後の残った縁者の死が、つぎつぎと話題にあがった。

「それで、お変わりはないんでございましょうね？　お元気にお暮らしで？　もうご結婚で？　ああ、そうでした。何年か前にご主人はお亡くなりになったんでしたわね？　ところで、今日はどんなご用で、こんなむさくるしいところへ？」

「たまたまご近所まで来たもんでね」とミセス・オリヴァは言った。「それで、持っていた小さな住所録に、お宅の住所があったものですから、ちょっとお寄りして――ご様子でもうかがおうと思いましてね」

「まあ、それはそれは！　そして、昔話でも、でしょう。昔話ができるって、いつでも楽しいものですよ」

「ええ、ほんとですわ」と、ミセス・オリヴァは言ったが、多少ともこの訪問の目的だった方向へ話が移ったので、ほっと安堵した。「ずいぶんたくさんの写真がありますわね」

「はい、ずいぶんありますよ。それがね、『ホーム』にいた頃は——『老齢者の幸福のための落日荘』とかなんとか、しようのない名前でしたけどね。そこに一年とちょっといたんですけど、とうとう我慢できなくなりましてね、そりゃひどいところで、自分のものを持ってちゃいけないって言うんですよ。ええ、なんでもかでも『ホーム』のものでなくちゃいけないなんてね。住み心地がよくなかったとは言いませんがね、でも、わたしは自分の持ち物に取り巻かれているのが好きでして。写真とか調度とか。そんなところへ、市議会ですか、どこか協会かなんかの親切なご婦人が見えて、その協会の住宅だかなんだかがある、そこならなんでも好きなものを手もとに置いてかまわないんだからって、すすめてくれたんですよ。親切な奉仕員の方が、毎日様子を見に来てくれますしね。ここはほんとに居心地がいいんですよ。自分のものはあんなに持っていられるし」

「いろんな国のものがありますわね」とミセス・オリヴァはあたりを見まわしながら言

った。

「ええ、あのテーブル――あの真鍮の――あれはウィルソン大尉がシンガポールだかどこだかから送ってくれたんですよ。あのベナレスの真鍮の飾りものもです。きれいでしょう？　灰皿の上のへんてこなもの。あれはエジプトのものでね、神聖甲虫《スカラベ》とかいうんですよ。ご存じでしょう。なんだか皮膚病の名前みたいですけど、そうじゃないんです。ええ、カブトムシみたいで、なにかの石でできているんですよ。宝石だって言いますけどね。明るい青の。ほら――ラヴィス――いや、レイジー・ラピンとか言うものですわ」

「ラピスラズリという宝石のことでしょう」

「そうそう。それですよ。きれいでしょう。考古学とやらをやっている人が掘りに行ってね。送ってくれたんですよ」

「あなたにとっちゃ懐かしいものばかりですわね」

「そうなんですよ。みなさん、わたしがお世話した男や女のお子さま。赤ちゃんもいらしたし、生まれたばかりの方も、もうすこし大きくなってからの方も。わたしがインドにいた時の方もいらっしゃるし、シャムにいた時の方もね。ええ、そうなんですよ。あの礼服の方はミス・モイア。とてもきれいな方でしてね。二度離婚なすったんですよ、ええ。最初の旦那さまとは折り合いが悪くて、つぎには流行歌手と結婚なすったんですけれど、これは、もちろん、うまくゆくはずはありません。そこでまた、カリフォルニアの方と結婚なすったんですよ。ヨットをお持ちでね、ほうぼうに行っていらっしゃいましたよ。二、三年前にお亡くなりになりましたけど、まだ六十二だったんですよ。そんなにお若くてお亡くなりになるなんて、お気の毒ですよ」

「あなたも世界じゅういろんなところにいらっしゃったんですね。インド、ホンコン、エジプト、南アメリカ、そうでしたわね？」

「はい、ずいぶんあちこち行ったものですよ」

「覚えていますけど、わたしがマラヤにいた頃、あなたは軍人のご一家のところにいらしてたわね？　将軍かなんかの。あれは――ちょっと待ってくださいよ、お名前が思いだせないんですけど――あれはレイヴンズクロフト将軍ご夫妻ではなかったかしら？」

「いいえ、お名前をとりちがえておいでです。わたしがバーナビー家におりました頃のことですよ。それは、ええ、そうです。あなた、泊まりにいらっしゃいましたよ。覚えていらっしゃいます？　ほら、ご旅行の途中で、バーナビー家にお寄りになって、お泊まりになったんですよ。奥さまとは古いお友だちで。旦那さまは判事さんでした」

「ああ、そうでしたわね。厄介だわね。名前って、すぐごっちゃになって」

「お子さまが二人いらっしゃいましたよ。もちろん、イギリスの学校にお入りになりましてね。坊ちゃまはハーロウ、お嬢ちゃまはローディーンだったかしら、それで、その後わたしはほかのお宅に移ったんですよ。ええ、当節の変わりようったらね。乳母《アーマ》だって昔ほどいませんしね。じつを申しますと、乳母って、ちょいちょい、ごたごたの種になったものなんですよ。わたしはバーナビー家にいた頃も、べつの乳母とはうまくやっていましたけどね。さっきはどなたのことを言っていらっしゃいましたっけ？　レイヴンズクロフト？　ええ、覚えていますよ。ええ——その頃、どこにお住まいだったか忘れましたけど。わたしどものところとは、わりと近くでしたわ。ご両家におつきあいがありましてね。そりゃもうずいぶん昔のことですけど、よく覚えておりますよ。その頃、わたしはまだバーナビーさまのところにおりましたから。お子さまたちが学校に上がるようになった後も、奥さまのお世話をするために、そのままご厄介になっておったんでございますよ。お召し物のお世話をしたり、繕いものをしたり、なにやかやとね。ええ、そうです、あの恐ろしい事件が起こったのは、その頃ですよ。いえ、バーナビー家にではございません、レイヴンズクロフト家にですよ。ええ、あのことは一生涯忘れやしません。といっても、聞いただけですけど。あんなことに、わたしがかかわりあうわけがございませんからね。でも、ほんとに恐ろしい事件じゃございませんか」

「そうだったでしょうね、きっと」

「あなたがイギリスにお帰りになった後のことですよ、ずっと後のことでしたわ。いいご夫婦でした。そりゃいいご夫婦でしたから、ショックだったんですよ」

「わたしは記憶がないんですけどね」

「そうでしょうとも。人間は忘れるものですよ。わたしはちがいますけどね。それにしても、あの方は以前からおかしなところがあったんだそうでございますよ。まだ子供の頃からね。こんな話もあるんですよ。赤ん坊を乳母車から取りだして、河に投げこんだんですって。やきもちだって言う人もありましたし、赤ん坊を殺したくて、矢も盾もたまらなくなったんだと言う人もありましたけど」

「それは――レイヴンズクロフト夫人のことですの?」

「いえ、もちろん、ちがいますよ。なるほど、わたしほどよく覚えていらっしゃらないんですね。お姉さんですよ」

「奥さんの?」

「奥さんの姉だったか、旦那さまの姉だったか、いまじゃわたしもあやふやになったんですけど。なんでも長いこと精神病院みたいなところに入っていらしたんだそうですよ。十一か十二くらいの頃からね。病院に入れといたんだけど、治ったというので出てきたのです。そして、軍人さんと結婚なすったんですけど、そこでごたごたが起こってね。また病院に逆もどりしたって話でしたよ。ああいうところって、そりゃ待遇がいいんですよ。りっぱなつづき部屋やなんか、みんなそろっていてね。あの方たちもよく面会に行っていらっしゃいましたよ。将軍か奥さまがね。お子さまたちは誰かほかの人の手で育てられたんですよ、というのは、おびえるかなんかなさるもんでね。でも、結局はまた治ったんだそうで、退院してご主人と暮らしていらしたんですけど、そのうちにご主人がお亡くなりになりましてね。高血圧だったと思いますけど、それとも心臓でしたかしら。ともかく、ひどい取り乱しかただったんで、弟さんだか妹さんだかのところに——どっちかなんですけどね——身を寄せたわけです。それからは、とても幸せそうで、お子さまなんかもそりゃ可愛がりましてね。坊ちゃまのほうじゃなかったと思います。坊ちゃまは学校でしたからね。お嬢ちゃまのほうでした。ほかにも一人、その午後はよそのお嬢さんが遊びに来てたんですよ。もう詳しいことは忘れちまいましたけどね。なにしろずいぶん昔のことですから。そのことじゃいろんな噂が流れたもんですよ。あの方の仕業じゃないって言う人もいましてね。やったのは乳母だって、その人たちは思ってたんですよ。でも、乳母はお子さまたちを可愛がっていましてて、そりゃもうたいそう取り乱しましてて。お子さまたちをお屋敷から連れて出るというんですよ。ここに置いてちゃ命が危ないからとかなんとか言って。でも、そんなこと、誰も真《ま》にうけやしなかったんですけど、そのうちにあんなことが起こってね、そんなことから、あの女の仕業にちがいないってことになったんだと思います。この女の名前はなんてったっけ――思いだせませんけど。ともかくも、そんなふうだったんでございますよ」

「それで、そのお姉さんはどうなさったの、レイヴンズクロフト将軍か奥さんのお姉さんというのは？」

「それがね、お医者に連れていかれて、どこかの病院に入れられて、結局はイギリスに帰ったんだと思います。前と同じ病院かどうか知りませんけど、どこかでちゃんとした世話をうけてたんでしょう。お金に不自由はなかったんですからね。ご主人のおうちがお金持ちだったんですよ。たぶん、またご病気も全快なすったんじゃありませんかね。でも、そんなことは、ずっと思いだしもいたしませんでしたよ。あなたがレイヴンズクロフト将軍ご夫婦のことをおたずねになるまではね。あの方たち、いまはどこにいらっしゃるんでしょう。もう引退なさっているはずですわ、ずっと前に」

「それがね、お気の毒なことになりまして。あなたも新聞でお読みになったんじゃないかしら」

「新聞で、どんなことを？」

「あの方たちはイギリスに家をお買いになったのですけど、やがて――」

「ああ、そうそう、思いだしてきましたよ。そういえば、新聞でなにかそんなことを読みましたっけ。ええ、そのとき、レイヴンズクロフトっていう名には覚えがあると思ったんですけど、いつ、どんな事情でだったか思いだせなかったんです。あの方たち、崖から落っこちなすったんでしたっけ。なんでもそんなことでしたわね」

「ええ、そんなことですよ」

「ねえ、ミス・アリアドニ、お目にかかれるなんて、ほんとにうれしいんですよ。ぜひお茶をご馳走させてくださいな」

「ほんとにお茶はもう結構ですの。どうぞおかまいなく」

「まあ、結構だなんて、いけませんよ。よろしかったら台所へいらっしゃいませんか。このごろは、たいていあっちのほうにおりますので。動きまわるのも楽なものですからね。でも、お客さまは、いつもこの部屋にお通しするんですよ、ええ、ここにあるものが、わたし、自慢なんで。ここにあるものや、このお子さま方が自慢なんでございますよ」

「あなたみたいな人は、きっとすばらしい人生を送ってこられたんでしょうね、お世話なさったたくさんのお子さま方に取り巻かれて」

「そうでございますよ。よく覚えておりますけど、あなたはおちいさい頃、わたしのお話がお好きでしてね、虎のお話がありましたっけ、それから、お猿のお話——木の上のお猿の」

「ええ、覚えていますわ。もう遠い昔のことになりましたのね」

ミセス・オリヴァの心は、六つか七つの頃の自分の上にふっとかえっていった。イギリスの道にはすこしきつすぎるボタン留めのブーツをはいて歩いていた子供。乳母《ナニー》のインドやエジプトの話を聞きいっていた子供。そして、これがその頃の乳母なのだ。ミセス・マッチャムが乳母だったのだ。ミセス・オリヴァは昔の乳母の後から部屋を出ながら、あたりを見まわした。少女たち、小学生の男の子たち、子供たち、いろんな年頃の大人たちの写真、彼らは昔の乳母を忘れず、ほとんどが晴れ着を着飾り、きれいな額縁に入れて送ってきたのだ。彼らがいるからこそ、この乳母はわずかな当てがい扶持で、なんとか楽しい晩年を送っているのだ。ミセス・オリヴァは、とつぜん、わっと泣きだしたくなった。そんなことは彼女らしくもなかったので、やっと意志の力でこらえた。彼女は、ミセス・マッチャムの後から台所に行った。そして、持ってきた手土産をさしだした。

「おやまあ！　サッハムズのいちばん上等のお茶じゃありませんか。昔からこれが大好きなんですよ。覚えていてくださるなんて。いまじゃ、めったに手に入れることもできません。それにまた、これはわたしの大好きなビスケット。ええ、あなたはほんとに物覚えのいい方でしたよ。あの子たちはあなたのことをなんと呼んでましたっけね——ほら、遊びに来ていた二人の男の子ですよ——一人はあなたのことを、象さんって、もう一人の子は白鳥さんって呼んでいましたわね。象さんと呼んでた子は、よくあなたの背中に乗って、あなたは四つんばいになって床を歩きまわり、長い鼻があるつもりになって、物を持ちあげる真似をなすったものでしたよ」

「あなたはよくいろんなことを覚えているのね、乳母《ナニー》」とミセス・オリヴァは言った。

「そりゃもう」とミセス・マッチャムは言った。「象は忘れない。昔からの諺にもございますよ」

8　ミセス・オリヴァ活動中

ミセス・オリヴァは、いろんな化粧品も扱っている、よく設備のととのった薬店ウィリアムズ・アンド・バーネットの店に入った。彼女はさまざまな種類のウオノメ治療薬の入った回転陳列台の前でちょっと足をとめ、ゴム・スポンジの山の前でためらい、なんとなく調剤台のほうへ行き、エリザベス・アーデン、ヘレナ・ルビンシュタイン、マックス・ファクター、その他、女性の生活に恩恵をほどこす人々の手によると想像されている、並べ方からして目にもあやな、美への助力品の前を通りすぎた。

結局、ぽっちゃりした女店員のそばで足をとめ、どこそこの口紅はないかとたずね、それから彼女は意外だといった短い叫びをあげた。

「まあ、マーリーン――マーリーンじゃないの？」

「あら、ミセス・オリヴァ。いらっしゃいまし。すばらしいじゃございませんか。あなたが買物にいらしてるって知らせたら、女の子たち、みんな大騒ぎしますわ」

「わざわざ知らせることはありませんよ」とミセス・オリヴァは言った。

「まあ、みんな、きっとサイン・ブックを持ってとんできますのに！」

「そんなことになったらたいへん。ところで、お元気？　マーリーン？」

「ええ、まあまあですわ」

「まだこのお店にいらっしゃるかどうかって思いましたわ」

「ええ、どこに行ったって似たり寄ったりですし、ここはとても待遇がいいんですの。お給料だって去年あがりましたし、いまじゃ一応この化粧品売場の責任者にしてもらってるし」

「それでお母さまは？　お元気？」

「ええ、おかげさまで。あなたにお会いしたことを話したら、母も喜びますわ」

「お母さまは、いまでも前と同じ家に住んでいらっしゃるの——病院の前の通りを行ったところに？」

「ええ、わたしたち、いまもあそこにいますわ。父の加減がはっきりいたしませんのでね。一時入院してたんです。でも母のほうはぴんぴんしてますわ。あなたにお会いしたって言ったら、母がどのくらい喜びますことやら。それで、こちらにはずっといらっしゃいますの？」

「いえ、そうもいきませんのよ。じつを言いますと、ちょっと通りかかっただけなんですから。昔の友だちを訪ねてきましてね、それで、わたし――」彼女は腕時計に目をやった。「いまごろお母さまはお宅にいらっしゃるかしら、マーリーン？　ちょっとお寄りしたいんだけど。よそへまわる前に、せめてご挨拶でもと思ってね」

「まあ、ぜひそうしてくださいな。母も大喜びいたしますわ。申しわけございません、あたくし、ここを離れられないんで、ごいっしょできませんの、そういうことをすると、あまりよく思われませんので、ええ、あと一時間半しないとお休みにならないものですから」

「それじゃ、またいつかね。それはともかく、わたし、よく覚えてないんだけど――十七番地だったかしら、それとも、なにか名前があったかしら？」

「『月桂樹荘』っていうんです」

「ああ、そうだったわね。なんて、わたし、ばかなんでしょう。じゃね、会えてよかったわ」

彼女は大急ぎで、いりもしない口紅を一本バッグに突っこむと、店を出てチッピング・バートラムの大通りに車を走らせ、自動車修理工場と病院の建物の前を過ぎ、すこし狭い道に車を乗り入れた。その道の両側には、とても住み心地のよさそうな小さな家が立ちならんでいた。

彼女は『月桂樹荘』の前で車をおり、中へ入っていった。五十歳ぐらいの、髪に白いもののまじった、瘦《や》せてはいるが元気そうな女がドアを開け、すぐにこちらがわかったらしいようすを見せた。

「まあ、ミセス・オリヴァじゃありませんか。ようこそ。ずいぶんお久しぶりですわね」

「ほんとに、ずいぶんお目にかかりませんでしたわね」

「さあ、お入りになって、さあ。お茶でもいれましょう」

「せっかくですけど、さっき友だちのところでいただいてきましたし、これからロンドンに帰らなきゃなりませんから。じつはね、買物があったのであの薬屋さんのお店に行って、マーリーンに会いましたの」

「ええ、あの子もいい勤め口にあたりましてね。とても大事にしていただいていますの。やる気があるからって」

「まあ、それは結構ですわね。それで、お元気ですか、ミセス・バックル、この前お会いしたころとちっとも変わっていませんわ」

「あら、わたし、そう言われるのはいやなんですよ。白髪もふえたし、めっきり瘦せましたしね」

「今日は昔のお友だちと会ってばかりいるような気がするんですよ」と、ミセス・オリヴァは言いながら、家の中に入り、すこし取りちらかした小さな居間に案内された。「ミセス・カーステアズのこと、覚えていらっしゃるかしら——ミセス・ジュリア・カーステアズ」

「覚えていますとも。ええ、もちろんですよ。あの方も年をおとりになったことでしょうね」

「ええ、それはもう。でも、すこしばかり昔話をしてきましたよ。じつをいうと、すっかり話しこんで、あの例の事件のことまで話題になりましてね。あの当時、わたしはアメリカにいたものですから、事情をよく知らなかったんですよ。レイヴンズクロフトって言いましたわね」

「ええ、あの事件ならよく覚えていますわ」

「あなた、一時あの家で働いていたことがあったんでしたわね、ミセス・バックル？」

「はい。週に三回、朝のうち、うかがっておりました。とってもいい方たちでしたね。あれこそ軍人ご夫婦というんでしょうか。古い型のね」

「いたましい事件でしたわ」

「ええ、ほんとにねえ」

「あのときも、まだあの家で働いていたんですか？」

「いえ、じつを申しますとね、行けなくなったんですよ。年とった叔母のエマがいっしょに暮らすようになりましてね、その叔母というのが眼は不自由だし、からだの加減もあまりよくないしするので、よそさまへ働きに出る暇がなくなったんですよ。でも、あの事件の一、二カ月前までは働かせていただいていましたわ」

「とても恐ろしい事件だったようですわね」とミセス・オリヴァは言った。「たしか合意の自殺だったとか」

「嘘っぱちですよ、そんなこと。あの方たちがいっしょに自殺なんかなさるものですか。あんな方たちが自殺なんて。とっても幸せに暮らしてらしたんですもの。もちろん、あそこにはそれほど前からお住まいだったわけじゃありませんけどね」

「ええ、そうだったらしいですね。ボーンマスの近くのどこかで住んでいらしたのね、イギリスに帰ってすぐは？」

「はい、そうなんですけど、あそこからだとロンドンに出るにはちょっと遠すぎるものですから、チッピング・バートラムにおいでになったんです。とってもいいお家《うち》で、お庭も見事で」

「あなたが働いていたおしまい頃、お二人とも健康のほうはなんともなかったんですか？」

「まあ、たいていの方と同じで、いくらか年齢《とし》を感じていらっしゃいましたね。将軍のほうは心臓の病気ですか、軽い発作があって。お薬をのんだり、ときどき、ちょっとお休みになったり」

「それで奥さんのほうは？」

「外国での生活をなつかしがっていらしたようですわね。お二人ともこちらではお知り合いといってもあまりありませんでしたので。といっても、もちろん、だんだん、付き合いもふえましたし、それも同じ上流のご家庭でしたけど。でも、マラヤとか、あんな国のようにはいかなかったのでしょうね。あちらでは奉公人がいくらでもいたんですから。派手なパーティやなんかもね」

「奥さんは、そういった派手なパーティをなつかしがっていたんですか？」

「そこのところは、はっきりとはわかりかねますわ」

「ほかから聞いた話ですけど、奥さんはかつらを愛用なさってたそうですね」

「ええ、いくつか持っていらっしゃいましたわ」とミセス・バックルはちょっと笑いながら言った。「とってもおしゃれなのや、とっても高価なのや。そして、ときどき、そのかつらをロンドンの買ったお店にお送りになる、するとお店ではまたセットしなおして送りかえしてくるんですよ。いろんなのがありましたわ。トビ色のや、小さなカールでいっぱいなのや。それをおつけになると、そりゃおきれいに見えましたの。それから、ほかに二つ——ええ、見た目にはそれほどいいものではありませんけど、実用的な——ほら——お天気の悪い日に、雨になりそうだから、なにかかぶるものが欲しいときなんかにね。身なりにはとても気をつかっていらしたし、着るものなんかにはずいぶんお金をかけておいでてでしたわ」

「あの事件の原因は、なんだとお思いになる？　なにぶん、あの当時わたしはアメリカにいましたから、この近くにいたわけではなし、友だちとも会いませんでしたのでね、事件のことはなんにも聞かなかったんですよ、それに、こういうことって、あからさまにたずねたり、手紙を書いたりするのも変なものですしね。きっとなにか原因はあったにちがいないと思うんですよ。だって、使われたのはレイヴンズクロフト将軍のピストルだったそうじゃありませんか」

「はい、おうちに二挺ありましてね、将軍が、どんな家でもピストルがないんでは安全じゃないって言ってらしたからなんですよ。将軍のおっしゃるとおりなんで。いえ、わたしが知っているかぎりでは、以前になにか騒ぎがあったというわけではないんですけどね。ある日の午後、なんだか怪しげな男が玄関に来ましてね。見るからにいやな男でしたわ。将軍に会いたいって言うんですよ。若いころ、将軍の連隊にいたことがあるって言って。将軍は二つ三つ質問なさって、まるっきり——ええ、うさんくさい奴だとお思いになったんでしょうね。追っぱらっておしまいになったんですよ」

「では、あなたの考えでは、あの事件は外部のものの仕業だと？」

「きっとそうだと思いますわ、だって、ほかに思いあたることはありませんもの。じつを申しますとね、庭仕事に来ていた男が、わたし、どうにも気にくわなかったんですよ。あまり評判のよくない奴で、若い頃の前科があったんじゃないかと思うんです。でも、もちろん、将軍は身もとをお調べになったうえ、機会を与えてやろうとなさったんです」

「それで、あなたはその庭師が殺したんじゃないかって考えてるのね？」

「それがその、わたしは——ええ、ずっとそう思ってましたの。でも、たぶん、考えちがいなんでしょうね。いっぽう、どうも、わたしには——つまり、将軍か奥さまに、なにか人聞きの悪い噂があるとか、将軍が奥さまを殺したの、いや、奥さまが将軍を殺したのって言う人があるんですけど、わたしに言わせれば、そんなのはみんな愚にもつかない噂ですよ。ええ、外部のものの仕業です。そこらのろくでなしが——いえ、当節の連中ほど悪い奴ではありませんよ、だって、お忘れにならないでくださいましよ、あれは人々がいまのように暴力をなんとも思わなくなる前のことですからね。なにしろ、このごろの毎日の新聞に出ていることを見てごらんなさいまし。まだほんの子供みたいな若者が、麻薬をやたら飲んで、暴れまわったり、わけもなしにたくさんの人を殺したり、そうかと思えば、バーで女の子にお酒をすすめておいて、あげくには家まで送っていく、そして、翌日、その女の子の死体が溝の中で発見されるというんですからね。乳母車の子供を母親の手から盗みだしたり、女の子をダンスに連れていって、帰り道に絞め殺したり。これじゃ、世の中はしたい放題っていう感じじゃありませんか。とにかく、将軍と奥さまという、むつまじいご夫婦が、夕方、気持ちよい散歩にお出かけになる、そして、どうでしょう、お二人とも頭を撃ち抜かれたんですよ」

「頭を撃ち抜かれていたんですか？」

「それが、いまじゃはっきりとは覚えていませんし、もちろん、自分の目で見たわけじゃありませんのでね。でも、ともかく、いつものように、ちょっと散歩にお出かけになったんですよ」

「ご夫婦の仲が悪かったことなんかなかったんですね？」

「そりゃ、たまには口げんかぐらいなさったことはありましたけど、そんなこと、どちらのご家庭でもありがちなことじゃありませんかしら」

「ボーイフレンドとか、ガールフレンドもいなかったんですか？」

「ええ、あの年の方々にそういう言葉が使えるものならね、そりゃあちらこちらですこしはそんな噂もありましたけど、みんな愚にもつかないことですよ。まるで根も葉もないことばっかり。世間の人って、そんなことを言いたがるものでしてね」

「お二人のうち、どちらかが――ご病気だったとかは？」

「そうですね、奥さまのほうが何かでお医者さまの診察をおうけになるため、一、二度ロンドンにいらっしゃったことがあります。手術のため入院なさるとか、入院の予定だとかのようでしたけど、なんの手術なのか、はっきりおっしゃいませんでしたわ。でも、すっかりよくおなりになったんじゃありませんかしら――ほんのちょっとのあいだ、入院なさいましたわ。手術はなさらなかったようです。退院なさったときは、見ちがえるようにお若く見えましたわ。美顔術をなさったんで、カールのかつらをなさると、そりゃきれいでね。まるで若がえったようでしたわ」

「それで、レイヴンズクロフト将軍は？」

「そりゃご立派な紳士でしてね。世間体の悪い噂なんか見たことも聞いたこともありませんし、また、あるはずもございません。人の口に戸は立てられぬと申しますが、なにかおそろしい事件でも起こると、なにやかやと噂するものですよ。もしかすると、マラヤかどこかで頭をひどくお打ちになったんじゃないかと思うんですけどね。わたしの伯父だか大伯父だかに、昔むこうで馬から落っこった人がいましてね。大砲かなんかに頭をぶつけて、それ以来頭が変になったんですよ。半年ほどはなんともなかったんですけど、その後がいけません、年がら年じゅう奥さんを殺そうとするもんで、しようがなしに病院に入れましたよ。奥さんが迫害するだの、後をつけるだの、おれは外国のスパイだのって言うんです。ええ、世間の家庭の中でどんなことが起こっているものやら、起こってもおかしくない種がまかれているものやら、わかりゃしませんからね」

「いずれにしろ、わたしが耳にはさんだ噂、たとえば、不仲が原因で、ご夫婦のどちらかがどちらかを殺してから自殺したなんてことは嘘だと、あなたはお考えなんですね」

「ええ、ええ、そうですとも」

「その当時、お子さんたちは家にいらしたんですか？」

「いえ、ミス——えぇっと——なんてお名前でしたっけ、ロージーだったかしら？　ちがう、ペネロピだったかしら？」

「シリヤ。わたしの名づけ子なんですよ」

「ああ、そうでしたわね。ええ、思いだしましたよ。いちど、あなたはお嬢さまを遊びに誘いにいらしたことがありましたっけ。お元気なお嬢さまで、ちょっと聞きわけのないところもありましたけど、ご両親のことをそりゃ愛しておられたようでしたわ。いえ、事件のときは、スイスの学校にいらしていて、よかったと思いますよ、だって、おうちにおいでになって、ご両親のお姿をごらんになったら、それこそひどいショックだったでしょうからね」

「それから、息子さんも一人いましたでしょう？」

「はい、エドワード坊ちゃまですよ。お父さまは坊ちゃまのことが心配なご様子でしたわ。お父さまがあまりお好きでないようでね」

「ああ、そんなことはなんでもありませんよ。男の子ってそういう時期があるものですから。それで、お母さまっ子だったっていうわけ？」

「ちょっとかまいすぎっていうんでしょうか、坊ちゃまにとっては、それがうるさかったんですね。子供って母親からかまわれすぎるのは好きじゃないんですよ、ほら、もっと厚いシャツになさいとか、もう一枚セーターを着なさいとか言われるのはね。お父さまはというと、これはまた坊ちゃまの髪がお気に召さないんですよ。その髪というのが——まだいまのような髪ははやっていなくて、いわばそういう髪のはしりでした、わたしの言うことおわかりですかしら？」

「事件当時、息子さんは家にはいなかったんでしょう？」

「はい」

「息子さんにとってもショックだったでしょうね？」

「そりゃそうでしょうとも。もちろん、わたし、あの頃はもうあのお宅にはうかがっていませんでしたので、詳しいことは存じません。でも、おたずねになるなら申しますけど、わたしは庭師がどうも気にくわなかったんですよ。なんという名前だったかしら――フレッド、そうですわ、フレッド・ウィゼル。そんな名前でしたわ。ちょっとした――ええ、ちょっとした詐欺かなんかして、将軍がそれを知って、お払い箱にしようとなさったことがありましたけど、あの男ならやりかねませんよ」

「かねないって、ご夫婦を殺すことを？」

「ええ、あの男が将軍を殺したっていうのなら、そう意外でもないって、わたし、考えていましたんですよ。将軍を殺したところへ、奥さんが来たので、仕方なく奥さんも殺す。こういうことって、よく小説にあるじゃありませんか」

「そうね」とミセス・オリヴァは、考え考え言った。「小説にはよくそういうことがありますわね」

「ほかに家庭教師がいましてね。この男も、わたし、あまり好きじゃありませんでしたわ」

「なんの家庭教師？」

「坊ちゃまがまだお小さい頃、家庭教師がついていたんですよ。初級の学校の試験に落っこちましてね――予科校《プレプ・スクール》とかいうんですよ。それで家庭教師をつけることになったんです。一年ほどもいましたかね。奥さまのお気に入りでした。奥さまは音楽がお好きでしたけど、その家庭教師もそうだったんです。たしか名前はミスタ・エドマンドだったと思います。なんだかにやけた青年で、わたしの見たところでは、レイヴンズクロフト将軍はあまりよく思っていらっしゃらなかったようですわ」

「でも、奥さまのほうはそうではなかったんですね」

「それが、いろんなことで二人は気が合ったんですよ。それに、その男を選んだのは将軍というより奥さまだったのです。ええ、態度もりっぱだったし、口のきき方でも、そりゃ――」

「それで、その――名前はなんといいましたっけ？」

「エドワード？　ええ、坊ちゃまはその家庭教師によくなついていらっしゃいましたわ。まったく、夢中でしたよ。ちょっと英雄崇拝といっていいくらいな。とにかく、本気になさっちゃいけませんわ、ご家庭の中に世間体の悪いことがあったとか、奥さまが浮気をなさったとか、将軍が秘書みたいにしていた、あのちんくしゃの女となにかあったとか、そんな噂のことはね。ええ、あの極悪人の人殺しが誰であるにしても、外部の人間にきまってますよ。警察ではまるで犯人の見当がつかないでいるんです。近くで車を見かけたという話もあるんですけど、これも関係がないとやらで、それっきり。それにしても、やっぱりマラヤとそのほかの外国や、なんなら最初ボーンマスにお住まいだった頃、ご夫婦を知っていた者を探すのがほんとうだと思いますよ。誰にだってわかるもんじゃありませんからね」

「あなたのご主人は、あの事件のことをどう考えておいでなの？　もちろん、あなたほどあのご夫婦のことをご存じじゃないでしょうけど、それでもいろいろと耳に入っているでしょうから」

「ええ、そりゃもういろいろと聞きこんでいますよ。『ジョージと旗亭』で、夜なんか。世間なんて口さがないものですからね。奥さまは大酒飲みで、空瓶の箱がいくつも家から運びだされるとか。根も葉もないことですよ。わたしがよく知っています。それから、ときどき顔を見せる甥があるなんて噂もね。なにかで警察の厄介になったとか言われていましたけど、そんなことはなかったと思います。警察だってなんとも思わなかったんですから、とにかく、当時はそんなことはありませんでしたよ」

「家にはほんとに誰もいなかったんですか、レイヴンズクロフトご夫婦のほかには？」

「奥さまにはお姉さんがありましてね、ときどき訪ねておいででした。腹ちがいの姉だとか。なにかそんなことでしたわ。奥さまにちょっと似ていましてね。わたし、その頃から思ってたんだけど、その方は見えるたびに奥さまと悶着を起こしましてね。騒ぎを起こすのが好きな方でしたわ、わたしの言う意味がわかっていただけますかしら。人を困らせるようなことをおっしゃるのですよ」

「奥さまはその方に好意を持っておいででしたの？」

「それがね、正直に申しますと、心からお好きではなかったと思うんですよ。どうやらそのお姉さんというのが、ご夫婦のことにくちばしを入れたがっていて、自分が歓迎されないのが気に入らない様子でした。でも、奥さまのほうはお姉さんを家に入れるのがおいやだったのだと思いますわ。トランプが上手だったので将軍にはとても気に入られていました。いっしょにチェスやなんかやって、将軍はご機嫌でしたわ。ある意味ではおもしろい人でね。ミセス・ジェリボーイという名前でしたわ。未亡人でした。たしかよくお金を借りていたようですよ」

「あなたはその方が好きでしたの？」

「そうですね、こう言っちゃ悪いけど、わたしは好きじゃありませんでしたね。いえ、大嫌いでしたわ。疫病神とでも申しますか。でも、あの事件が起こるすこし前から姿を見せませんでした。どんな方だったか、いまじゃあまりよく覚えていないんですけどね。息子さんが一人いて、一、二度連れてきたことがありましたっけ。わたしはあまり好きじゃありませんでした。ずるがしこい子でね」

「とすると、ほんとのことは誰にもわからずじまいということになりそうですわね。いまとなっては、こんなに年月がたってはね。わたし、先日、名づけ子に会ったんですよ」

「それはそれは。ミス・シリヤのことは伺いとうございますわ。いかがですか、お元気？」

「ええ、元気そうでしたよ。結婚のことを考えているようでしたわ。いずれにしろ、一人——」

「きまったボーイフレンドができたんですね？　ええ、わたしたちでもそうでしたもの。みんながみんな最初のボーイフレンドと結婚するわけじゃありませんけど。十中八九まではそうなんですよ」

「あなた、ミセス・バートン＝コックスっていう方、ご存じないでしょうね？」

「バートン＝コックス？　聞いたことのあるような名前ですわね。いえ、思いちがいのようですわ。この近くにお住まいだったとか、レイヴンズクロフトさまのところに滞在していらしたとか、そんなことはございませんでしたか？　いえ、記憶があるわけではないんですよ。でも、なんだか聞きおぼえがあるようですわ。将軍の古いご友人なんかで、マラヤで知り合いになったとか。いえ、覚えがありませんわ」彼女は首を振った。

「では」とミセス・オリヴァは言った。「こうしちゃいられませんわ、おしゃべりばかりして。あなたやマーリーンに会えて、ほんとにうれしかったわ」

9　象探しの成果

「お電話でございます」とエルキュール・ポアロの従僕のジョージが言った。「ミセス・オリヴァからで」

「ああ、わかったよ、ジョージ。それで、用件は？」

「今晩、夕食後おうかがいしてもよろしゅうございますか、とのことで」

「それは願ってもないことだ。まったく願ってもないことだ。今日は退屈だったからね。ミセス・オリヴァに会えば気分も変わろうというものだ。いつでも会えばおもしろいし、まったくとてつもないことを言う人だしね。ところで、象のことを言っていなかったかね？」

「象でございますか？　いえ、さようなことはなかったようで」

「ほう。では、どうやら象は当てがはずれたらしいな」

ジョージはいぶかしげに主人を見つめた。ポアロの言うことの関連性が、よくのみこめないことが、ときたまあったのだ。

「折り返し電話して、喜んでお待ちしていますと伝えてくれ」

ジョージは言われたとおり電話をかけに行き、やがてまた顔を出して、ミセス・オリヴァは九時十五分ごろにお見えになると告げた。

「コーヒーだ。コーヒーとケーキを用意しておいてくれ。フォートナム・アンド・メイソンから、最近届いたと思うが」

「なにかお酒は？」

「いや、いらないだろう。わたしは黒スグリのシロップでももらおうかな」

「かしこまりました」

ミセス・オリヴァは時間どおりに訪ねてきた。ポアロは大げさに喜びを見せて彼女を迎えいれた。

「お元気ですか、マダム？」

「くたくたですわ」とミセス・オリヴァは言った。

彼女はポアロがすすめてくれた肘掛け椅子にぐったりと腰をおろした。

「もう、へとへと」

「ほう。追っている者が《キ・ヴァ・ラ・シャス》──いや、あの諺《ことわざ》はなんというんでしたっけ、思いだせないが」

「わたしは覚えていますわ。子供のころ、習ったんです。『追っている者が《キ・ヴァ・ラ・シャス》自分の居場所を見失う《ペール・サ・プラス》』」

「それでは、あなたがしている追跡には当てはまりませんな。象の追跡のことですよ。これが単なる言葉のあやでなければね」

「とんでもない。わたしは必死になって象を追っかけてたんですよ。あっち、こっちと駆けずりまわって。わたしが使ったガソリンの量、汽車に乗った距離、書いた手紙や、打った電報の数──こういうものがどんなに疲れるものか、あなたにはおわかりになりませんわ」

「それでは、一息いれなくちゃ。コーヒーは？」

「おいしい、濃い、ブラック・コーヒー──ええ、いただきますわ。ちょうど飲みたいと思ってたところでしたの」

「失礼ですが、なにか成果はありましたか？」

「山ほど。ただ困るのは、どれかが、なんかの役にたつのかどうかわからないことですわ」

「でも、事実はわかったんでしょう？」

「いいえ。そうとも言えないんですよ。人が事実だって言うことは聞いてきたんですけど、それがほんとに事実かどうか、わたしには大いに疑問なんですよ」

「噂にすぎないと？」

「いいえ、そうじゃないんです。わたしがそうじゃないかと思っていたとおりでしたわ。記憶。記憶のある人ならいくらでもいましたわ。ただ困るのは、記憶はあっても、それはつねに正しい記憶とはかぎらないことですわ」

「そうですな。しかし、それでも、それは成果といっても差し支えないのかもしれない。そうじゃありませんかな？」

「それで、あなたのほうは？」

「いつもながら手厳しいことですな、マダム。駆けまわれとおっしゃる、わたしも同じように行動しろとおっしゃる」

「それで、駆けまわったんですか？」

「わたしは駆けまわりゃしません、でも、同業の人たちに二、三相談しましたよ」

「わたしが動きまわっていたことに比べると、ずいぶんのんきみたいですわね。ああ、このコーヒーのおいしいこと。とっても濃くて。わたしがどんなに疲れているかおわかりにならないでしょうね。そして、どんなに頭がこんがらかっているか」

「まあ、まあ、もっと希望を持とうじゃありませんか。あなたは成果をあげたんですよ。なにか聞きこんできたんでしょうね」

「そりゃいろんな手がかりらしいものや、噂を仕入れてきましたわ。どれが事実やらわかりませんけどね」

「そりゃ事実じゃないにしても、役にはたつかもしれませんよ」

「そうですわ、おっしゃる意味はわかりますわ。わたしもそう考えていましたの。つまり、この仕事に乗りだしたとき、そう考えたっていう意味です。人がなにかを思いだして、話してくれるとき――つまり、起こったことをそっくりそのまま話すんじゃなくて、話す本人が起こったと思ったことを話すことが多いんですね」

「しかし、話すからには、きっとなにがしかの根拠はあったのでしょうな」

「わたし、リストみたいなものをつくってきましたの。どこを訪ねたの、どんなことを言ったの、なぜそんなことをしたのって、こまごましたことは省きます。慎重に考えた上で探しにいったのです――この国ではもう誰からも手に入れることのできない情報ですわ。みんなレイヴンズクロフト夫婦のことを、なにかしら知っている人たちから集めたものばかりです。たとえ、その人たちがご夫婦とそれほど親しくなかったにしてもね」

「外国での情報っていう意味ですね？」

「ほとんどが外国でのことです。ほかには、あの方たちのことをほんのちょっと知っていた人たち、あるいは伯母さんとか、いとことか、友だちとか、ずっと昔、知り合いだったとかいう人たちから聞いた話です」

「それで、このリストに載っている人たちは、それぞれなにかの話を持っていたというわけですな——あの事件、あるいは、事件にかかわりのある人たちに関係のある話を」

「そうですよ、ざっと話しましょうか？」

「うかがいましょう。まあケーキでもひとつ」

「ありがとう」

ミセス・オリヴァはいかにも甘そうで、見るからにげっそりするようなケーキを選び、せっせと食べはじめた。

「わたし、いつもそう思うんですけど、甘いものって、ほんとに元気が出るものですわね、ところで、わたし、こんな思わせぶりな言葉を聞かされるんです。たいてい、こんなふうにはじまるんですよ——『ええ、そうですとも！』『おいたわしいことでしたわね。なにからなにまで！』『そりゃもう、どんなことだったのか、誰でも知っていると思いますわ』まずこんなふうなんですよ」

「なるほど」

「この人たちは、どんなことが起こったのか、自分では知っていると思っているんです。ところが、実際にはちゃんとした根拠なんかまるでないんですよ。誰かがそう言ったとか、友だちだの、召使だの、親戚だのから聞いたとか、そんな話ばかりなんです。思いつきの話って、言うまでもありませんけど、みんなこうじゃないかなって、こちらで想像してたことばかりなんですね。たとえば、レイヴンズクロフト将軍はマラヤ時代の回想録を書いていて、口述筆記をしたり、タイプをうったり、秘書の役目をやる若い女を雇っていただの、それがなかなかの美人で、きっとなにかあったにちがいないっていうようなこと。その結果は——考え方が二派にわかれるようです。一つの派の考えによると、将軍はその女と結婚したいばっかりに奥さんを撃ち殺し、殺したとたんに、自分のしたことがおそろしくなって自殺したと……」

「まことにもって、ロマンチックな解釈ですな」

「もう一つの考え方は、病気で、予科校を六カ月休んでいる息子さんの勉強をみてやるための家庭教師がいましてね——それが若い美男子だったんですよ」

「ああ、なるほど、奥さんがその青年と恋におちたわけですね。そして、たぶん、浮気をしたんだとね？」

「そのとおりですよ。べつに証拠はありませんけどね。ただロマンチックな思いつきだっていうわけですわ」

「それで？」

「したがって、たぶん将軍が奥さんを殺し、後悔の念に駆られて自殺した、という考え方だと思いますわ。ほかにも話の筋書きがあるんですよ。将軍が浮気をして、奥さんがそれを知って、夫を殺し、それから自殺したって。それが聞くたびにすこしずつ違うんですよ。でも、実際には誰もなんにも知らないんです。つまり、どの話も判で押したように、いかにももっともらしいことばかりなのですよ。将軍はある女と、あるいはたくさんの女と、あるいは、夫のある女と浮気をしていたのかもしれない、いや、浮気をしていたのは奥さんのほうだとかね。浮気の相手というのが、聞く話ごとにちがうんですよ。なにひとつ、はっきりしたところもなければ、証拠もないんです。十二、三年も前に流れて、いまでは忘れられかけた噂なんですよ。それでも、二、三人の名前をあげるくらいの記憶は残っていて、それがかえって事件に関係したことを、適当にねじまげるんです。あの家に住みこんでいた気むずかしい庭師がいるし、腕のいい、年配の、眼と耳の不自由な料理人兼家政婦がいたんですけど、この女が事件に関係があるとは誰も思っていないようですわ。まあ、こんなぐあいです。名前と見込みのありそうなことは、ぜんぶ書きとめてきました。名前のうちにはまちがっているのもあるし、正しいのもありますとにかく、みんな厄介なんですよ。奥さんはしばらく病気だったことがあるらしいんですけど、熱病じゃなかったかと思いますわ。髪がごっそり抜けたにちがいありません、だって、かつらを四つも買いこんだんですものね。身のまわりの品物の中から、すくなくとも新しいかつらが四つ見つかったんですよ」

「さよう、わたしもそのことは聞いています」

「誰からお聞きになったの？」

「警察の友人からです。検視報告や、家の中のいろんなものを改めて調べてくれたのですよ。かつらを四つとはね！　このことで、あなたのご意見をうかがいたいものですな、マダム。かつら四つというのは、すこし多すぎるとお考えですか？」

「ええ、そう思いますわ。わたしにもかつらを持っている伯母がおりまして、予備にもう一つ持っていましたけど、一つはセットしなおしに出して、そのときに、もう一つのほうを使っていましたわ。四つも持っている人なんて聞いたこともありません」

ミセス・オリヴァはバッグから小型の手帳を取りだし、ページをめくってメモしておいたところを探した。

「ミセス・カーステアズ、七十七歳、すこしぼけている。彼女の言葉の引用。『レイヴンズクロフト夫妻のことならよく覚えています。ええ、ええ、とてもいいご夫婦でしたよ。おいたわしいことですわ、ええ、癌だったんですよ！』わたし、どちらが癌だったのか、たずねたんですよ。ところが、ミセス・カーステアズはそこのところをよく覚えていないんです。奥さんはロンドンに出てきて、医者の診察をうけ、手術をして、うちに帰ったんだけど、どうも病気が思わしくなく、ご主人もがっくりきていた。だから、もちろん、ご主人が奥さんを殺しておいて自殺したんだと言うんですよ」

「それはその方の意見ですか、それとも、確かなところから聞いた話ですか？」

「あくまでも意見にすぎないと思いますわ。調査のあいだでわたしが見たり聞いたりしたかぎりでは」とミセス・オリヴァは調査という言葉に力をこめて言った。「それほど親しくなかった友人が、とつぜん病気になって医者の診察をうけたと聞くと、たいていの人はきまって癌だと思うんですね。そして、当の本人もそう思いこむのです。ほかの人の話では――名前が読めないんですけど、忘れてしまいましたわ、なんでもTではじまる人ですわ――その人の話では、癌にかかっていたのはご主人のほうだって。とても気落ちしてね、奥さんも。そして、二人で話しあって、これはとても生きていけないっていうんで、自殺する決心をしたんだと言うんですよ」

「悲しい、ロマンチックな話ですな」

「ええ、そうですわ。わたしもそれがほんとだとは思いません。困ったものですわね。だって、とってもよく覚えているのはいいけれど、実際には、その人たちのほとんどが、自分でつくった話らしいんですもの」

「その人たちは自分が知った事実の解答をつくりあげるんですよ。つまり、誰かが、たとえば診察をうけるためにロンドンに出てきたとか、あるいは二、三ヵ月入院していたということを知った。しかし、その人たちが知っているのは、単なる事実だけなんですよ」

「そうですわ。しかも、ずっと後になって、そのことが話題になったときには、自分でつくりあげた解答がすでにそろっているというわけですわね。これじゃまるで役にたたないじゃありませんか」

「たちますよ。あなたが言ったことは、ええ、まったくそのとおりですよ」

「象のこと？」とミセス・オリヴァはいささか自信なさそうに言った。

「象のことです。なぜそんなことが起こったのか、その原因はなにかといった真相は正確に知らないかもしれませんが、その人たちの記憶になんとなく残っている事実を知ることは重要なのです。しかも、その人たちはわたしたちが知らないこと、知ろうにも方法がないことを、案外やすやすと手に入れていないともかぎりません。そこで、記憶は意見へと——不義、病気、合意の自殺、嫉妬といった考えへとつながり、それがすべてわたしたちの前に持ちだされるのです。すこしでも望みがありそうなら、もっと探ってみても損はなさそうですな」

「人間って昔話が好きなんですね。現在起こっていることや、去年起こったことより、昔のことを話すのが、ずっとずっと好きなんですよ。いろんな思い出がよみがえってくるんですね。はじめは、もちろん、こっちで聞きたいと思ってもいない、たくさんの人たちの話がはじまります。そのつぎには、その人たちの記憶にあるほかの人たちが、直接は知らないけど、聞いたことはあるほかの人たちについて知っていることを聞かされるのです。こんなふうで、レイヴンズクロフト将軍ご夫婦のことも、言ってみれば、だんだん距離が遠くなるのです。親戚の関係みたいなものですわ。ほら、いとこだと、まず縁が遠くなる、またいとこだとさらに縁が遠くなる。こんなふうに順ぐりに縁がなくなるんです。これじゃ、わたし、自分がほんとうに役にたっているとは思えませんわ」

「そんなふうに考えてはいけません。請け合ってもよろしい、そのかわいい紫色の小さな手帳の中に、あの事件となにか関係のあることが見つかりますよ。わたしが二人の死に関する公式の報告書をあたってみた結果、あれはいまだに謎だと、はっきり言えます。

警察としての見解からという意味ですがね。仲のむつまじいご夫婦でしたし、男女間のいざこざについてのゴシップや噂も、これといってありませんし、自殺に追いやるほどの病気も見あたらないのです。わたしが言っているのは、あの事件に先立つ、ほんの一時期のことです。しかし、それ以前の、ずっと以前の時期があるのですよ」

「あなたのおっしゃる意味はわかりますわ。そのことは昔の乳母《ナニー》からいくらか聞いてきました。昔の乳母というのはね、もう——百にもなっていそうなんですけど、まだ八十くらいだと思います。わたし、子供のころから知ってるんですよ。よく海外勤務の軍人さんのことを話してくれましたわ——インド、エジプト、シャム、ホンコン、そのほかいろんな国の」

「なにかあなたの興味をひいたことでも？」

「ええ、乳母の話の中に、ある悲劇が出たんです。どんな事件だったか、乳母もうろおぼえらしいんですけど。レイヴンズクロフトご夫婦と関係があるものやらないものやら、はっきりしませんのでね。もしかすると、外国にいたほかの方のことだったかもしれません、だって、乳母は苗字やなんかも覚えていないんですから。ある一家に精神異常の人がいたという話なのです。誰かの義理の姉だとか、なんとか将軍の姉か、その奥さんの姉かなんかです。何年も病院に入っていた人です。どうやらずっと前に、自分の子供を殺すか、殺そうとしたかなんですけど、なおったと診断されたか、仮退院かなんかだったか、エジプトだかマラヤかに来たらしいんです。弟か妹のところに身を寄せたんですね。ところが、ここで事件が起こったらしく、これがまた子供かなんかに関係があったようです。いずれにせよ、内密にすませたい事件だったのですね。でも、わたし、思いましたの。つまりね、レイヴンズクロフト将軍の家系なり、奥さんの家系なりに精神異常者がいたのではないだろうか、べつにそれがなにも姉みたいな近親の者でなくたっていいんです。いとことか、そんな人でいいんですもの。でも——そうだわ、これは調査してみてもいい線じゃないかっていう気がしますわ」

「さよう、つねに可能性はあるものだし、また、長いあいだ待っていて、やがて過去のある時から生きかえってくるものがあるのです。誰かから聞いた言葉があります。過去の罪は長い影をひく」

「わたしもそんな気がしたんですよ。といって、なにもそんなことがあるかもしれないとか、昔の乳母のマッチャムの記憶が正確だとか、乳母が考えている人々が、事件に関係があるとかいうわけじゃありませんけど。でも、文学者昼食会で会った、あのいやったらしい女が言ったことは、このことだったかもしれませんね」

「というのは、その女が知りたいという……」

「ええ。あの女がわたしの名づけ子の娘から聞きだしてくれと頼んだことですわ。娘の母親が父親を殺したのか、父親が母親を殺したのかって」

「それで、娘なら知っているんじゃないかと、その女は考えているんですね？」

「ええ、娘なら知っているとは充分考えられますもの。いえ、あの当時ではありません――事件のことは娘の家では禁句になっていたでしょうから――でも、その後いろんなことがわかって、当時の家庭の事情とか、誰が誰を殺したらしいとか、そんなことに娘はすこしずつ気づいてきたんじゃないでしょうか。もっとも、それとなくそのことを口にしたり、誰かに、なにかを話したことはないでしょうけど」

「それで、その女は――ミセス――」

「ええ、名前なんか忘れてしまいましたわ。ミセス・バートンなんとか。そんな名前でしたわ。息子にシリヤというガールフレンドがいて、二人は結婚する気でいるという話でした。そういう事情なら、あの娘の母方か父方の家系に、犯罪者の――あるいは精神異常の血統がありはしないか、知りたいと思うのはもっともだと思いますわ。あの女は、たぶん、もし母親が父親を殺したのだとしたら、息子があの娘と結婚するのはとんでもないことだと思ったのでしょうし、これがあべこべに父親が母親を殺したのなら、それほど気にすることはないと考えているんでしょう」

「すると、遺伝は女性から女性に伝わると、あの女は考えているというんですかな？」

「そうですわね、あの女はそんなに利口なタイプの女じゃありません。ボス的な女とでもいいましょうかね。自分じゃなんでも知っていると思いこんでいますけど、なにも知りゃしないんですよ。あなたが女だったら、そんなふうに思いこみかねませんね」

「おもしろい見方だし、なきにしもあらずですな。ええ、自分でも気づいていますよ」とポアロは溜め息をついた。「まだまだ修養がたりませんな」

「ほかの面からの情報もあるんですよ。同じことですけどね、いわば間接の話なんです。ある人がこういうことを話してくれたのですよ。『レイヴンズクロフト？　養子をなすったご夫婦じゃありません？　じゃ、そうらしいですね、それが養子の手続きもすませた後、なにしろ、ご夫婦ともその養子縁組にひどく執着なさって――マラヤでお子さまを亡くしたからなんでしょうけど、とっても夢中だったんですよ――いずれにしろ、その子を養子になさったところ、実の母親が返してくれと言いだしましてね、裁判沙汰にまでなったんですよ。裁判には勝って、その子の保護はご夫婦にまかされたんですけど、母親というのがこっそり連れもどそうとしたんですよ』ってね」

「もっと簡単な話が、あなたの報告から顔をのぞかせていますよ、わたしはそっちのほうをとりますがね」

「たとえば?」

「かつらですよ。四つのかつらですよ」

「おやおや。あれがあなたの興味をひいたとは思っていましたけど、なぜだかわかりませんわ。あんなものになにか意味があるとは思えませんもの。ほかにも情報が一つ、どこやらの人が精神異常だったという話です。まるでわけのわからない理由から、まったく意味もなんにもなしに、自分の子だか他人の子だかを殺したので、施設か病院に入っている人があるんです。だからといって、レイヴンズクロフトご夫婦が自殺したこととどんな関係があるのか、わたしにはわけがわかりませんわ」

「夫婦のどちらかがかかりあいになっていたのでなければね」

「というと、レイヴンズクロフト将軍が誰かを、男の子を殺したとおっしゃるんですか——おそらく、奥さんが、ご自分の私生児を——だめですよ、そこまでいくと、ちょっとメロドラマになりすぎますわ。それとも、奥さんのほうがご主人の、あるいは自分の子供を殺したのかしら」

「しかもなお、人間というものは、たいていの場合、そとから見たとおりのものです」

「と申しますと——?」

「見たところ、あの二人は仲のむつまじい夫婦のようでした。口争いひとつせず、幸せに暮らしていたのですよ。手術、誰かが名医の診察をうけるためロンドンに出てきたこと、癌ではないかという疑い、白血病とか、そういった病気、直面する気力もない将来、こうしたぼんやりした事実以外、なんの病歴もないのです。しかも、もしかしたらではあるが、確かにそうだとは言いきれないこと以上のものを、われわれがつかんでいるとは思えません。たとえ、当時あの家に誰かほかのものがいたとしても、当時の調査のことを知っている警察、つまりわたしの友人のことですが、事実以外、ほかのことと矛盾しないものはなかったと言っております。なんらかの理由で、あの二人は生きつづけることを望まなかったのです。なぜでしょう?」

「わたし、あるご夫婦を知っていたんですけど、大戦中――第二次大戦のことですよ――その人たち、ドイツ軍がイギリスに上陸するだろうと思って、そうなったら自殺しようと決心したんです。わたし、ばかげたことだと言ってやりました。その人たちは、といっても生きつづけることはできないって言うんです。いまでも、わたし、ばかげているような気がしますわ。なにがなんでも生きるだけの気力がなくてはいけませんもの。死んだところで、誰かが、なにかを得するわけじゃなし、わたし、考えるんですけど――」

「ええ、なにを考えるんですか?」

「いまの話の途中で、ふと考えたんですけどね、レイヴンズクロフト将軍ご夫婦が死んだら、誰かが、なにか得をするのだろうかって」

「つまり、誰かが財産を相続するということですか？」

「ええ。それほどはっきりしたものじゃありませんけどね。たぶん、誰かに濡れ手で粟《あわ》といった願ってもないチャンスが転がりこんだのかもしれませんわ。あのご夫婦の一生には、二人の子供たちに、聞かれたくないこと、知られたくないことがあったんですよ」

　ポアロは溜め息をついた。

「あなたの困るところは」と彼は言った。「あなたの考えには、こんなことが起こったのかもしれない、ああだったのかもしれないが多すぎることです。あなたはいろいろと思いつきを出してくれる。もしかしたら、という思いつきを。それが確かにそうだという思いつきならいいのですがね。問題は、なにゆえに、ですよ。なぜ、あの二人は死ぬ必要があったのでしょう？　なぜか？　二人には苦しみもなかった、病気もなかった、見たところ、ひどく不幸でもなかった。それなのに、なぜ、あるうららかな日の夕暮に、二人は崖っぷちへ散歩に出かけたのか、それも、犬を連れて……」

「事件と犬はどんな関係があるんですか？」

「なに、ちょっと考えてみたんですよ。二人が犬を連れていったものか、犬が二人についていったのか？　どこから犬が割りこんできたのですかな？」

「かつらと同じようにして割りこんできたんだと思いますわ。これでまた一つ、説明もつかなければ、筋道もたたない問題が増えましたわね。わたしの象の一人の話によると、その犬はレイヴンズクロフト夫人によくなついていたと言うんですけど、ほかの象は、奥さんに噛みついたと言うんですよ」

「いつも同じところに帰ってきてますな。もっと知りたいですな」ポアロは溜め息をついた。「その人たちのことをもっと知りたい、しかし、歳月という深淵によって隔てられた人々のことを、どうして知ることができるでしょう」

「だって、前にも一、二度、そういうことをなさったじゃありませんか。ほら――画家が殺されるか、毒殺されるかしたあの事件ですよ。あれは海の近くの要塞みたいなところでしたわね。あなたは関係のある人たちを誰ひとり知らないのに、犯人を突きとめましたわ」

「さよう、その人たちは知りませんでしたが、その場にいたほかの人から、その人たちのことを聞きましたからね」（『五匹の子豚』参照）

「ええ、あなたの真似を、わたし、やってみようと思ってるんですよ。ただ、ほんのとば口までもいけないんです。ほんとになにか知っている人、ほんとに事件と関係のあっ

た人に、まだぶちあたれないんですよ。これじゃ諦めるのがほんとだとお思いになりま
す？」
「諦めるのが非常に賢明だろうとは思いますな。しかし、人にはこれ以上賢明にならな
くてもいいと思うときがあるものです。もっと多くのことを知りたいと思うときがね。
いまではわたしも興味を持ってきたのです。その心のやさしいご夫婦と、すてきな子供
さんたち二人のことに。二人ともすてきな子供さんでしたでしょうね？」
「男の子のほうは知らないんです。たぶん、会ったことがないと思いますわ。わたしの
名づけ子とお会いになります？　よかったら、会いにうかがわせますけど」
「ええ、いちど会いたいものですな、なんらかの方法で。おそらく、会いたがらないで
しょうが、なにか方法はあるでしょう。あるいは興味ある会見になるかと思いますよ。
そこで、もう一人、会いたい人がいるんですがね」
「おや！　誰ですか？」
「パーティに来ていた女。例の高飛車な女。あなたの高飛車なお友だちですよ」
「友だちなんかじゃありませんわ。ただ寄ってきて話しかけただけですもの」
「もういちど友情をあたためなおすわけにはまいりませんかな？」
「ええ、造作ありませんわ。きっと飛びついてきますすよ」

「会ってみたいですよ。なんでまた、こんなことを知りたがるのか、そこを知りたいんですよ」

「そうですね、ひょっとすれば、役にたつかもしれませんわね。いずれにせよ――」ミセス・オリヴァは溜め息をついた。「わたし、象たちからお休みをもらいたいんですよ。乳母《ナニー》まで――ほら、さっきお話しした昔の乳母のことですよ――象のことを持ちだして、象は忘れず、なんていうんですもの。こんなくだらない言葉が耳について離れなくなってきたんです。ええ、あなたももっと象を探してくださらなくちゃ。こんどはあなたの番ですわ」

「それで、あなたのほうは？」

「白鳥探しでもしましょうかしら」

「これはまた、どうして白鳥なんか？」

「いえね、乳母に言われて思いだしただけですよ。よくいっしょに遊んだ男の子が二人いて、一人はわたしのことを『象さん』もう一人は『白鳥さん』って呼んでいたんです。白鳥になってるときは、わたし、床で泳いでる真似をするんです。象になってるときは、その子たちが背中に乗るんですよ。この事件に白鳥は出てきませんけどね」

「それは結構なことです。象はもういいでしょう」

10 デズモンド

二日後、エルキュール・ポアロは朝のチョコレートを飲みながら、その朝の郵便物にまじっていた一通の手紙を読んだ。この手紙を読むのは、これで二度目だった。おとなっぽいところはなかったが、まあ見られる程度の筆跡だった。

親愛なるムシュー・ポアロ

この手紙はいささか常識はずれとお思いでしょうが、あなたのご友人のことを申しあげれば、お許しいただけると思います。彼女と連絡をとって、あなたにお会いできるようにしていただこうとしたのですが、あいにくとお留守らしいのです。彼女の秘書は——彼女というのは、作家ミセス・オリヴァのことです——その秘書の話では、東アフリカへ猛獣狩り《サファリ》においでになったということでした。それだとしばらくはお帰りにならないと思います。でも、あの方はきっと力になってくださると確信しています。ぜひともあなたにお会いしたいのです。あることについて、どうしても助言がほしいのです。

ミセス・オリヴァとわたしの母は知り合いだそうです。文学者昼食会の席でお会いしたのです。いつかお訪ねする日を指定していただければ、たいへんありがたいと思います。わたしのほうはあなたのご指定の日時に都合いたします。余計なことかもしれませんが、ミセス・オリヴァの秘書は象がどうとかと申しました。これはミセス・オリヴァの東アフリカ旅行となにかの関係があると想像します。秘書の口ぶりから推すと、どうも合言葉のようなものらしいのです。わたしにはよくわかりませんが、たぶん、あなたにならよくわかると思います。悩みと不安で、いてもたってもいられません。会っていただければ幸甚です。

あなたの真実なる

デズモンド・バートン＝コックス

「とんでもない奴《ノン・ダン・プティ・ボンノム》だ！」とエルキュール・ポアロはつぶやいた。

「なんとおっしゃいました？」とジョージが言った。

「いや、思わず口に出ただけだよ。いったん生活の中にくいこむと、なかなか追い払えないものがある。わたしの場合、それはどうも象の問題らしいな」

朝食のテーブルを離れると、ポアロは忠実な秘書のミス・レモンを呼び、デズモンド・コックスの手紙を渡して、この青年に会う日を指定するように命じた。

「このところ、それほど忙しくないから、明日がいいでしょう」

ミス・レモンは先約が二つあると注意したが、まだ時間の余裕があるからというのでポアロの指示どおりにすることにした。

「なにか動物園と関係のあることで？」と彼女はきいた。

「いやいや。手紙に象のことは書かないでください。なんでも多すぎるのは困る。象というのは大きな動物ですよ。おかげでこちらの視界がさえぎられる。そう、象にはしばらく暇をやろう。デズモンド・バートン＝コックスとの話の途中で、また象が顔を出すことだろう」

「ミスタ・デズモンド・バートン＝コックスがいらっしゃいました」とジョージが告げて、予定の来訪者を案内してきた。

ポアロはすでに椅子を離れて、マントルピースのそばに立っていた。しばらく無言のままそうしていたが、やがて印象がまとまったところで、前に進みでた。ちょっと神経質だが、覇気《はき》のありそうな性格だ。生まれつきなのだな、とポアロは思った。すこし固くなっているが、なかなかうまく隠している。青年が手を差しだしながら言った。

「ミスタ・エルキュール・ポアロですね？」

「そうです。あなたはデズモンド・バートン＝コックスですな。まあ、お掛けください、そして、わたしにどんなお手伝いができるか、なぜ、わたしのところにいらっしゃったのか聞かせてください」

「説明するといっても、ちょっと厄介でしてね」とデズモンド・バートン＝コックスが言った。

「多くのことが説明しにくいものですよ。だが、時間はたっぷりある。まあ、お掛けなさい」

デズモンドは目の前の人物をいささか頼りなげに見た。まったくこっけいな人物だ、と彼は思った。卵型の頭、大きなひげ。なんとなく威風あたりを払うという風采ではない。実際、こんな人物にお目にかかろうとは思ってもいなかったのだ。

「あなたは――あなたは探偵ですね？　つまり――いろんなことを探りだすご職業なんですね。探りだすために、いや、探りだしてもらうために、みんな、あなたのところへくるんですね」

「さよう。それがわたしの仕事の一つです」

「ぼくがなんのために来たのか、おわかりになっていないでしょうし、また、ぼくのことも、あまりご存じないでしょうね」

「すこしは知っていますよ」

「というと、ミセス・オリヴァですね。あなたのお友だちの。なにかお聞きになったのですか？」

「名づけ子に会ったことを話してくれましたよ、ミス・シリヤ・レイヴンズクロフトと。そうなんでしょう？」

「ええ、シリヤから聞きました。ミセス・オリヴァのことですが、あの方は――ぼくの母のこともご存じなんですか――母と親しくしていらっしゃるのかという意味ですが？」

「いや、それほど親しいとは思いませんな。ミセス・オリヴァの話では、先日、文学者昼食会でお目にかかって、すこしおしゃべりをしたということです。なんでもお母さまは、ミセス・オリヴァになにかをお頼みになったようですな」

「余計なことばかりして」

デズモンドの眉が鼻の上までさがった。腹を立てているようだった。腹を立てるどころではない――ほとんど復讐心に燃えているといったようすだった。

「まったく」と彼は言った。「世間の母親というものは――つまり――」

「わかっていますよ。このごろは感情が多すぎます、おそらく、いまにはじまったことではないでしょうが。母親というものは、子供からみれば、遠慮してもらいたいようなことを、しょっちゅうやっているものです。そう言いたいんでしょう？」

「ええ、そのとおりです。だって、ぼくの母は――要するに、まるっきり関係のないことに、くちばしを突っこむんです」

「あなたとシリヤ・レイヴンズクロフトは親しい友人だそうですね。ミセス・オリヴァがお母さまから聞いたところによると、なんでも結婚の話があるとか。それも近いうちにでしょう？」

「それはそうですが、なにも母が出しゃばって、いろんなことを聞いてまわったり、気をもんだりすることはないんです――自分には関係もないことを」

「まあ母親とはそんなものですよ」とポアロは言った。そして、ちょっとほほえんだ。

「たぶん、あなたはお母さんに非常な愛情を持っているんでしょうね？」

「そうとも言えません。ええ、確かにそうとは言えません。それが――ここでは率直に打ち明けたほうがよさそうですね。じつは、ほんとの母ではないんです」

「ほう、なるほど、そうとは思いませんでしたよ」

「ぼく、養子なんです。彼女には息子が一人いました。小さいときに死んだんです。そこで養子をということになって、ぼくがもらわれ、彼女は息子として育ててくれたんです。彼女はぼくのことをいつも自分の息子と言っているし、息子と考えていてくれるんですが、ほんとの子供じゃないんです。二人には似たところはまるでありません。ものの見方からしてちがうんですから」

「まことに無理からぬ話ですな」

「どうも、これはお願いに来たことと、お話がはずれたようですね」

「頼みというのは、わたしになにかを探りだせ、不審なことを調べあげろというんですね？」

「だいたいそんなところです。あなたがどのくらい――いえ、問題がどんなことかご存じなのか、ぼくは知らないんですが」

「すこしは知っています。こまかいことは知りませんがね。あなたのことや、ミス・レイヴンズクロフトのことも、あまり知らないのです。ミス・レイヴンズクロフトにはまだ会ったこともありませんからね。会いたいとは思っていますが」

「ええ、彼女もいっしょに来て、お話をしたらと考えたんですが、それより、まずぼく一人でお話ししたほうがいいと思ったんです」

「さよう、そのほうが賢明なようですな。あなたがたは、なにかのことで心を痛めているんですね？　心配ごとでも？　厄介なことでも？」

「そういうわけじゃないんです。ええ、厄介なことなんか、あるはずはありません。まるでといっていいくらい。もとはと言えば、何年も前、シリヤがほんの子供だったころ、せいぜい小学生ぐらいのときに起こったことなんです。そこで、ある事件が起こりましてね、よくある事件ですよ——そんな事件なんか、毎日、いつでも起こっていますよ。こう言えばあなたにも見当がつくでしょうが、二人の人間がひどく取り乱して、自殺をしました。これも言ってみれば、合意の自殺だったんですがね。その事件については詳しいことも、理由とかそういったこともわかりませんでした。でも、いずれにせよ、そんなことになったんだし、その人たちの子供までが気にすることはないんですよ。要するに、事件の真相がわかれば、それですむことじゃないでしょうか。それに、これは母とはまるで関係のないことなんです」

「人生を経験していくうちに、だんだんわかってくるのですが、人間とは、往々《おうおう》にして、自分とは関係のないことに興味を持つものです。いわんや、自分に関係があると思えることとなると、いっそう興味を持つものですよ」

「でも、すっかり片のついた事件なんですよ。この事件のことは誰もよく知らないのです。それなのに、母ときたら、相手かまわず、きいてまわるんですからね。知りたさのあまり、シリヤに狙いをつけたんです。そして、シリヤが、ぼくと結婚したいのかしたくないのか、自分でもわからなくなるような状態に追いこんだんですよ」

「それで、あなたのほうは？　いまでもシリヤと結婚したいのかどうか、わかっているんですね？」

「ええ、もちろん、わかっています。結婚するつもりです。絶対に結婚する決心です。でも、彼女のほうが動揺してましてね。いろんなことを知りたがるんです。どうしてこんな事件が起こったか、原因を知りたがって、おまけに——彼女が間違っているにきまっていますが——この事件のことで母がなにかを知っていると思っているんです。母がなにか聞きこんでいるにちがいないって」

「さよう、あなたには心からご同情いたしますが、もしあなたが分別のある青年であり、しかも結婚するつもりがあるのなら、結婚していけない理由はないような気がしますね。じつは、このいたましい事件のことでは、わたしもいくらか調べてもらったのですよ。あなたが言うとおり、これはずっと昔の事件です。満足な解決もみておりません。いまにいたるまで、解決していないのです。しかし、もともと、いたましい事件がすべて解決できるものではありませんからね」

「あれは合意の自殺だったのです。それ以外考えようがありません。でも——その……」

「動機が知りたいというんですね。そうでしょう?」

「ええ、まあ、そうなんです。シリヤが悩んでいるのはそのことで、ぼくまで悩まされている始末です。母も悩んでいると思いますが、さっきも言ったとおり、どう考えたって、母に関係のあることじゃないんですよ。誰の責任というわけでもないのです。けんかとかそういうことはなかったんですからね。問題は、もちろん、われわれにわからないということです。現場にいあわせたわけじゃないんだから、どっちみち、ぼくにはわかるはずはありませんけどね」

「あなたはレイヴンズクロフト将軍ご夫婦やシリヤは知らなかったんですか?」

「シリヤは小さいときから、いくらか知っていました。二人が子供のころ、ぼくが休暇になると行っていた家と、シリヤの家とが隣同士だったんです。ええ——まだほんの子供のころのことです。ぼくたち、いつも仲よしで、いっしょに遊んだりなんかしていました。そうしているうちに、長い空白期間がありました。それ以後、シリヤとはずっと会わなかったのです。彼女の両親はマラヤに行っていたし、ぼくの両親も行っていました。向こうで会ったんじゃないでしょうか――会ったって言いましたが、ぼくの父と母のことですよ。ついでながら、ぼくの父は死んだんです。それはともかく、母はマラヤにいたころ、なにか聞きこんだことがあるらしく、それをいまごろになって思いだして、なにかと嗅ぎまわっているんですが、どうも――まあ、事実とは思えないことを考えているようなんです。絶対に事実であるはずがありません。それなのに、そのことで母はシリヤを悩ませることに心をきめてるんですよ。ぼくは実際にどんなことがあったのか知りたいんです。シリヤも知りたがっています。どういうことなのか？　なぜ？　どういういきさつで？　世間のくだらない噂ではなくて」

「さよう。あなた方二人にすれば、そう思うのも無理ありませんな。とくにシリヤはあなた以上でしょう。あなた以上に苦しんでいますよ。しかし、失礼だがそれがほんとうに問題になるでしょうか？　問題なのはいまであり、現在なのです。あなたが結婚したいと思っている娘さん、あなたと結婚したいと思っている娘さん――あなたにとって、過去なんかどうだっていいじゃありませんか。娘さんの両親が合意の自殺をしていようと、飛行機事故で死んでいようと、どちらかが事故で亡くなり、残ったほうが後追い自殺をしていようと、それが問題でしょうか？　恋愛沙汰が家庭まで入りこみ、不幸に追いやったとしても」

「ええ、あなたがおっしゃることは、もっともだとも、正しいとも思いますが——ただ、そんなひどい噂をたてられたんですから、シリヤの気がすむようにはっきりさせたいんです。シリヤは——あまり口には出しませんが、ものを気にするほうなんですよ」

「真相を突きとめることは、不可能ではないまでも、非常に困難かもしれないとは考えませんでしたか？」

「どちらが相手を殺したのか、そして、その理由は、あるいは、一人が相手を殺してから自殺したのか、というようなことですか——かりに——かりに、なにかがあったのならの話ですが」

「そうです。しかし、そのなにかは過去のことです、いまとなって、それがなぜ問題になるのです？」

「問題にするべきじゃありません——問題になるはずもありません、母さえ余計なことに鼻をつっこんで、ほじくりかえしたりしなければ。いままでは問題じゃなかったんです。シリヤだって、それほど気にしていなかったんだと思います。事件の当時、シリヤはスイスの学校にいて、誰もそのことを話してくれなかったし、ティーンエイジャーか、もっと若いころは、なにかあっても、まるで他人事《ひとごと》みたいに受けとるものですからね」

「それならば、あなたは不可能を求めているのだとは思いませんか？」

「ぼくはあなたに突きとめていただきたいのです。あなたにも突きとめることのできない、あるいは突きとめたくないことかも――」

「わたしとしても、突きとめることに異議はありません。実際、人間は、いわば――好奇心ともいうべきものを持っています。悲劇、つまり悲しみ、驚愕、衝撃、病気などの形で起こる事件、そういったものは、人間的な悲劇、人間的な事件なのです。したがって、それに注意をひかれたとき、知りたいと思うのは、至極当然なのです。わたしが言っているのは、いろいろなことを明るみに出すのが、賢明であり、必要かどうかということですよ」

「ではないでしょうね、たぶん。でも……」

「それにまた」とポアロは相手の言葉をさえぎって言った。「これだけ年月がたっていては、ちょっと不可能だと思いませんか？」

「いいえ。そこのところがあなたと考えがちがうんです。ぼくはできないことはないと思います」

「たいへん興味がありますな。なんでまた、できないことはないと思うんですか？」

「というのは――」

「なんですか？　理由があるのですね」

「知っている人がいると思うんです。その気になりさえすれば、あるいは話してくれる人がいると思うんです。おそらく、ぼくには話したがらない、シリヤにも話したがらない、しかし、あなたなら聞きだせるんじゃないかという人のことです」

「おもしろいですな」

「過去に事件が起こりました。ぼくも――漠然とですが聞いたことがあるような気がします。精神異常なんです。誰かそんな人がいて――誰だかはっきりとは知らないんですが、レイヴンズクロフト夫人ではないかと思います――長いあいだ病院に入っていたんです。ずいぶん長いあいだ。まだ若いころ、なにか悲劇があったんです。どこかの子供が死ぬか、事故にあうかしたんです。そんなことがあって――その事件にその女の人が、なにかの形で関係していたのです」

「それはあなたが直接聞いたことじゃないんですね？」

「ええ、母が話していたんです。母も聞いたんですよ。たぶん、マラヤでだろうと思います。世間の噂ですよ。軍の関係者はなにかにつけて集まってね、ご婦人たちは集まると噂話です――奥さま族《メンサーヒブ》がね。あることないことおかまいなしなんですから」

「それで、あなたはそんな噂が事実かどうか知りたいというんですな？」

「ええ、そして、自分じゃどうしていいかわからないんです。もういまとなってはね。

なにしろ、ずいぶん昔のことだし、誰に聞いたものやら、見当もつきません。誰に頼んでいいかもわからないのですが、どんなことがあったのか、その原因はどんなことか、それを突きとめないうちは——」

「あなたが言おうとしているのは、つまり——これはあくまでわたしの推測にすぎませんが、すくなくとも、自分ではまちがいないと思っています——シリヤ・レイヴンズクロフトは、母親から精神異常の血をうけついでないと確信できるまでは、あなたと結婚したくないというんですな。そうでしょう？」

「そういう考えが、どういうものか彼女の頭にこびりついてしまったのです。どうやら母が吹きこんだらしいですね。母はそのことを自分でも信じたがっているんですよ。信じるったって、意地の悪い中傷とか噂とか、そんなもの以外、なにも理由はないと思うんですがね」

「これはおいそれと調べられるものではありませんよ」

「そのとおりです、でも、あなたの評判はいろいろと聞いています。世間では、過去の事件を調べあげるのが、非常に得意だと言っていますよ。人に質問して話を聞きだすのがとてもうまいんだって」

「誰に質問しろと言うんですか？　マラヤといっても、マラヤ人のことを指しているのではないようですね。あなたが言っているのは、いわゆる奥さま方の時代、マラヤに軍関係の社会があった時代のことですね。イギリス人や、イギリス軍の駐屯地での噂のことですね」

「ぼくだって、そんなことをして役にたつと、ほんとに思っているわけじゃありませんよ。噂をしていたのが誰だったにしろですね――つまり、もうずいぶん昔のことですから、その人たちも忘れているか、どうかすると当人さえこの世にいないかもしれません。母だって話をとりちがえるか、いろんなことを耳にして、頭のなかで、それに尾ひれをつけてるんじゃないかと思うんです」

「それでもあなたは、わたしにできることがあると――」

「いや、なにもあなたにマラヤまで行って、人にたずねてくれと言っているんじゃありません。つまり、その当時の人は、いまでは一人もいないだろうと言うんです」

「とすると、その人たちの名前をあげられないんですか？」

「名前というほどのものはね」

「しかし、誰かの名前ぐらいは？」

「では、ぼくが考えていることを申しましょう。事件のことと、その原因を知っていそうな人が二人いると思うんです。というのは、その人たちはマラヤにいたからです。また聞きではなく、ほんとに知っていたはずです」

「その人たちのところに、自分で行こうとは思わないのですね？」

「行って行けなくはないんですけどね。ある意味では、ぼくだって。でも、ぼくにしてみれば、その人たちが——ぼくにはわかりません。聞きたいと思っていることのなかに、聞きたくないことがあるんです。シリヤだってそうだと思います。その人たちはとてもいい人物で、だからこそ知っているはずなのです。意地が悪いとか、噂好きだとかいうのではなく、力になってくれたらしいからなのです。なんとかうまく解決するために、いろいろと手をつくしもしたし、努力もしたらしいのですが、思うようにできなかったんです。ああ、ぼくの話はめちゃくちゃですね」

「いいえ、めちゃくちゃじゃありません。わたしも興味を持ちましたよ。あなたはなにかはっきりした考えをお持ちのようですな。シリヤ・レイヴンズクロフトはあなたの考えに賛成なのですか？」

「シリヤにはあまり話していないんです。なにしろ、マディとゼリーとには非常な好意を持っていましたから」

「マディとゼリー？」

「いや、それがその人たちの名前なんです。説明しなきゃおわかりになりませんね。いままであまりうまく説明しなかったから。シリヤがまだほんの子供のころ――ぼくがはじめて彼女に会ったころ、ほら、田舎の隣同士の家にいたころですよ――シリヤにはフランス人の――このごろはオペア・ガールと呼んでいるようですが、そのころは家庭教師といっていた女がついていました。ええ、フランス人の家庭教師です。独身の女《マドモアゼル》でした。それがとてもいい人でしてね。ぼくたち子供とよく遊んでくれて、シリヤはいつもちぢめて『マディ』と呼んでいました――そして、家族もみんなマディと呼んでいました」

「なるほど、マドモアゼルですな」

「そうなんです。フランス人だから、とぼくは思いました――知ってはいるが、ほかの人には話したくないと思っていることでも、あなたには話すだろうと思ったんです」

「なるほど。それで、もう一人のほうの名前は？」

「ゼリーです。似たようなことですよ。独身女で。マディは二、三年いましたが、やがてフランスに、スイスだったかな、ともかく帰ったので、後釜にこの女が来たんです。マディより若かったんですが、ぼくたち、マディとは呼びませんでした。シリヤはゼリーと呼んでいました。家族もみんなゼリーと呼んでいました。まだとても若くて、きれいで、それはおもしろい人でした。ぼくたちのあいだではすごい人気者だったんですよ。

いっしょにゲームをしてくれたりして、みんな、その人が大好きでした。家族の人たちも。レイヴンズクロフト将軍なんかひどく気に入った様子でした。二人でゲームをやっていましたよ。ピケットとか、いろんなゲームを」

「それで、レイヴンズクロフト夫人は？」

「ええ、ゼリーをとても可愛がっていましたし、ゼリーのほうでもかげひなたなく仕えていました。だからこそ、一度やめてから、またもどってきたんですよ」

「もどってきた？」

「ええ、レイヴンズクロフト夫人が病気になって入院しているとき、ゼリーがもどってきて、付き添いみたいにして、看護したんです。よくは知りませんが、でも、これはまずまちがいないと思うんですが、ゼリーはあのこと――あの事件――が起こったとき、あの家にいたはずです。ですから、彼女なら知っています――実際にどんなことがあったのか」

「その女の住所を知っていますか？　現在どこにいるか知っていますか？」

「ええ、知っています。住所はわかっています。マディの住所も。たぶん、あなたが訪ねてくださるだろうと思ったもんですから、二人とも。たいへんなお願いだとはわかっていますが――」デズモンドは言葉を切った。

ポアロはしばらく相手を見ていた。そして、やがて言った。

「さよう、見込みはありますな——たしかに——見込みはありますな」

第二部　長い影

11　ギャロウェイ警視とポアロ覚え書を検討する

ギャロウェイ警視はテーブル越しにポアロを見た。眼がいきいきと輝いている。かたわらに立ったジョージが、彼の前にウィスキー・ソーダを置いた。それからポアロのほうへまわると、こちらには濃い紫色の液体のはいったグラスを置いた。

「あなたのほうのはなんです？」とギャロウェイ警視が、ちょっと興味をそそられたようすでたずねた。

「黒スグリのシロップですよ」とポアロは言った。

「なるほど、めいめい好みのものをというわけですな。スペンスから聞いたんですが、なんとか言っていましたな？　あなたはティザンとかいうものを、よくお飲みになるそうですな？　なんですか、それは？　フランス語のピアノの訛ったものかなにかですか？」

「いや、熱をさげるのによくきくんですよ」

「ほう。病人用の薬みたいなものですね」ギャロウェイ警視はグラスに口をつけた。

「さて、自殺に乾杯といきましょう！」

「というと、あれは自殺だったのですか？」

「としか考えられませんよ。あなたのこれも知りたいあれも知りたいは、終ることがありませんな！」彼は首を振った。微笑がさらにひろがった。

「恐縮です。あなたにはとんだお手数をかけて。わたしときたら、お国のキプリング氏の小説の動物や子供みたいでしてね。『あくことなき好奇心にさいなまれている』のですよ」

「あくことなき好奇心ね。キプリング氏はいい小説を書いていますよ。題材もよく理解しています。あの男は駆逐艦のまわりを一巡りするだけで、もう海軍の最高技術者顔負けの知識を仕込んでしまうという話を聞いたことがありますよ」

「残念ながら、わたしなんか知らないことばかりですよ。だから、人にきかなくてはならないのです。ずいぶん長い質問のリストをお送りして、ご迷惑だったでしょう」

「わたしが興味を覚えたのは、一つのことから一つのことへと飛躍する、あなたのやり方ですよ。精神科医、医師の報告書、財産はどういう形で残してあったか、財産は誰のものだったか、それを手に入れたのは誰か、財産を当てにしていて、その当てがはずれた者、ご婦人の結髪についての詳細、かつら、かつらを売った店、ついでに、かつらが入っていた、きれいなバラ色のボール箱のことも調べておきましたよ」

「そんなことがみんな、あなたがたにはわかっているのですね。まったく驚きますな」

「いや、なにしろ謎の事件だったものですから、当然のことながら、警察としては事件の詳しいメモをつくっておいたんです。警察にとっては、どれといって役にたつものはなかったんですが、それでもファイルを保管しておいたので、調べようと思えば、なんでもそのファイルにあるわけですよ」

ギャロウェイ警視は、テーブル越しに一枚の紙を押してよこした。

「これがヘア・ドレッサーです。ボンド・ストリート。高級美容院。店の名はユージーン・アンド・ローズンテル。その後引っ越しましてね。同じように美容院だが、スローン・ストリートで開業しました。これがその所番地ですが、いまじゃペット・ショップになっています。二人いた助手が何年か前にやめましたが、これが当時は一流の美容師で、レイヴンズクロフト卿夫人も、お客の一人だったのです。ローズンテルは現在チェルトナムに住んでいます。いまでも美容師をやっています——自分じゃヘア・スタイリ

ストと称していましてね――それが当世風の呼び方なんですな――ビューティシャンと
もいうそうですね。わたしの若い頃、こんな言葉がありましたが、帽子変われど主変わらずってやつですな」

「あ、なるほど！」

「なにが、あ、なるほどなんですか？」

「いや、あなたには非常に感謝しなければなりません。おかげさまで考えが一つ頭に浮かびました。考えとは妙なことから浮かんでくるものですな」

「あなたはそれでなくても頭の中に考えを持ちすぎていますよ。それが苦労の種なのに――もうそれ以上必要ありません――ところで、あの一家の過去もできるだけ調べてみましたよ。めぼしいこともありませんでしたがね。アリステア・レイヴンズクロフトはスコットランド系。父親は牧師――伯父が二人――二人とも著名な軍人です。マーガレット・プレストン＝グレイと結婚――りっぱな家柄の娘で――宮廷で拝謁《はいえつ》を賜ったこともあります。一家に悪い噂はありません。あなたが言ったとおり、彼女は双生児でしたよ。あなたがどこで拾ってきた話か知りませんがね――ドロシアとマーガレット――ふだんはドリーとモリーで通っていました。プレストン＝グレイ家はサセックスのハターズ・グリーンに住んでいました。一卵性双生児で――このタイプの双生児として、普通に見られるとおりの道をたどっています。同じ日に最初の歯がはえ――同じ月に猩紅熱《しょうこう》にかかり――同じようなものを着て――同じような男と恋をして――同じ時に結婚し――夫は二人とも軍人です。彼女たちが子供の頃かかっていた主治医はずっと前に死にましたので、この医者からなにか聞きだすわけにもいきません。ただ、昔、彼女たちの一人に関係のある悲劇がありました」

「レイヴンズクロフト夫人に？」

「いや、もう一人のほうです――ジャロー大尉とかいう人物と結婚して――子供が二人ありました。下の四つの男の子が、手押し一輪車か、子供の庭遊びのおもちゃかなにかで一発やられましてね――いや、鋤《すき》か、子供用の鍬《くわ》でしたかな。頭を打たれ、庭の池かなんかに落ちて溺れ死んだんです。どうやら九つの姉の仕業だったらしいようです。いっしょに遊んでいて、子供のことですからけんかになったんですな。不審な点はないようですが、別の噂もあるにはありました。母親の仕業で――腹を立てて殴りつけたのだとか――いや、殴ったのは隣の家の女だとか、いろいろと言うものもありましたよ。こんなことは、あなたには興味はないでしょう――何年も後、その母親の妹夫婦の合意の自殺とはなんの関係もないんですからね」

「さよう、関係はなさそうですな。しかし、背景は知りたいものです」

「そうですな、前にも言いましたように、過去のことは調べなくてはなりません。それにしても、こんな昔のことまで調べることになろうとは思いませんでしたよ。というのは、申しあげたように、これはみんなあの自殺より何年も前のことですからね」

「当時の調書かなにかありますか？」

「ええ。その事件のことも調べてみましたよ。事件の報告書。新聞記事。その他いろんなこと。確かに不審な点がありました。母親はひどいショックをうけて、すっかり参ってしまい、とうとう入院しました。噂によると、それ以後、まるで人が変わったそうです」

「それでも世間ではその女の仕業だと考えたのですね？」

「まあ、医者はそう見たようです。直接証拠こそありませんでしたがね。彼女の話によれば、窓からこの事件を見ていた、上の女の子が弟を殴って、池に突き落すのを見たと言うんです。しかし、彼女の話は——当時、世間の人が納得したとは思いませんな。話しっぷりが支離滅裂でしたからか」

「精神異常の形跡があったらしいですな？」

「そうです。ある種の療養所だか病院だかに入っていたんです。明らかに精神異常でしたよ。一つ二つの病院でずいぶん長いあいだ治療をうけましてね、ロンドンのセント・

アンドルー病院の専門医に診てもらったはずです。結局、癒ったと判断され、およそ三年ぶりに退院を許され、家族とともに、正常な生活を送るようにと帰宅させられたのです」

「それで、その時はまったく正常だったのですか」

「いつもノイローゼ気味だったようですが――」

「自殺事件の時はどこにいたのですか？　レイヴンズクロフト家に同居していたのですか？」

「いや――あの事件の三週間ほど前に死にました。死んだ当時はオーヴァクリフのレイヴンズクロフト家にいたのです。またしても一卵性双生児の宿命を見せつけられるような事件でした。夢遊状態で歩くのです――ずっと前から、そういう病気にかかっていたらしいですな。そんなふうにして、一つ二つ小さな事故を起こしています。ときどきトランキライザーを飲みすぎて、その結果、夜中に家の中を、ときには家の外を歩きまわったりするのです。そして崖っぷちの小路を歩いていて、足を踏みはずし、崖から落ちたのです。すぐに死にました――翌日になってやっと発見されたんですよ。妹のレイヴンズクロフト夫人はひどく取り乱しましてね。二人はほんとに愛し合っていたので、ショックがひどく、病院に入院させられましたよ」

「その悲劇的な事故が、何週間か後のレイヴンズクロフト夫人の自殺の原因になったとは考えられませんか？」

「そういう様子は、まったくありませんでしたね」

「あなたがおっしゃるように、双生児には妙なことが起こるものです――双生児同士の絆がもとで、レイヴンズクロフト夫人は自殺したのかもしれません。そこで、夫のほうも、なにかうしろめたいことがあって、後を追ったのかも――」

「あなたは考え《アイデア》過剰ですよ、ポアロ。アリステア・レイヴンズクロフトが誰にも知られず、義理の姉と浮気をするなんて、とてもできない相談です。そういうことはありませんでしたよ――もし、あなたがそういうことを想像しておられるのならね」

電話が鳴った――ポアロが立って電話に出た。ミセス・オリヴァからだった。

「ムシュー・ポアロ、明日、お茶にいらっしゃいません？ シリヤを呼んでいますの――そして、その後、例のいやったらしい女を。それがお望みだったんでしょう？」

ポアロはまさに望んでいたことだと言った。

「わたし、これから大急ぎで行くところがあるのです」とミセス・オリヴァは言った。

「ある老人の退役軍人に会いに――わたしの象の第一号、ジュリア・カーステアズが教えてくれたんです。あの人、どうやら名前をまちがえているようなんです――いつだってそうなんですから——でも、せめて住所ぐらいはほんとだといいんですけど」

12 シリヤ、エルキュール・ポアロに会う

「ところで、マダム」とポアロは言った。「サー・ヒューゴ・フォスターはいかがでした？」

「最初に申しあげておきますけど、名前はフォスターじゃありませんでした――フォザギルだったんです。ジュリアはまず確実に名前をまちがえるんですよ。なにもいまにはじまったことじゃありませんけど」

「とすると、象といえども、名前の記憶という点では、かならずしも当てはまらないわけですな？」

「象のことは言わないでくださいな――わたし、象とはもう手を切ったんですから」

「それで、退役軍人のほうは？」

「とても気のいいおじいさん――ただし、情報源としては落第ですわ。バーネットとかいう人のことから一歩も離れないんですもの。その人、なんでもマラヤで事故を起こし

て、子供を死なせたことがあるんですって。でも、レイヴンズクロフト夫婦とは関係ないんですよ。いいですか、わたし、象とはもう手を切ったんですから」

「マダム、あなたはじつに粘《ねば》りづよく、じつに高貴な態度を持してこられましたよ」

「もう三十分もすると、シリヤが参りますわ。あの娘に会いたいと言っていらっしゃいましたわね？　わたし、あの娘に話したんです、あなたが――まあ、この問題で力を貸してくださるんだって。それとも、お宅にうかがわせたほうがよかったかしら？」

「いや、あなたのおとりになった方法で結構ですよ」

「あの娘はあまり長くはいないと思いますわ。一時間くらいで引き上げてくれるとありがたいんですけど。すこし問題点を検討してから、いよいよミセス・バートン＝コックスのおでましを待つという段取りができますから」

「さよう。それはおもしろそうですな。なるほど、まったくおもしろそうです」

ミセス・オリヴァは溜め息をついた。「でもねえ、情ないじゃありませんか？　わたしたち、こんなにたくさん資料を持っているというのに」

「さよう、わたしたちは自分たちが何を探しているのか、わからない始末ですからな。わかっていることといえば、おだやかに、幸福に暮らしていた夫婦が、十中八、九まで心中としか考えられない死に方をした、いまだにそれだけですからね。そして、原因や動機を示すものがわかっていますかな？　われわれは前に後に、右に左に、東に西に行きましたがね」

「ほんとですわ。行かないところはないくらい。まだ北極には行ってませんけど」

「南極にもね」

「それで、結局のところ、わかったのはどういうこと？　ごらんになりますか？」

「いろいろありますよ。リストをつくりました。ごらんになりますか？」

ミセス・オリヴァはポアロのそばに来て肩越しにのぞきこんだ。

「かつら」と彼女は項目を指さして言った。「なぜ、かつらがいちばんに？」

「かつらが四つというのは、興味があるような気がしましてね。興味はあるが、なかなか解明は困難です」

「そのかつらを売った店は、もう商売をやめたと思いますわ。かつらを買うのに、お客はまるでちがった店に行きますし、あの当時ほどかつらをつける人がなくなりましたもの。昔は外国旅行にかつらを持っていったものですわ。だって、旅行中の手間がはぶけますから」

「さよう、さよう。かつらのことは、できるだけのことはすることにしましょう。いずれにせよ、かつらはなによりもまず興味をひかれるのですよ。それから、ほかにもいろいろと物語があるのです。あの一家の精神異常のこと。長いあいだ病院に入っていた、双生児の姉のことなど」

「それもそれだけのことのようですわね。つまり、その女が二人を殺すことはできたと思いますけど、それでも動機となると、わたしにはまるでわかりませんもの」

「いや、ピストルの指紋は、確かにレイヴンズクロフト将軍夫婦のものだったそうです。ほかにもまた子供の話もあるのですよ。マラヤで子供が殺されるとか襲われるとかしたのですが、それが、たぶん、レイヴンズクロフト夫人の双生児の姉の仕業だろうというのです。あるいは、まるで別の女の仕業だったのかもしれないし――乳母とか召使の仕業だったかもしれません。問題第二。お金のことをもすこし知る必要がありますな」

「この事件のどこにお金が絡んでくるんですか？」とミセス・オリヴァはいささか意外そうに言った。

「絡んでいないのですよ。そこが非常に興味のあるところです。ふつうならお金が絡んできます。あの自殺の結果として、誰かに転がりこんでくるお金。自殺によって手に入らなくなったお金。どこかで面倒を、騒ぎを、貪欲を、欲望を起こす原因となるお金。むずかしい問題です。調べてもなかなかわかりません。この事件では、どこにも大金が絡んでいたとは思えません。いろんな恋愛沙汰が噂されています。夫が心をひかれた女、妻が心をひかれた男。どちらかの情事が、自殺あるいは殺人を招いたと考えられないことはありません。世間にはいくらでもあることですからね。そこで、いまのところ、最もわたしの興味をひくものにぶつかるわけです。わたしがぜひともミセス・バートン＝コックスに会いたいのは、そのためですよ」

「まあ、あのいやな女。あんな女をあなたがなんでまた重要だとお考えになるのか、わけがわかりませんわ。ただのおせっかい焼きで、わたしにいろんなことを調べてくれと頼んだだけのことじゃありませんか」

「さよう、しかし、なぜ、いろんなことを探りだしてくれと、あなたに頼んだのでしょう？　そこがわたしにはひどく妙に思われるのです。そこのところを調べる必要があるような気がします。あの女は輪《わ》なのですよ」

「鎖の輪《わ》？」

「そうです、その鎖がどんなものだったか、どこにあったのか、どんな状態であったのかわかりません。わかっているのは、あの女がこの自殺事件のことを、目の色を変えんばかりにして知りたがっていることだけです。鎖の輪として、あの女はあなたの名づけ子、シリヤ・レイヴンズクロフトと、ほんとうの息子ではない息子と、両方につながっているのです」

「それはどういう意味ですか——ほんとうの息子ではないというのは？」

「養子なのです。実の子をなくしたので、養子にしたのです」

「自分の子はどうして死んだんですか？　なぜ？　いつ？」

「そういうことは、みんなわたしのほうがききたいくらいです。あの女が鎖の輪であって不思議ではありません。感情の輪、憎悪や恋愛事件による復讐への願望の輪。いずれにせよ、あの女に会わなければなりません。あの女に対する心構えをしなければなりません。さよう。わたしとしては、それこそ非常に重要だと考えないわけにはいきませせん」

ベルが鳴ったので、ミセス・オリヴァはドアを開けるために立ちあがった。

「シリヤだろうと思いますわ。ほんとにこれでよろしいですか？」

「結構ですよ、わたしのほうは。彼女もそうだといいんですが」

まもなくミセス・オリヴァはもどってきた。シリヤ・レイヴンズクロフトが一緒だった。その顔にはあいまいな、疑わしそうな色が浮んでいた。

「あら、どうしましょう。あたし、もし——」シリヤは言葉をきって、エルキュール・ポアロを見つめた。

「ご紹介しましょう」とミセス・オリヴァは言った。「こちらはわたしに力を貸してくださってるし、あなたの力にもなってくださる方。つまり、あなたが知りたいと思い、突きとめたいと思っていることに、力を貸してくださるのよ。ムシュー・エルキュール・ポアロ。なにか突きとめることにかけては、特殊の才能をお持ちなのよ」

「まあ」とシリヤは言った。

彼女は卵型の頭、とほうもない口ひげ、小さなからだを、ひどくあいまいな表情でじっと見つめた。

「あたし、お名前は聞いたことがあるような気がしますわ」と彼女はいささか自信なさそうに言った。

エルキュール・ポアロは「たいていの人はわたしのことを聞いたことがあるはずですよ」とはっきり言いたいところを、ちょっと努力して思いとどまった。この言葉はかつての真実性に欠けるうらみがあった。というのは、かつてエルキュール・ポアロの名声を耳にしたり、親しく交わったりした多くの人々も、いまではめいめいにふさわしい墓碑をいただき、教会の墓地に眠っているからである。

「お掛けください、マドモアゼル。わたし自身のことについて、これだけは申しあげておきます。わたしはいったん調査に乗りだしたら、最後までそれを追求します。そして事実を明らかにしますが、もし、あなたが求めているのが、いわば偽りない真相であるならば、それを教えてあげます。しかし、あなたはただ安心したいだけかもしれない。安心と真相を知ることはべつの問題です。あなたを安心させられそうな説明なら、いくらでも見つけてあげます。それでいいのですか？　もしそうなら、それ以上求めるのはおよしなさい」

シリヤはポアロが引き寄せてやった椅子に腰をおろし、真剣なまなざしで彼を見つめた。やがて彼女は言った。

「あたしが真相を求めているとは、お考えにならないんですね？」

「真相はことによると――ショックかもしれないし、悲しみかもしれない。そして、あなたはこんなふうに言うことになるかもしれません。『どうしてわからないままにしておかなかったのだろう？　どうして真相を求めたりしたのだろう？　聞いたところで、わたしにはどうにもできないし、慰めにもならない、惨めなものだったのに』ってね。それは父親と母親の心中です。だからこそ、わたしも――ええ、それは誰でも認めるでしょうが――わたしも両親が好きだったのです。父親や母親を愛したって、べつに不都合はないでしょう」

「近頃では、たまにはそう考えないことがあるようですわ」とミセス・オリヴァは言った。「いわば新しい信条とでもいうのでしょうね」

「あたしもそんなふうにして生きてきたんです」とシリヤは言った。「おかしいなと思いはじめました。ときどき世間の人の言う、妙なことに気づいたのです。あたしのことを、憐れむような眼で見るんです。いえ、それだけじゃありません。好奇心にもえた眼で。世間の人のことって、だんだんわかってくるものですわね。顔をあわせただけの人たち、顔見知りの人たち、前から家族とおつきあいのあった人たち。あたし、こんな生き方は我慢できません。あたしが求めているものは……ほんとは求めていないのだとお考えのようですけど、あたし、ほんとに求めているのです――あたしが求めているのは真実です。あたし、真実に立ち向かっていけますわ。すこしおたずねしたいことがあるんですけど」

それは会話のつづきではなかった。シリヤはまるでちがった質問をポアロにぶっつけた。いままで考えていたことと、急に取りかえたらしかった。

「デズモンドとお会いになりましたわね？　お宅にうかがったのでしょう。彼から聞きましたわ」

「さよう。来ました。来させたくなかったんですか？」

「あたしにも相談しませんでした」

「もし相談していたら？」

「わかりません。そんなことは絶対にいけないと言ってとめたか、むしろ勧めたか、どっちともわかりませんわ」

「わたしも一つ質問があるのですがね、マドモアゼル。あなたにとって重要な、おそらく、なによりも重要な、はっきりしたことを意識しておいでなのか、それをうかがいたいのですよ」

「まあ、なんでしょう？」

「おっしゃるとおり、デズモンド・バートン＝コックスが会いに来ました。たいへんな魅力のある、好もしい青年で、話というのがまた非常にまじめなのです。そこですよ——それはほんとうに重要なのですからね。重要というのは、あなたと彼とが本気で結婚したいと思っているということです——結婚とは厳粛なものですからね。結婚は——近頃では、若い人たちはかならずしもそうは考えていませんが——結婚は一生涯二人を結びつける絆です。あなたはそんな状態に入る気持ちがありますか？　これは重大問題ですよ。二人の人間の死が、心中であろうと、まるでほかのものであろうと、それがあなた、あるいはデズモンドにとって、どれほどの影響があるのです？」

「あれはまるでほかのものだ——いえ、ほかのものだったとお考えですか？」

「いまのところ、わたしにもわかりません。そうではないかと思う理由はあります。心中とすると矛盾する事柄がいくつもあるのです。しかし、警察側の見解を検討したかぎりでは——いや、警察はとても信頼がおけるのですよ、マドモアゼル・シリヤ、とても信頼がおけるのです——すべての証拠をつきあわせて、警察では心中以外は考えられない、とはっきり言っているのです」

「でも、動機はわからなかったんですね？　あなたがおっしゃるのは、そういう意味なんでしょう？」

「さよう、そういう意味です」

「それで、あなたにも動機はおわかりにならないのですか？　調べても、考えても、そのほか何をなさっても？」

「そう、わたしにも確信が持てないのです。わかると惨めな気持ちになるようなことがあったのかもしれません。だから、おたずねしているのです。とやかく思いわずらわないで、こういうふうに言えないものかと。『過去は過去だ。わたしには愛する人がいる。わたしを愛してくれる人がいる。わたしがいっしょに過ごすのは未来であって、過去ではないのだ』と」

「デズモンドは自分が養子だということをお話ししましたかしら？」

「ええ、話しましたよ」

「いったい、あの女に何の関係があるんでしょう？　なんでオリヴァおばさまを困らせるんでしょう。あたしにきいてみてくれ、探りだしてくれなんて頼んだりして？　実の母親でもないのに」

「デズモンドはお母さんを愛していますか？」

「いいえ、全体から見ると、嫌っているようですわ。それも以前から」

「お母さんにしたって、教育とか服装とか、いろいろなことで、彼にお金もつかっていますよ。それで、お母さんのほうは彼を愛していると思いますか？」

「さあ、どうでしょう。あたしにはそうは思えませんわ。自分の子の代わりが欲しかっただけじゃないでしょうか。子供を事故でなくし、それで養子が欲しくなったんですわ。それに、ご主人もそのちょっと前お亡くなりになったのです。どちらも月日まではわかりませんけど」

「ごもっとも、ごもっとも。ところで、もう一つおたずねしたいことがあるのですが」

「彼女のこと、それとも彼のこと？」

「デズモンドは経済的な用意があるのですか？」

「おたずねの意味がよくわかりかねますけど。あたしを――妻を食べさせるくらいのことはできますわ。養子になったとき、いくらかの財産が彼名義になっていると思います。

必要なだけの金額という意味です。一財産とか、そんなことを言っているのじゃありません」

「彼女としては方法がないわけですか――そのお金を押さえるとか？」

「え、彼があたしと結婚したら、手当を打ち切りはしないか、とおっしゃるんですか？　そんなことを持ちだして、いやがらせをしたことがあるとは思いませんし、そんなことができるとも思いません。弁護士とか、この養子縁組であいだに立った人たちが、ちゃんと取りきめたはずですもの。話を聞いたところによると、養子協会ではたいへんな騒ぎをするそうですわ」

「おききしたいことが一つあります。これはあなたならご存じかもしれませんが、ほかには誰も知らないことなのです。たぶん、ミセス・バートン＝コックスは知っているでしょうが。あなたはデズモンドのほんとうのお母さんをご存じですか？」

「あの女がおせっかいを焼いたりなんかするのは、そういう理由からではないかとお考えなんですか？　おっしゃるような彼の身元に関係があることとか。あたし、存じません。デズモンドは私生児じゃなかったかと思いますわ。養子になるのは、ふつう、そういう子供じゃありませんかしら？　彼の実の母親とか、実の父親とか、そういったことを、あの女なら知っていてもおかしくはありませんわ。でも、たとえ知っていても、彼には話しておりません。誰でも言うような愚にもつかないことを話して聞かせたんだと思いますわ。養子に選ばれるのがどんなにすばらしいことかとか。そう言えば、いかにも望まれて養子にされたように聞こえますもの。そういうくだらない泣かせ文句ならいくらでもありますわ」

「協会によっては、そういうふうにして養子のことを打ち明けるように勧めるのでしょうな。あなたでもデズモンドでもいいが、親戚の心当たりはありませんか？」

「あたしはぜんぜん。デズモンドも知らないと思いますけど、そんなことはまるで気にしていないようですわ。そういうことを気にする性質《たち》じゃないんです」

「ミセス・バートン＝コックスがあなたのご家族、つまりご両親とおつきあいがあったというようなことはありませんか？　あなたがまだ小さくて、自分のうちにいた頃、あの人と会った記憶はありませんか？」

「なかったと思いますわ。デズモンドのお母さまは――つまりミセス・バートン＝コックスのことですけど、マラヤに行ってたんです。ご主人は、たぶんマラヤで亡くなったんだと思います。そして、一家がマラヤにいるあいだ、デズモンドはイギリスの学校にやられ、いとこだったか、休暇に子供をあずかる人だったかのところに寄宿していたのです。その頃、あたしたちは知りあったんです。彼のことは小さい時から、よくおぼえていますわ。あたし、たいへんな英雄崇拝者だったんです。彼は木登りがとってもうまかったし、小鳥の巣とか卵とかを教えてくれたりしました。それで、こんどまた会ったとき、というのは、大学で会ったときのことなんですけど、ごく自然な気持ちだったんです。そして、昔、住んでいた土地のことなどを話しあっているうちに、彼が名前をききました。『きみのクリスチャン・ネームしか知らないんだよ』ですって。それから二人でいろいろと思い出話をしました。そんなふうにして、いわばお互いに気心がわかったのです。あたし、彼のことをなにからなにまでも知っているわけじゃありません。なんにも知らないんです。そりゃ知りたいと思いますわ。自分に影響のあること、実際にあったことを知らないで、生活の設計をしたり、これからどういうふうに暮らそうなんて、どうして考えられるでしょう？」

「では、このまま調査をつづけてもいいとおっしゃるんですな？」

「ええ、もしそれでなんらかの成果があがるなら。もっとも、成果があがるとは思いませんけど。だって、デズモンドとあたしとで、いくつかのことは一応調べてみたんです。あまりかんばしい結果は出ませんでした。ほんとは一つの生の物語ではないという、この明白な事実に舞いもどってしまう、そんな感じなんです。これは死の物語じゃありませんかしら？　言ってみれば、二つの死の物語。心中っていうと、誰でも一つの死と考えます。シェイクスピアでしたかしら、誰かが言ってますわ——『死によって彼らは離れずなりぬ』って」シリヤはあらためてポアロを見た。「ええ、つづけてください。調査をつづけてください。これからもオリヴァおばさまに、でなければ直接あたしに話してください。いえ、直接聞かせていただきとうございますわ」彼女はミセス・オリヴァのほうを向いた。「あたし、おばさまに嫌味《いやみ》を言うつもりじゃないんです。おばさまはいつだってすばらしい名づけ親でしたわ。でも、あたし、馬の口から直接聞きたいんです（最も確かな筋から、の意）。こんなことを言って失礼いたしました。ムシュー・ポアロ、でも、そんなつもりで言ったんじゃないんです」

「いや、馬の口で満足ですよ」

「それで、馬の口になっていただけますかしら？」

「わたしは、なれるとつねに確信しております」

「そして、それはつねに真実なのですわね？」

「だいたいにおいて、それは真実です。それ以上のことは申しあげません」

13 ミセス・バートン＝コックス

「あの娘のことをどうお思いになりまして？」シリヤを玄関まで送りだして、部屋にもどってくると、ミセス・オリヴァは言った。

「独自の個性を持っていますな」とポアロは言った。「おもしろい娘さんだ。あきらかに、そこらにいる娘さんとは、どこかちがうとでも言いますかな」

「ええ、まったく」

「一つうかがいたいことがあるのですが」

「彼女のこと？　わたし、ほんとはあまりよく知りませんの。そんなものですわ、名づけ子なんて。言ってみれば、ずいぶん間をおいて、定期的に会うだけなんですから」

「彼女のことではありません。お母さんのことをうかがいたいのですよ」

「あら、そうでしたの」

「お母さんをご存じなのでしょう？」

「ええ。パリの寄宿学校《パンショナ》みたいなところで一緒だったんです。その頃は最後の修業に、娘をパリにやったものでしてね。最後の修業なんて言うと、社交界に入るというより、お墓に入る準備みたいですけど。それで、彼女のことで知りたいって、どんなことですの？」

「彼女を覚えていますか？　どんな人だったか覚えていますか？」

「ええ、いつも言うとおり、昔のことだからといって、事件だろうと人だろうと、すっかり忘れてしまうものじゃありませんわ」

「どんな印象をうけましたか？」

「きれいな人でしたわ。それはよく覚えています。十三、四の頃はそうじゃなかったんですけどね。その頃はころころに肥ってまして。わたしたちもみんな似たようなものでしたけど」とミセス・オリヴァは感慨ぶかげに言った。

「個性の強い方でしたか？」

「そこまではちょっと記憶がありませんわ。友だちといって、なにもあの人ひとりきりじゃなし、大の親友ってわけでもありませんでしたから。つまり、いつも四、五人一緒で——仲良しグループってところでしたかしら。だいたい好みの合った同士の。みんなテニスに夢中で、オペラにのぼせて、絵の展覧会に連れていかれると死ぬほど退屈する連中ばかりでした。ほんとのところ、漠然とした印象しかお話しできませんわ」

「モリー・プレストン＝グレイ。そういう名前でしたね。あなた方お二人ともボーイフレンドはいたんですか？」

「一人二人お熱をあげた相手がいましたっけ。もちろん流行歌手なんかじゃありません。そんなもの、まだいませんでしたから。たいていは俳優。ちょっと有名なヴァライエティの芸人がいましてね。ある女の子が――仲間の一人でしたけど――その男の写真をベッドの枕もとにはっていたら、マドモアゼル・ジランというフランス人の先生に、そんな芸人の写真をはるなんて絶対いけないって言われましてね。『なんです、はしたな《ス・ネ・ス・パ・コンヴナ》い《ブル》』って。その子ったら、その人が自分の父親だってこと、先生に話してなかったんですよ！　みんな笑いましたわ。ええ、涙の出るほど大笑いしましたわ」

「ところで、モリー、あるいはマーガレット・プレストン＝グレイのことを、もうすこし話してくれませんか。あの娘さんを見ると、その人のことを思いだしますか？」

「いえ、そうでもありませんわね。ええ、あまり似てはいませんわ。モリーはもっと――――あの娘よりも感じやすい性質でした」

「双生児の姉がいましたね。その方も同じ寄宿学校にいたのですか？」

「いいえ。同い年ですから、いてもよさそうなものですけど、その学校にはいませんでした。イギリスのどこかまるでちがうところにいたと思います。はっきりとは知りませんけど。わたしの感じでは、ドリーっていうその双生児の姉は、わたしも一、二度ちょっと会ったことがありますけど、その頃はモリーと瓜二つで――つまり、たいがいの双生児は大きくなると髪型を変えたりなんかして、区別をつけようとするものなのに、二人はまだそんな様子も見せなかったのです。モリーはドリーを心から愛していたようですけど、姉のことはあまり話しませんでしたわ。わたしの感じでは――いまから考えるとっていう意味で、当時はべつになんとも思わなかったんですけど――その頃からどこかちょっとおかしいところがあったんじゃないかと思いますわ。覚えていますけど、病気だか、治療のためだかにどこかへ行っているとかいう話が、一、二度出ましたかしら。そういえば、わたし、その人は身体障害者じゃないかしらって思ったことがありますわ。健康を回復するため、伯母さんだかに付き添われて、船で旅行したことがあるんです」

ミセス・オリヴァは首を振った。「でも、わたし、よく覚えていないんですよ。ただモリーは姉をふかく愛していて、ある意味で姉をかばおうとしているって、そんな感じをうけただけですわ。こんなこと言うと、あなたにはばかばかしい気がしますかしら？」

「とんでもない」

「姉のことになると口が重くなるんですね、そんなことが一度ならずありましたわ。両親のことはよく話しました。両親を愛していたようです。世間並みにはね。母親が一度パリに来て、彼女を連れだしたことがありましたわ。感じのいい人でした。派手とか美人とかいう人でなくて、感じのいい、ものしずかな、やさしい人でしたわ」

「なるほど。では、パリでは役にたつことはなかったわけですな？　ボーイフレンドもないし？」

「あの頃はボーイフレンドなんてあまりいませんでしたわ。ボーイフレンドのいるのが当たり前だっていういまとはちがいますもの。その後イギリスに帰ってからは、わたしたちのあいだもなんとなく遠のいてしまいましてね。モリーは両親と一緒にどこか外国に行きますし。インドじゃなかったかと思います——ええ、インドじゃありませんわ。どこかほかのところ。エジプトだったかしら。いま思うと、大使館勤務だったんですね。一時、スウェーデンにいたことがあるし、その後、バーミューダか西インド諸島あたりに行ってましたわ。お父さまはそこの総督かなんかだったんでしょうね。でも、こういうことって、はっきり覚えていないものですわ。覚えていることといえば、お互いの他愛もないおしゃべりばっかり。覚えていますけど、わたし、ヴァイオリンの先生に夢中でしたわ。モリーのほうは音楽の先生に熱をあげて。わたしたち二人とも、それで充分満足していましたし、近頃のボーイフレンドよりも、ずっと面倒はなかったと思いますわ。崇拝するというか——つぎの授業の日がそりゃ待ち遠しくてね。先生のほうはまるで気にもとめていないにきまってるんですけど。でも、夜になると先生のことを夢に見たりしてね。わたしなんかもすばらしい空想をしたことがありますわ。わたし、愛するムシュー・アドルフがコレラにかかったので看病して、命を救うために自分の血を輸血するのです。なんて他愛ないんでしょう。ほかにもあんなことをしたい、こんなことをしたいなんて！　わたし、一時はだんぜん尼さんになるんだって決心したことがあるし、その後、看護婦になろうと思ったこともあるんですよ。ところで、そろそろミセス・バートン＝コックスが来る頃ですわ。あなたに対してどう出るでしょうね？」

ポアロは腕時計をのぞいた。

「それも間もなくわかりますよ」

「その前に話しておくことはほかにありませんかしら？」

「二、三心覚えをつきあわせておきたいことがあるようです。調査すれば役にたちそうなことが一つ二つあるのですよ。いわば、あなたには象の調査をしていただく。そして、わたしが象の代役をするのです」

「それはまた変わった申し出ですね。申しあげたように、わたし、象とは手を切ったんですよ」

「さよう。しかし、象のほうでは、まだあなたと手を切っていないのですよ」

玄関のベルが鳴った。ポアロとミセス・オリヴァは顔を見あわせた。

「ほら、いよいよ来ましたよ」

ミセス・オリヴァは部屋を出ていった。外で挨拶をかわすのが聞こえ、まもなくミセス・オリヴァはどっしりした体格のミセス・バートン＝コックスを案内してきた。

「まあ結構なお住まいですこと」とミセス・バートン＝コックスは言った。「ほんとにお優しい方ですわね、わたくしのために時間をさいてお招きくださるなんて――きっと一分でも貴重なお時間なんでございましょうに」彼女の視線がそれて、エルキュール・ポアロの上にとまった。意外そうな、かすかな表情が彼女の顔をかすめた。一瞬、視線がポアロから窓ぎわの小型グランド・ピアノへと移った。エルキュール・ポアロのことをピアノ教師と思っているのだ、とミセス・オリヴァは気がついた。彼女は急いでこの誤解を追いはらった。

「ご紹介しますわ。こちらはムシュー・エルキュール・ポアロ」

ポアロは進みでて、ミセス・バートン＝コックスの手に身をかがめた。

「いくらかでもあなたのお力になれそうな人といえば、この方をおいてほかにないと思いますわ。ええ、ほんとに、先日、わたしの名づけ子のシリヤ・レイヴンズクロフトのことでお頼みをうけた、あのことですけど」

「おやまあ、お心にとめていてくださるなんて、ほんとにお優しい方ですわ。実際にはどんなことが起こったのか、あなたならもっと詳しく聞かせていただけるだろうって、わたくし、期待しているのでございますのよ」

「それがどうもわたしの手に負えませんの。だからこそ、ミスタ・ポアロにお願いして、あなたに会っていただくことにしましたの。すばらしい方ですのよ。情報とか、そのほかどんなことでも調べるのが。ほんとにそのほうでは右に出るものなしって方ですわ。何人わたしのお友だちの力になってくださったか、それから、どうみても不可解としか言いようのない事件を、なんど解決なさったことか、そりゃもう数えきれないほどですわ。この事件にしても、ほんとにいたましい出来事ですものね」

「ええ、そうでございますわ」とミセス・バートン＝コックスは言った。彼女の眼にはいまだにいくらか疑わしそうな表情が残っていた。ミセス・オリヴァは椅子をすすめてから言った。

「お飲み物は何になさいますか？　シェリーでも。お茶には遅すぎますもの。それとも、なにかカクテルのほうが？」

「いいえ、シェリーをいただきます。ほんとにおそれいりますすわ」

「ムシュー・ポアロは？」

「わたしも」

ポアロが黒スグリのシロップとか、好物の果汁とかと言いださなかったので、ミセス・オリヴァは思わず胸をなでおろした。彼女はグラスと酒の瓶を取りだした。

「ムシュー・ポアロには、あなたが調べたいと言っていらっしゃることを、もう一通りは話してありますのよ」

「まあ、さようでございますか」

ミセス・バートン＝コックスはいくらか不安げで、天性身につけているらしい自信がぐらつきかけている様子だった。

「若い人たちって」と彼女はポアロに向かって言った。「近頃じゃほんとに扱いにくうございましてね。このごろの若い人たちですよ。わたくしにも息子が一人おりますけど、とてもいい子でございまして、将来の出世をほんとに期待しているんでございますの。ところが、例の娘さん、とても魅力的な娘さんが現われまして、たぶんミセス・オリヴァからお聞きおよびでございましょうが、こちらさまの名づけ子にあたるんですけど――それが、まあどうなりますことやら。つまり、例の友情が芽生えたんでございますけど、たいていの場合、そんなのは永続きいたしませんものでございますわ。ほら、昔、幼な恋といっていたものでございますよ。それで、すこしは知っておきませんと、すくなくとも——家族の経歴くらいはね。どんなふうな家族だったかとか。ええ、そりゃシリヤがとてもいい家のお嬢さんだということは存じております。でも、ああいう事件がございましたでしょう。心中だとは思いますけど、原因と申しますか遠因と申しますか、それをはっきり言ってくれる人が誰もいないんでございます。わたくしの現在のお友だちのなかに、レイヴンズクロフト家ともおつきあいのあった人がおりませんし、そんなわけで、わたくしとしては判断のしようがございませんの。シリヤが魅力的な娘さんだということはわかっておりますけど、知れば知るほどもっと知りたくなるものでございますわ」

「わたしの友人のミセス・オリヴァからうかがったところによりますと、あなたはとくにあることをお知りになりたいのだそうですな。お知りになりたいというのは、実際に——」

「あなたが知りたいとおっしゃったのは」とミセス・オリヴァがいくらかきめつけるように口をはさんだ。「シリヤのお父さまがお母さまを殺して、それから自殺したのか、お母さまがお父さまを殺して、それから自殺したのかっていうことでしたわね」

「わたくし、そこが重要なところだと思いますの」とミセス・バートン＝コックスは言った。

「ええ、絶対に重要だと思いますわ」

「なかなか興味ある見方ですな」とポアロは言った。

彼の調子はいささか冷たいものであった。

「ええ、情緒的背景とでも申しますか、あんな事件をひきおこす情緒的な出来事ですわ。結婚となれば、お認めになると思いますけど、子供のことを考えないわけには参りません。つまり、生まれてくる子供たちのことですわ。わたくし、遺伝のことを言っているのでございますの。いまでは環境よりも遺伝に左右されるほうが多いことがわかっているそうですもの。人格の形成や、誰でも冒したくないような深刻な危険、そういうものが、ある程度まで遺伝によるんです」

「いかにも」とポアロは言った。「そういう危険を冒すものは、それ相応の決心がなければなりません。その選択はご子息とそのお嬢さんにまかせるべきでしょう」

「ええ、わかっておりますわ。わたくしの出る幕じゃございません。親には選択はゆるされておりません。ええ、助言を与えることすらゆるされておりません。でも、わたくし、結婚するについては、知りたいことがあるのでございます。ええ、どうしても知りたいことが。もし、あなたがなにかの——調査という言葉をお使いになるんでございましたわね——そういうものに取りかかってもいいとお考えでしたら。でも、たぶん——わたくし、愚かな母親なんでございましょうね。ええ、息子のことだと、つい取り越し苦労ばかりして。母親って、そんなものでございますわ」

彼女は頭をちょっとかしげて、低く笑った。

「たぶん」と彼女はシェリーのグラスに口をつけて言った。「たぶん、調査のことは考えていらっしゃると思いますけど、それだと、わたくしのほうからもお話しいたしますわ。わたくしが気にかけている、はっきりした点やなんかを」

彼女は腕時計に目をやった。

「おやおや、もうひとつ約束があったのに、遅れてしまいましたわ。おいとましなくちゃ。ほんとにごめんあそばせ、ミセス・オリヴァ、くるそうそうからもう失礼しなくてはならないなんて、でも、あのとおりでございますもの。さっきだってタクシーをつかまえるのが一苦労でしたのよ、どの車もどの車も知らん顔をして、さっさと通りすぎるんですものね。なにもかも、ほんとにむずかしい世の中になりましたわ。あなたのご住所はミセス・オリヴァがご存じでございますわね？」

「住所ならこれをどうぞ」とポアロは言いながらポケットから名刺を取りだして渡した。

「ええ、ええ、たしかに。ムシュー・エルキュール・ポアロ。フランスの方でいらっしゃいますの？」

「ベルギー人です」

「ええ、ええ。ベルギーの方ですのね。ええ、よくわかりましたわ。お目にかかれてほんとにうれしゅうございます、それに、希望が持てたような気がいたしまして、まあ、どうしましょう、飛んでいかなくちゃ」

ミセス・オリヴァの手を心から握りしめ、その手をポアロに差しだし、彼女は部屋を出ていき、やがてホールでドアの音が聞こえた。

「さて、いまのこと、どうお思いになる？」とミセス・オリヴァが言った。

「あなたは？」とポアロが言った。

「逃げだしましたよ。あなたがなんとなくこわくなったんですわ」

「さよう、あなたの判断は正しいようですな」

「あの人、わたしにはシリヤからいろんなことを聞きだしてくれと言ったんですよ。シリヤが知っていることとか、反応とか、なにかあるにちがいないと思っている秘密のようなものとか、そのくせ、ちゃんとした、ほんとうの調査をしてもらいたくないんですよ」

「そのようですな。おもしろい。なかなかおもしろい。あの人、お金持ちなのでしょう？」

「と思いますわ。身なりだってぜいたくなものだし、住居《すまい》だって高級住宅だし、きっと——はっきりは申しあげられませんわ。押しつけがましい、人を人と思わない女ですよ。たくさんの委員会の委員をしています。つまり、いかがわしいところはないのです。二、三の人に問いあわせてみましたの。あまり人からは好かれていません。でも、社会活動家といった女で、政治とかそんなものにくちばしを突っこんでいますわ」

「では、どこがいけないのです？」

「あなたも、あの女にはどこかいけないところがあると思っていらっしゃるのね？　それとも、わたしと同じように、ただ虫が好かないだけ？」

「明るみに出したくないことがあるのだと思いますね」

「まあ。それで、そのことを探りだそうと思っていらっしゃるの？」

「もちろんですよ。できればですがね。やさしくはないかもしれませんな。頭をひっこめましたからね。ここから出ていくとき、さっさと戦争をあきらめたのです。わたしがきこうとする質問がこわかったのです。さよう、おもしろいですな」ポアロは溜め息をついた。「過去にもどらなくてはならないようですな、それも思いもよらないほど遠くまで」

「なんですって、また過去へもどるんですか？」

「さよう。過去のどこかの、いくつかの事件の中に、知らねばならぬことがあるのです。それがわかってはじめて、われわれは十二年前、オーヴァクリフと呼ばれる家で起こったことに――いまになって、それがなんだと言うのでしょう――また改めてもどってくることができるのです。さよう。ぜひとももどってこなければなりません」

「では、それで話はきまりましたわね。そこで、なにからはじめましょう。そのリストはなんですの？」

「警察の記録から、家の中で発見されたもののことが相当わかりました。その中にかつらが四つあったのを覚えていますね」

「ええ、かつらが四つは多すぎるって、あなたは言いましたわ」

「ちょっと多すぎるようです。それからまた、役にたちそうな人の住所もいくつか手に入りましたよ。ある医者の住所、この医者なんかも案外なにか知っているかもしれませせん」

「医者？　あの一家の主治医のことですか？」

「いや、主治医じゃありません。事故にあった子供の検視で証言した医者です。上の子に突き落とされたか、あるいは誰かほかのものに突き落とされたか、どちらかですな」

「それは母親にっていう意味ですか？」

「あるいは母親かもしれないし、あるいは、そのとき家にいたほかのものかもしれません。それがイギリスのどこで起こったか、わかっています。それに、ギャロウェイ警視が手にいれた資料や、この事件に関心を持った、わたしの報道関係の友人の力をかりて、その医者を突きとめてくれたんですよ」

「それで、会いにいらっしゃるおつもりで——いまでは、その人、ずいぶんのお年でしょうね」

「会いに行くのはその医者でなくて、息子さんのほうです。息子さんもいろいろな精神異常の専門医として有名なのです。紹介してもらっていますし、あるいは興味のあることを話してくれるかもしれません。ほかにもまた、お金のことも調べておきましたよ」

「お金って、どういう意味ですか？」

「いろいろなことを調べなくてはなりません。犯罪ではないかと思われる事件には、これがつきものです。お金。ある事件でお金を損したのは誰か、得をしたのは誰か。それを突きとめる必要があります」

「でも、レイヴンズクロフト夫婦の場合は、はっきりわかっていますわね」

「さよう、きわめて当然なりゆきだったようです。二人とも正規の遺言状をつくっていて、どちらが死んでも、お金は配偶者にのこすことになっていました。妻は夫に、夫は妻に。ところが、この事件では二人とも死んだので、どちらも遺産は受けとれないわけです。そこで、遺産を受けたのは娘のシリヤと、弟のエドワードだったのです。この弟というのは、たしかいまは外国の大学にいると思いますが」

「でも、そんなことはなんの役にもたちませんわ。子供たちは二人とも家にいなかったんだし、事件と関係があったはずがありませんもの」

「ええ、それはそのとおりです。もっと調べなくてはなりません——もっと後ろを、もっと前を、もっと横を、そして、どこかに金銭上の動機——それも関係ありそうな動機があれば、それを突きとめなくてはなりません」

「わたしにそんなことをしろなんて言わないでくださいよ。まるで資格がないんですから。だって、あの——たずねてまわった象さんたちで、そのことはちゃんと証明ずみですもの」

「いや、そういうことじゃありません。あなたにいちばんぴったりの仕事とでも言いましょうか、それはかつらの問題を引き受けてくださることですよ」

「かつら?」

「当時の警察の報告書に、かつらを売った店の記述がありましてね、ロンドンのボンド

・ストリートで、ヘア・ドレッサーとかつら師をおいた、非常に高級な美容院だったのです。その後、その店をたたんで、どこかほかの場所で開業したそうです。最初の共同経営者のうち二人が、ひきつづき店をやっていましたが、いまではそれも廃業したはずです。でも、着付け係兼ヘア・ドレッサーの一人の住所はわかっています。そこで、これはひとつご婦人に調べてもらうほうが、うまくいくのではないかと思ったのですよ」
「まあ、それでわたしに？」

「さよう、あなたにです」

「わかりました。それで、どうすればいいんですか？」

「これからお教えするチェルトナムのある所を訪ねていけば、マダム・ローズンテルという人が住んでいます。もう相当な年の女ですが、昔はいろんなご婦人用の髪飾りの、とても流行《はや》っていた作り手で、たしか同じ職業の男と結婚したはずです。相手も頭のうすい男の悩みを解決してやるのが専門のヘア・ドレッサーです。入れ毛とか、そんなものをつかうんですな」

「おやおや、たいへんな仕事を押しつけるんですね。その人たち、あの事件のことをなにか覚えているとお思いになる？」

「象は忘れず、ですよ」

さん?」

「まあ。それで、あなたのほうは誰のところにいらっしゃいますの? さっきのお医者さん?」

「候補者の一人としては」

「その人がどんなことを覚えていると思ってらっしゃるの?」

「たいしたことはないでしょうな。あるいは事故のことを耳にしていたのではないかという気がするのです。なにしろ興味ある症例だったにちがいありませんからな。きっと血統や病歴の記録ものこっているでしょう」

「あの双生児の姉のことですか?」

「そうです。わたしが聞いたかぎりでも、彼女とかかわりのある事故が二つ起こっています。一つは若い母親の頃、田舎、たしかハッターズ・グリーンに住んでいた時、もう一つは、その後マラヤにいた時。どちらの場合も、子供の死をもたらした事故です。あるいは、なにかわかるかも——」

「というと、双生児だから、あのモリーにも——わたしの友だちのモリーのことですけど——なにか精神的欠陥があったのではないかとおっしゃるんですか? わたし、そんなことは絶対にないと思いますわ。モリーはそんな人じゃありませんでしたよ。情がふかくて、愛らしくて、とても美人で、感じやすくて——ええ、ほんとにすてきな人でしたわ」

「さよう、さよう、そういうふうに見えたでしょうな。そして、だいたいにおいて、幸福な人だったとおっしゃるんでしょう？」

「ええ、幸福な人でしたわ。とっても幸福な人でしたわ。そりゃもちろん、もっと後のことはわかりません、あの人、外国で暮らしていましたから。でも、ごくたまにですけど、手紙をもらったり、会いに行ったりしたときなど、いつも幸福な人だという気がしましたわ」

「それで、双生児の姉さんのほうは、実際には知らなかったのですか？」

「ええ。どうやら彼女は……ええ、はっきり言いますと、なにかの病院に入っていたんですよ、わたしがたまにモリーと会ったときのことですけど。モリーの結婚式にも出なかったんです、花嫁の付き添い人にもならなかったんですよ」

「そのことからしてもおかしいですな」

「そういうことからなにを探りだそうとおっしゃるのか、いまだにわたし、わかりませんわ」

「なに、ただの情報だけですよ」

14 ウィロビー医師

エルキュール・ポアロはタクシーをおり、料金とチップを渡すと、自分のおりたところが小さな手帳に書きとめた住所に該当することを確かめた上、ウィロビー医師に宛てた手紙をポケットから注意ぶかく取りだし、玄関の段をあがってベルを押した。ドアを開けたのは男の召使だった。ポアロが名前を告げると、ウィロビー医師がお待ちしていると言われた。

ポアロは小さな気持ちのいい部屋に案内された。一方の壁は書棚が占め、暖炉のそばに引き寄せられた肘掛け椅子が二脚、トレイにはグラスがいくつかと、酒の瓶が二つ揃えてあった。ウィロビー医師は立ちあがって挨拶した。年の頃は五十から六十見当、痩身、高く秀でた頭、黒い髪をしていて、灰色の眼が刺すように鋭かった。握手をすると、彼はポアロに椅子をすすめた。ポアロはポケットから手紙を取りだした。

「いや、どうも」

　医師は手紙を受けとり、封を切って目を通してから、かたわらに置きながら、いささか興味をおぼえたようすでポアロを見た。

「ご用の向きはギャロウェイ警視からうかがっておりますし、また、内務省にいる友人からも、あなたが関心をお持ちの問題については、できるだけお力添えをするようにと頼まれています」

「とんでもないお願いだということはわかっております」とポアロは言った。「しかし、これにはわけがありまして、わたしにとって、それは重要なのです」

「これだけ年月がたっているというのに、重要なのですか？」

「そうです。もちろん、この事件がまるでご記憶にないとしても、ごもっともだと思いますが」

「すっかり忘れてしまったとは申せません。お聞きおよびと思いますが、わたしは自分の専門の中の特殊な分野に興味を持っていまして、それもずっと以前からなのです」

「たしかお父上もその方面の有名な権威だったそうで」

「ええ、そうです。父の生涯にわたっての大きな関心事でした。たくさんの説を持っていましてね、うまく正しいことが立証されたものもありましたし、期待はずれであることが立証されたものもありました。あなたが興味をお持ちなのは、ある精神異常の患者ですね？」

「女性です。名前はドロシア・プレストン＝グレイ」

「そう、わたしがほんの若僧の頃でした。その頃すでに、わたしは父の考え方に興味を持っていましてね、もっとも父とわたしの説はかならずしも一致するとはかぎりませんでしたが、父の研究は興味ぶかいものでしたし、共同研究としてわたしがやっていた研究も、非常に興味があるものでした。当時のドロシア・プレストン＝グレイ、のちのミセス・ジャローに、あなたが特別の関心をお持ちになったのはどういうところか、わたしは知らないのですが」

「たしか、双生児の一人だったと思いますが」

「そうです。それが当時、父の研究分野だったのです。その頃、一卵性双生児を幾組か抽出して、その一般的生活を追跡調査するという研究を手がけていたのです。同一環境のもとで育てられたもの、さまざまな人生の機縁によって、まったく異なった環境のもとに育てられたもの。彼らの相似性がどれだけつづくものか、彼らに起こったことが、どんなふうに似ているものか、そういうことを調べたのです。二人の姉妹、あるいは二人の兄弟が、ほとんど一緒に暮らしたことがないのに、思いもよらぬ形で、二人の身に同じことが同時に起こっていると思われたのです。こういうことはすべて、きわめて興味ぶかいものでした――いや、現在にいたるまでそうなのです。しかし、あなたが興味をお持ちなのは、こういうことじゃないようですね」

「そうです。それはある事件のことです――わたしが興味を持っているのは、つまり、その一部と申しましょうか――子供の事故なのです」

「なるほど。あれはサリーでの出来事だったと思います。そう、住むにはじつにいい地方でしたね。キャンバリーからそう遠くないところでした。当時ミセス・ジャローは若い未亡人で、小さなお子さんが二人ありました。ご主人はそのすこし前に、事故で亡くなったのです。彼女は、その結果――」

「精神に異常を?」

「いや、そういうふうには考えられてはいませんでした。夫の死によってひどいショックを受け、ぽっかり穴のあいたような喪失感にさいなまれていましたが、主治医の所見では、思うように回復していなかったのです。予後のたどり方が主治医には満足でなく、夫の死の悲しみを、医師が望むようには克服していないようなのです。いささか特殊な反応を示したらしいのですね。とにかく、自分ひとりの手には負えないというわけで、主治医がわたしの父に、どうしたらいいか診察してくれるように頼んできたのです。父は症状に興味を持つとともに、非常に危険な状態にあると考え、そこで、特別の治療をうけいれる療養所で観察下におけば、これに越したことはないと考えたようです。まあ、いろんな治療ですね。そして、例の子供の事故の後はもっとひどかったそうです。子供が二人いましてね、ミセス・ジャローが話す事故の説明によると、上の女の子が、四つか五つ年下の弟に園芸用の鋤だか鍬だかで殴りかかり、そのため、弟は庭の池に落ちて、溺れ死んだのだそうです。まあ、ご存じのように、こうしたことは、子供たちのあいだでは、よくあることですよ。子供が乳母車ごと池に突き落とされることもありますよ。それがまた、上の子が嫉妬して、こんなことを考えるからなのです。エドワードだかドナルドだか、名前はともかくとして、『この子さえいなければ、ママだってずっと面倒がはぶける』とか『このほうがずっとママのためになる』とかね。すべて嫉妬の結果です。しかし、この事件では、これといった原因とか、嫉妬の証跡はないようですね。弟が生まれたことをおもしろくなく思ってもいません。ところが、ミセス・ジャローのほうは、この二人目の子供を望んでいませんでした。夫はこの二人目の子が生まれるのを楽しみにしていたんですが、ミセス・ジャローは欲しくなかったのです。中絶するつもりで、二人の医者にあたってみたのですが、当時非合法だった手術をしてくれる医者は、ついに見つかりませんでした。召使の一人と、べつに、たしか電報を配達に来た男とが、男の子を突き落としたのは大人の女で、もう一人の子ではなかったと言っています。そして、召使の一人は、窓から見ていたのだが、あれは奥さまだったと、非常にはっきり言っているのです。彼女はこう言っております。『お気の毒に、奥さまは、このごろじゃご自分のしていらっしゃることが、おわかりにならないんですよ。そりゃもう、旦那さまがお亡くなりになってからというもの、まるで人が変わったようでしたもの』とね。ところが、さっきも言いましたように、この事件でどういうことを知りたいと思っておられるのか、正確には知らないんですがね。評決は事故ときまりました。事故とみなされ、子供たちが押しあったりしながら遊んでいたという証言もあったので、疑いもなくまことに不運な事故ということになったのです。それで一応けりはついたのです。しかし、意見を求められた父は、ミセス・ジャローと話をしたり、テストや質問表による検査や、彼女に同情した言葉や質問を投げたりした結果、あの出来事は彼女の仕業だと確信したのです。そして、父の助言によって、精神異常の治療をうけたほうがいいということになったのです」

「しかし、父上は絶対に彼女の仕業だと確信なさったのですか？」

「そうです。当時、ある学派の治療法が広く普及していましてね、父なんかもそれを信頼していました。その学派の意見によると、ときには一年、あるいはそれ以上長い期間、充分な治療をうければ、患者は普通の日常生活にもどれるし、またそのほうが患者のためにもなるというのです。自宅での生活にもどり、医学的配慮と、これはふつう近親者ですが、一緒に暮らして、正常な生活ができるように見まもってやる人の適当な配慮があれば、万事うまくいくというのですよ。たしかにこの療法は最初のうち、多くの場合、成功したのですが、後になると、見込みちがいが生じました。じつに不幸な結果になった例がいくつかありましてね。全快したように見える患者がもとの環境に、家族のもとに、夫や両親のもとに帰される。ところが徐々に再発して、しばしば悲劇あるいは悲劇に近いことが起こるのです。父にひどい失望を味わわせた患者がおりましてね――同時に父にとっては研究上きわめて重要な患者でしたが――それは女性で、以前一緒に暮らしていた友人のところへ帰ったのです。すべては順調にいっているように見えました。ところが、五、六カ月後のこと、急いで医者に来てくれというので、行ってみると、こう言うのです。『二階へご案内しますわ。だって、わたしがしたことをごらんになったら、先生はお怒りになるでしょうし、警察をお呼びになるにきまっているからですわ。わたし、こうしなければならなかったんです。でも、これは命令されてしたんです。ヒルダの眼から悪魔がのぞいているのが見えたんですもの。悪魔が見えたので、わたし、自分の義務がわかったのです。ヒルダを殺すより仕方がないとわかったのです』ヒルダというのが、椅子にすわったまま絞め殺されていて、死んだ後、両眼がやられていました。殺したほうの女は病院で死にましたが、罪の意識などまるでなく、ただ、これは自分に与えられたやむを得ない命令だ、というのは、悪魔を滅ぼすのは自分の義務だったからだと思いこんでいたのですよ」

ポアロは悲しげに首を振った。

医師は話をつづけた。「そうです。思うに、軽度とはいえ、ドロシア・プレストン＝グレイはたちのわるい精神異常にかかっていて、監督をうけながら暮らせば、まあ安全だと考えられたのでしょう。一度、彼女は非常にいい治療をしてくれる、なかなか快適な療養所に入っていたことがありましてね。何年かすると、ふたたび完全な正常状態になったと見えたので、療養所を出ました。そして家庭内では奥さま付きのメイドということになっていたが、じつはいくらか彼女の世話をまかされた、気のやさしい看護婦つきで、普通の生活を送っていました。外出もするし、友だちもでき、やがて外国へ行きました」

「マラヤですな」

「そうです。あなたの手に入れた情報は確かですね。マラヤに行って双生児の妹のところに身を寄せたのです」

「そこでまた悲劇が起こったんでしたな？」

「そうです。近所の子供が襲われましてね。最初は乳母の仕業だと思われていたのですが、その後、たしか従僕をつとめていた原地人の召使に嫌疑がかかりました。しかし、これもまた、ミセス・ジャローが自分にしかわからない狂気の論理でもって、手をくだしたことに疑いの余地はないようです。彼女の犯行だとする決定的な証拠はなかったようです。思うに、将軍は――名前をちょっと忘れましたが――」

「レイヴンズクロフトですか？」

「そうそう、レイヴンズクロフト将軍も彼女をイギリスに送りかえし、もういちど治療を受けさせる手はずをととのえることに同意したのです。あなたが知りたいと思っておられたのはこのことですか？」

「そうです。一部分はすでに聞いていることですが、だいたいが人づてに聞いたことなので、信用できないのです。あなたにおたずねしたいのは、これは一卵性双生児に関係のあることなのですが、双生児のもう一人のほうはどうなのでしょう？　マーガレット・プレストン＝グレイのことですよ。後にレイヴンズクロフト将軍夫人になった女性です。彼女も同じ病気にかかっていたということは考えられますか？」

「彼女については、なにも症状はありません。完全に正常でしたよ。父も興味を持っていたので、一、二度訪ねていって話をしたことがあります。小さい頃、深く愛しあっていた一卵性双生児が、ほとんど同じ病気だとか精神異常にかかった例を、しばしば父も見てきましたからね」

「愛しあうのも、小さい頃だけですか?」

「そうです。場合によっては、一卵性双生児のあいだで、敵意が生じることがあります。最初はお互いに強い保護的な愛情を抱いていたのに、その後、敵意が生まれるのですが、もし、それを引きおこすきっかけとなる情緒的な緊張とか、二人のあいだに生まれる敵意の原因となるような情緒的な危機があると、その愛情は憎悪に近いものになるのです。

この場合も、そういうことがあったのではないかと思います。中尉か大尉か、階級はともかく、若かったレイヴンズクロフト将軍は、美しいドロシア・プレストン＝グレイに恋をした。事実、二人のうち、姉のほうが美人だったんですよ——彼女も彼を愛していました。しかし、正式な婚約をしないうちに、まもなくレイヴンズクロフト将軍の愛情は、マーガレットに移ったのです。ふだんモリーと呼ばれていた妹です。彼は妹のほうを愛するようになり、結婚を申し込みました。彼女のほうも彼の愛情に応えたので、彼の軍務のあいだをみて結婚しました。父が言っていましたよ、双生児のドリーは妹の結婚をひどく嫉妬し、相変わらずアリステア・レイヴンズクロフトを愛しつづけ、彼の結婚を恨んでいたにちがいないとね。しかし、その苦しみから立ちなおり、やがてほかの男と結婚し――はた目には幸福な結婚と見えたのですが、その後はレイヴンズクロフト家をよく訪ねていたものでした。マラヤにいた例の時だけでなく、後にレイヴンズクロフト家がほかの外国の勤務先にいるときも、イギリスに帰ってからも。その頃は、彼女も見たところすっかり全治しているようで、もはや精神異常の気配もなく、信頼できる看護婦や使用人たちに囲まれ、暮らしていました。レイヴンズクロフト夫人、つまりモリーは、変わらずに姉を深く愛していたにちがいないと思います、いや、すくなくとも父はいつもそう話していました。姉を守ってやるという気持ちをいだき、心から愛していたのです。もっともっと姉に会いたいと思っていたのですが、レイヴンズクロフト将軍のほうは、そのことにあまり気乗りがしなかったらしいのです。いささか精神的に不安定なドリーは――ミセス・ジャロ―のことですが――レイヴンズクロフト将軍に対して、強い慕情を持ちつづけていたと考えられますので、そのことが将軍にわずらわしくもあったし、困ってもいたのです。もっとも、夫人のほうは姉が嫉妬とか、怒りというような気持ちは、もう水に流してくれたとばかり信じていたのだと思います」

「ミセス・ジャロ―は、自殺事件の起こる前三週間ばかり、レイヴンズクロフト家に滞在していたそうですな」

「ええ、そうです。そのとき、彼女自身悲劇的な死に見舞われたのです。以前からよく夢遊状態で出歩いていましてね。ある晩、眠ったまま歩いていて事故にあったのです。つづいているように見えて、小道が途切れている崖の部分から落ちたのですよ。翌日になって発見されたのですが、たしか意識を回復しないまま病院で死んだのだと思います。妹のモリーはひどく取り乱し、このことを非常に悲しんでいました。しかし、ここがあなたもお知りになりたいところでしょうから申しあげておきますが、これが、その後の、幸福に暮らしていた夫婦の自殺と、なんらかの意味で関係があると思いません。姉の、あるいは義姉の死に対する悲しみが、自殺の原因だなんて考えられませんからね。夫婦心中にいたってはなおさらですよ」

「おそらく、姉の死がマーガレット・レイヴンズクロフトのせいでなければですな」

「とんでもない！　まさか、あなたは――」

「マーガレットが眠ったまま歩いている姉のあとをつけていき、手をのばして、ドロシアを崖から突き落としたのでは？」

「そのような考えは、絶対に承服できませんね」

「人間というものは、誰にもわかりはしませんよ」

15　ユージン・アンド・ローズンテル、ヘア・スタイリスト・アンド・ビューティシャン

ミセス・オリヴァは、わが意を得たといった眼でチェルトナムを眺めた。おかしなことに、いままでチェルトナムに来たことがなかったのである。ほんとに家らしい家、ちゃんとした家を見るのは、なんていい気持ちだろう、と彼女は心の中でつぶやいた。若い頃を振りかえってみて、チェルトナムに住んでいた人々、すくなくとも親戚や伯母たちがいたことを思いだした。たいてい世間から隠退した人たちだった。陸軍とか海軍とか。長いあいだ外国で過ごしてきた人が、住みたくなるような土地だ、と彼女は思った。ここにはイギリス風のやすらぎ、よい趣味、楽しい語らいといった感じがあった。

感じのいい古美術店を一、二軒のぞいてから、自分の行こうとしている——いや、むしろエルキュール・ポアロが行かせたいと思っている——道をたどった。ローズ・グリーン美容院という名前だった。彼女は中に入り、あたりを見まわした。四、五人の客が髪をととのえてもらっていた。小肥りの女が客のそばを離れ、物問いたげなようすで近

寄ってきた。

「ミセス・ローズンテルはいらっしゃいますかしら?」とミセス・オリヴァは名刺にちらと眼を落としながら言った。「今朝うかがえばお目にかかれるということでしたので。いいえ、髪のことで参ったんじゃありませんの、ちょっとご相談したいことがありまして、それに、電話でお話がしてあって、十一時半にうかがえば、しばらく時間をさいてくださるということでしたので」

「ええ、わかっております」とその娘が言った。「マダムはどなたかをお待ちしているようでしたわ」

娘は先にたって廊下を通り、短い階段をおりて、階段のすぐ下のスイング・ドアを開けた。美容院を出て、あきらかにミセス・ローズンテルの住居と見えるところに来ているのだった。若い娘はドアをノックして、部屋をのぞきこみながら、「ご面会のご婦人です」と言って、それから、すこしおずおずときいた。「お名前はなんとおっしゃいましたかしら?」

「ミセス・オリヴァ」

彼女は部屋に入った。ここもやはり、どことなくショー・ルームではないかと思わせるところがあった。バラ色の紗のカーテンがかかり、壁紙はバラの花模様だった。ミセス・オリヴァが見たところでは、だいたい彼女と同年輩か、あるいはずっと年上かとも思われるミセス・ローズンテルが、朝のコーヒーを飲みおわるところであった。

「ミセス・ローズンテルでいらっしゃいますね？」

「さようでございますけど？」

「おうかがいするお約束だったのはご存じなんでございましょう？」

「ああ、そうでございましたの。どういうことなのか、よくわかりませんでしたので、電話が遠くてね。よろしゅうございますとも、三十分ばかり時間がございますから。コーヒーはいかが？」

「いえ、結構でございます。用件がすみましたら、すぐ失礼させていただきますから。ちょっとおたずねしたいことがあるんです、あなたなら、あるいは覚えていらっしゃるんじゃないかと思いますので。ずいぶん長いあいだ、美容院のお仕事をしていらしたそうですわね」

「そうなんでございますの。でも、いまでは若い子たちにまかせっきりで、ほっとしているところなんでございますのよ。このごろでは自分ではなんにもいたしませんの」

「お客さまの相談は、いまでも受けていらっしゃるんでしょう？」

「ええ、それはつづけておりますわ」ミセス・ローズンテルはほほえんだ。

感じのいい、知的な顔だちで、きれいに結った茶色の髪には、白いものがちらほら目立ちはじめていた。

「ご用向きをまだうかがっておりませんけど」

「じつはおたずねしたいことがございますの。まあ、ある意味では、かつらのこと全般についてということになりますかしら」

「わたしどもでは、昔のようにかつらは扱っておりませんけど」

「以前はロンドンでご商売をなすってらしたんでしょう？」

「ええ、最初はボンド・ストリートで、それからスローン・ストリートに移りましたんですけど、都会住まいの後では、田舎暮しはほんとにいいものでございますわね。ええ、主人もわたしも、ここがすっかり気に入っておりますの。商売のほうは手ぜまにやっておりますけど、このごろはかつらはあまり扱っていないのでございますよ。もっとも、主人はおつむの薄い男の方の相談にのって、かつらをデザインしたりしておりますけど。あまり年寄りじみて見えないことは、お仕事をしていらっしゃる方々にとって、大切なことですし、かつらのおかげで職につけたなんてことが、よくございますのよ」

「よくわかるような気がいたしますわ」

居心地が悪いばっかりに、ミセス・オリヴァは二つ三つありきたりの無駄話でお茶を濁しながら、肝心の話をどう切りだそうかと思いまよっていた。それでミセス・ローズンテルが身を乗りだし、だしぬけに、「あなたはアリアドニ・オリヴァでいらっしゃるんでしょう？　小説家の？」と言ったので、思わずはっとした。

「ええ、じつを申しますと——」ミセス・オリヴァはこう言ったとき、例のきまりわるそうな表情になった。癖になっているのだ——「ええ、小説を書いておりますわ」

「あなたの小説が、わたし、大好きなんでございますの。ずいぶんたくさん読ませていただいておりますわ。ほんとに、なんてすばらしいんでしょう。さあ、わたしでできますことなら、なんでも申しつけてくださいまし」

「かつらのことと、ずいぶん昔のことで、たぶんご記憶はないかもしれませんけど、ある事件のことでお話をうかがいたいんですけど」

「なんでございましょう——昔のファッションのことでも？」

「そうじゃございませんの、女の方のことで、わたしの友人なのです——ほんとに学校がいっしょだったんですよ——そのうちに結婚してマラヤに行って、またイギリスに帰ってきて、その後、ある悲劇に見舞われたんですけど、事件のあと、驚いたことに、かつらをたくさん持っていたのです。それがみんな、あなたから、いえ、あなたのお店で買ったものらしいのです」

「まあ、悲劇がね。お名前は？」

「わたしがつきあっていた頃はプレストン＝グレイといってたんですけど、その後レイヴンズクロフトになりましたの」

「まあ、わかりました。あの方ですわ。ええ、レイヴンズクロフト夫人なら覚えておりますわ。よく覚えておりますわ。とてもいい方で、ほんとに、まだまだおきれいで。ええ、ご主人は大佐だか将軍だかで、退役になって、お住まいは――どこの州でしたか忘れましたけど――」

「――そして、夫婦心中ということになっている事件が起こったのです――」

「ええ、ええ、わたし、あの記事を読んで『まあ、これはお客さまのレイヴンズクロフト夫人じゃないの』って言ったのを覚えておりますわ。それから、新聞にお二人の写真が出ておりましたけど、そうだって、すぐわかりましたわ。もちろん、ご主人にはお目にかかったことはございませんけど、確かに奥さまでしたわ。ほんとに悲しい、おいたわしいことでございましたわね。なんでも奥さまが癌におなりになって、どうにも手のほどこしようがないので、あんなことになったのだそうですわね。詳しいことはなんにも存じませんの」

「そうでしょうね」

「でも、わたし、どういうことをお話し申しあげればよろしいんでございましょうか？」

「あなたは夫人にかつらをつくっておあげになったんですね。ところが、調査にあたった人たち、たぶん警察だと思いますけど、かつらを四つは、いくらなんでも多すぎると考えたらしいのです。でも、普通、一時に四つぐらいは持っているものなんでしょうね？」

「そうでございますわね、たいていの方が、すくなくとも二つは持っていらっしゃいますわ。一つをお手入れにお出しになるあいだ、もう一つのほうをお召しになるんでございますよ」

「レイヴンズクロフト夫人が、余分の二つを注文なさったときのことを覚えておいでですかしら？」

「ご自分ではお見えになりませんでした。病気で入院していらしたとか、入院中だとかで、フランス人の若い女が参りました。奥さまの付き添いかなんかのフランス人だと思いますわ。とてもいい人でした。英語なんかも達者で。その方が余分のかつらのサイズとか色とか型を説明して、注文なさったのです。ええ、こんなことを覚えているなんて不思議でございますわね。それから一ヵ月後だったでしょうか——一ヵ月、いえ、もっと、一カ月半後だったでしょうか、あの自殺の記事を読まなければ、こんなに覚えてはいないと思いますわ。病院かどこかで、悪い知らせを聞かされたので、それ以上気力もなくなり、ご主人も奥さまのいない生活に耐えられなくなって――」

ミセス・オリヴァは悲しそうに首を振った――そして質問をつづけた。

「そのかつらは一つ一つちがっていたようですね？」

「ええ、きれいな灰色の条《すじ》の入ったのが一つ、パーティ用のが一つ、夜の外出用のが一つ、短く刈りつめて、カールしたのが一つ。とてもいいもので、その上に帽子をおかぶりになっても、くしゃくしゃになりませんから。もう二度と奥さまにはお目にかかれないと思うと、ほんとに心残りでございましたわ。ご病気はべつにいたしましても、あのちょっと前にお亡くなりになったお姉さまのことでは、ひどく気落ちなすっていらっしゃいましたわ。双生児のご姉妹なのでございますよ」

「ええ、双生児って人一倍愛しあうんですものね」

「以前はいつもあれほどおしあわせそうでしたのに」

二人は溜め息をついた。ミセス・オリヴァは話題を変えた。

「わたしもかつらを使ったほうが便利だとお思いになります？」

ミセス・ローズンテルは手をのばし、ものなれた手つきで、ミセス・オリヴァの頭を押さえてみた。

「おすすめいたしませんわ――すばらしいお髪《ぐし》をしていらっしゃるんですもの――まだたっぷりしていて――このぶんでは――」彼女の口もとにちょっと微笑が浮かんだ――

「お髪《ぐし》の形をいろいろと変えてみては、楽しんでいらっしゃるんでしょうね？」

「まあ、よくご存じですこと。そのとおりなんですよ――いろいろ試してみるのが楽しみですわ――とてもおもしろいんですもの」

「人生のすべてを楽しんでいらっしゃるんですわね」

「ええ、そうなんですの。つぎにどんなことが待ちうけているかわからないって、そういう気持ちなんでしょうね」

「それなのに」とミセス・ローズンテルは言った。「そんな気持ちのために、たくさんの人が悩みつづけているんでございますわ！」

16　ミスタ・ゴビーの報告

ミスタ・ゴビーは部屋に入ってくると、ポアロにすすめられて、いつもの椅子に腰をおろした。どの家具、あるいは部屋のどの辺に向かって話しかけようかと、物色するようにあたりにちらと眼をやった。そして、これまでにもたびたび選んだ、いまごろの季節では火のついていない電気ストーブにきめた。ミスタ・ゴビーが自分を雇った人物に向かって、直接話しかけたという話を、いまだかつて聞いたことがない。いつもカーテンの上部、暖房器《ラジエイター》、テレビ、掛け時計、ときには絨毯とかマットに話しかけるのである。

彼はブリーフ・ケースから二、三枚の書類を取りだした。

「ところで」とエルキュール・ポアロが言った。「なにかわかったかね?」

「こまごましたことをいろいろ集めてきましたよ」

ミスタ・ゴビーはロンドンじゅうで、いや、おそらくイギリスはおろか海外にまで、偉大な情報屋として、その名を知られた人物であった。この神業めいた仕事を彼がどのようにして行なうのか、まったく謎に包まれている。それほど多くの部下をかかえているわけではない。彼がいうところの『足ども』は、昔にくらべると質が落ちたと彼はときどきこぼすことがある。それでも、その成果はいまだに依頼者の舌を巻かせるに足るだけのものはあった。

「ミセス・バートン＝コックス」と彼は言ったが、その口調には聖書の一節を読む番にあたった、田舎の教区委員を彷彿させるところがあった。「イザヤ書、第四章、第三節」と読んでも同じ調子だったであろう。

「ミセス・バートン＝コックス」と彼は繰り返して言った。「大手のボタン製造業、ミスタ・セシル・オールドベリと結婚。夫は財産家。政界に入り、下院議員としてリトル・スタンスミアから選出されたことがある。ミスタ・セシル・オールドベリは結婚四年後に自動車事故で死亡。この結婚による唯一の子は、父の死後まもなく事故死。ミスタ・オールドベリの遺産は妻が相続したが、数年来、会社の事業不振のため、遺産は予想されたほど多くはなかった。またミスタ・オールドベリはキャスリーン・フェンなる女性にも相当多額の金を遺しているが、この女性については、妻もまったく知らぬ親密な関係を結んでいたものと思われる。ミセス・バートン＝コックスはその後も政治活動を継続。その後三年ばかりして、ミス・キャスリーン・フェンの子を養子に迎える。ミス

・キャスリーン・フェンはその子が故ミスタ・オールドベリの息子であると主張。このことはわたしの調査で判明したところでは、ちょっと容認いたしかねます。ミス・キャスリーン・フェンはたくさんの人と関係がありましてね。それもたいていは金持ちで気前のいい紳士ばかりなのですが、結局、どんな人間でも弱味はあるものですから、話のもちかけよう一つですよ。これはたいへんなつけをあなたに送ることになるかもしれませんな」

「どうぞ、先を」

「当時のミセス・オールドベリはその子を養子にすることに同意しました。その後まもなく、彼女はバートン＝コックス陸軍少佐と再婚しました。ミス・キャスリーン・フェンは女優と流行歌手との両方で華々しい成功をおさめ、一財産こしらえました。そして、養子に出した子供を引きとりたいという手紙を、ミセス・バートン＝コックスに送りました。ミセス・バートン＝コックスは断りました。ミセス・バートン＝コックスは、バートン＝コックス少佐がマラヤで亡くなった後、何不自由なく暮らしていたようです。少佐はまあ裕福に暮らせるだけのものを遺しておいたのです。わたしが手に入れた、さらにそれ以上の情報によると、ほんの先頃死んだ――たしか一年半ほど前だったと思います――ミス・キャスリーン・フェンは、その頃には莫大な金額に達していた全財産を、実の息子のデズモンド、つまり、現在のデズモンド・バートン＝コックスに遺すという遺言状を残していたのです」

「なかなか気前のいいことだな。それで、ミス・フェンはなんで死んだのかね？」

「わたしの情報提供者の話では、白血病にかかっていたそうです」

「それで、息子は母親の遺産を相続したのかね？」

「二十五歳で自分のものになる信託財産として遺されているのです」

「では、独立して生活できるんだな、相当の財産を手にいれて？　それで、ミセス・バートン＝コックスは？」

「金を投資して、それが思わしくいっていないようです。生活に不自由はしないが、せいぜいその程度ですな」

「そのデズモンドという青年は、もう遺言状をつくっているのかな？」

「さあ、まだそこまではわかりません。しかし、調べる方法はあります。わかったら、すぐ報告いたします」

ミスタ・ゴビーはあいまいに電気ストーブに向かって頭をさげて出ていった。

一時間半ばかりして電話が鳴った。

一枚の紙を前にして、エルキュール・ポアロはメモをとっているところであった。ときどき眉をよせたり口ひげをひねったりしながら、書いたところを消しては、また書きなおして筆を進めていた。電話が鳴ると、彼は受話器をとり、相手の声に耳をすました。

「ご苦労さん」とポアロは言った。「これはまた早いね。うん……いや、じつに助かる。こんなことがどうしてできるのか、わたしにはまったくわからないね……うん、これで事情がはっきりしたよ。いままで筋の通らなかったことが、これで筋が通る……うん……たぶん……うん聞いているよ……そのとおりに間違いないんだな。彼は自分が養子だということは知っているよ……だが、実の母が誰だかは打ち明けられていない……うん、うん、わかった……結構。ほかの問題も洗ってくれるんだね？　ありがとう」

ポアロは受話器を置き、メモのつづきを書きはじめた。三十分ほどすると、また電話が鳴った。また彼は受話器を取りあげた。

「チェルトナムに行ってきましたよ」ポアロにはすぐにそれとわかる声が聞こえた。

「やあ、マダム、お帰りになったんですね？　ミセス・ローズンテルに会いましたか？」

「ええ。いい方ですわ。とってもいい方。それに、あなたがおっしゃったとおり、確かに象の仲間ですわ」

「というと、マダム？」

「彼女はモリー・レイヴンズクロフトを覚えていたという意味ですよ？」

「それから、かつらのことも」

「ええ」

引退したヘア・ドレッサーから聞いた例のかつらのことを、ミセス・オリヴァはざっと話した。

「なるほど」とポアロは言った。「ぴったりですな。ギャロウェイ警視が話していたとおりですよ。警察が発見した四つのかつら。カールしたのと、夜の外出用、より地味なのが二つ。四つ」

「それじゃ、わたしはあなたがもうご存じのことを、お話ししただけのことですわね？」

「いや、それ以上のことを話してくれたんですよ。ミセス・ローズンテルは言いましたね――ほら、たったいま、あなたが話してくれたではありませんか？――レイヴンズクロフト夫人は前から持っていた二つのほかに、また二つかつらを注文した、そして、それはあの自殺事件より三週間から六週間ばかり前のことだって。いや、なかなかおもしろいじゃありませんか？」

「そんなこと、べつにおかしくもなんともありませんわ。だって、人間は、いえ、女はっていう意味なんですけど、いろんなものをすごくこわしやすいんですよ。かつらだとか、そういうものをですわ。セットしなおしたり、洗ったりできなかったり、焦がしたり、なにかをこぼして、しみがとれなかったり、染めたら、染めあがりが散々だったり――そんなふうなことですよ――そんなとき、もちろん、新しいかつらだとか入れ毛とか、二つぐらいは必要ですよ。なんであなたが興奮してらっしゃるのか、わかりませんわ」

「いや、興奮しているわけではありませんよ、ええ。いまのお話も重要ですが、さらに興味があるのは、あなたが最後におっしゃったことです。型取りとか色合わせとかのために、かつらを持ってきたのは、フランス人のご婦人だったんですね？」

「ええ。付き添いみたいな人ではないかと思いますわ。レイヴンズクロフト夫人は入院していたとか、げんに病院か、どこかの療養所に入っているとかで、選んだりなんかするために、自分では来られなかったんですよ」

「なるほど」

「だから、付き添いが来たんです」

「その付き添いの名前を、もしかご存じではありませんか？」

「いいえ。ミセス・ローズンテルは言わなかったと思いますわ。ほんとは知らないんじゃありませんかしら。時間の約束をしたのはレイヴンズクロフト夫人で、そのフランス人の娘だか婦人だかは、ただサイズとか色とか、そのほかのことのために、かつらを注文にきただけだったようですわ」

「なるほど、おかげさまで、わたしとしてはさらに予定の一歩を踏みだせますよ」

「あなた、なにかわかったんですか？　いったい、あなたがいままでになにかをなさったとでもいうんですか？」

「あなたはいつも懐疑的なんですな。わたしはなにもしない、椅子におさまって、のうのうとしているだけだと、いつも考えておられる」

「ええ、椅子におさまって考えていらっしゃるんだとは思いますよ。でも、そうたびたび外に出て、なにかなさるとは、どうにも思えませんわ」

「近いうちに、たぶん外に出て、なにかやることになると思いますよ。それで、あなたにもご満足いただけるでしょう。場合によってはイギリス海峡を渡ることになるかもしれません。もっとも、船ではありません。飛行機というものがありますからな」

「まあ、わたしも一緒に？」

「いや、こんどはわたし一人で行ったほうがいいでしょう」

「ほんとにいらっしゃるおつもり？」

「ええ、ええ、行きますとも。力のかぎり飛びまわりますから、あなたにも満足していただかねばね、マダム」

ポアロは電話を切ると、手帳のメモを調べて、ほかの番号をまわした。まもなく目当ての人物に電話がつながった。

「ギャロウェイ警視ですな、こちらはエルキュール・ポアロです。ひどくお邪魔しているのではないでしょうね？　いまお手すきですか？」

「いや、用事なんかしてやしませんよ」とギャロウェイ警視は言った。「バラの剪定《せんてい》をしていただけです」

「ちょっとおたずねしたいことがありましてね。なに、まったくつまらんことですが」

「例の心中の件でですか？」

「ええ、例の件でです。あの家では犬を飼っていたというお話でしたね。家族のものと一緒に散歩についていっていたとか、そんな話をお聞きになったとか」

「ええ、犬のことでなにか話がありましたな。あれは家政婦だったかな、ほかの人だったかな、あの日も夫婦は犬を連れて散歩に行ったと言っていましたよ」

「検視ではレイヴンズクロフト夫人が犬に噛まれた痕は発見されませんでしたか？　ごく最近とか、当日にかぎらなくてもいいのですが？」

「そんなことをおたずねになるとは妙ですな。あなたが言いださなければ、わたしも思いださなかったでしょう。たしかに二つばかり傷痕がありましたよ。たいした傷じゃありませんがね。しかし、これもまた家政婦の話ですが、その犬は奥さんにとびかかって、それほどひどくはないが、よく嚙みついたそうです。ねえ、ポアロ、狂犬病のことを考えておられるんだったら、あのあたりにそんなものはありゃしませんよ。そんなものがあるはずはないんですから。いずれにせよ、奥さんはピストルで殺されたんですよ――二人ともピストルで死んだんです。敗血症とか破傷風の疑いなど問題外でしたよ」

「なにも犬が犯人だなんて考えているわけじゃありません。ただちょっと知りたかったものですから」

「嚙み傷の一つはかなり新しいもので、一週間前、いや、誰かが二週間前だとか言っていましたな。注射とか、そんなものをするほどのこともなかったのです。ちゃんと治りましたよ。あの引用はなんとか言いましたな？」とギャロウェイ警視はつづけて言った。

「『死んだのは犬のみ』何から引いてきたのか思いだせませんが、しかし――」

「ともかく、死んだのは犬ではありませんでしたよ」とポアロは言った。「わたしがおききしたのはそこではないのです。その犬のことを知りたいと思いましてね。たぶん、たいへん利口な犬だったでしょうな」

ギャロウェイ警視に礼を言って受話器を置くと、ポアロはつぶやいた。「利口な犬。たぶん、警察よりも利口なんだろうな」

17　ポアロ出発を告げる

ミス・リヴィングストンが、客を案内してきた。「ミスタ・エルキュール・ポアロがお越しです」

ミス・リヴィングストンが部屋を出るのを待っていたように、ポアロは急いでドアを閉め、友人のミセス・アリアドニ・オリヴァのそばに腰をおろした。

彼はちょっと声をひそめて言った。「出発しますよ」

「なにをなさるんですって？」とミセス・オリヴァは言ったが、情報を伝えるポアロ流のやり方には、いつもいささか度胆をぬかれるのであった。

「出発ですよ、出発するのです。ジュネーブ行きの飛行機に乗ります」

「あなたの口ぶりは、まるで国連かユネスコにいらっしゃるみたいですわね」

「いや、ただの個人的な訪問ですよ」

「ジュネーブにも象がいるんですか？」

「さよう、あなたならすぐそんなふうに考えるだろうと思っていましたよ。たぶん、二頭はね」

「わたしのほうはその後さっぱり。ほんと言えば、これ以上聞きだすのに、誰のところに行けばいいかわからないでいる始末なんですの」

「たしか、あなたは、いや、ほかの人でしたかな、あなたの名づけ子のシリヤ・レイヴンズクロフトには弟がいるって話していましたね」

「ええ、エドワードとかいいましたっけ。わたし、ろくに会ったこともありませんの。一、二度学校から遊びに連れだしてやったことはありますけど。それもずいぶん昔のことですわ」

「いまはどこにいるんですか？」

「大学に、たしかカナダだと思いますけど。でなければ、向こうで工学の専門課程をうけていますわ。彼のところに行って、なにか聞きだそうっておつもり？」

「いや、いまのところはね。いまどこにいるか知りたかっただけです。しかし、例の自殺事件のときは、家にはいなかったと思いますが」

「まさか、あなたは――まさか、あなたはあれがあの子の仕業だなんて、これっぱかしでも考えてらっしゃるんじゃないでしょうね？　つまり、父親と母親を、二人とも殺したんだと。そりゃわたしだって、男の子がときにはそんなことすることは知っていますわ。妙な年頃になると、ときどき、わけのわからないことをしますものね」

「彼は家にいなかった、そのことは警察の報告書で、わたしももう知っています」

「ほかになにか興味のあることでも見つかったんですか？　ずいぶん興奮していらっしゃるようですけど」

「ある意味では興奮しています。これまでにわかっていたことの謎を解く鍵を見つけたんですよ」

「それで、何が何を解くんですか？」

「やっとわかりそうな気がするのです。ミセス・バートン＝コックスがあんなふうにしてあなたに近づき、レイヴンズクロフト夫婦の自殺の真相を探らせようとした理由が」

「あの女は、ただのおせっかい焼きではないっておっしゃるの？」

「さよう。あの裏にはなにか動機がありますな。ここですよ、お金がからんでくるのは」

「お金？　そのこととお金と、どんな関係があるんですか？　あの女はなんの不自由もなく暮らしてるんじゃありませんか？」

「そりゃ食べていくだけのものはあります。しかし、あの女が表向きは実子ということにしている養子——彼のほうは、実の家族のことは知りませんが、自分が養子だということは知っています。そこでどうやら、彼は成人に達すると、遺言状をつくったらしいのです。たぶん養母にすすめられたのでしょうな。おそらく母親のほうも、友人か、あるいは彼女が相談した弁護士かに、それとなく言われただけかもしれませんがね。いずれにしろ、成人に達したとき、彼は彼女に、つまり養母にいっさいを残そうという気になったんでしょう。当時はほかに相続人もなかったでしょうからな」

「それだからって、なぜ自殺のことを知りたがるのか、わたしにはわかりませんわ」

「わかりませんか？　あの女は息子の結婚をやめさせたいんですよ。デズモンドにガールフレンドができて、近いうちに結婚を申しこんだとしてごらんなさい。近頃の若い人は、たいていそういうことをするんですから——待ったり、よく考えたり、そんなことはしないものですよ。そうなると、ミセス・バートン＝コックスはデズモンドが残す財産を相続できなくなる。結婚によってそれ以前の遺言状は無効になるし、デズモンドが妻を迎えれば、おそらく、すべてを養母のほうでなく、妻に残すという新しい遺言状をつくることでしょう」

「そこでミセス・バートン＝コックスは、そういう羽目におちいりたくないと思った、というんですね？」

「息子にあの娘さんとの結婚をあきらめさせるようなことを見つけたかったんですよ。あの女としては、シリヤの母親がご主人を殺し、それから自殺したとすれば、それこそ思うつぼだし、そのことに関するかぎりでは、実際にそう思いこんでいるようです。こういうことだと、男の子は二の足を踏みたくなるものですよ。相手の娘の父親が母親を殺したのだとしても、やはり結婚には踏みきれないでしょう。あの年頃の男の子では、そんなことで手もなく偏見を持ったり、動揺したりするものですからね」

「といいますと、父親が人殺しだったら、娘にも残虐な性質が伝わっていないともかぎらない、とデズモンドは考えるだろうっておっしゃるんですか？」

「それほど露骨ではないとしても、最初に浮かぶのはそういう考えでしょうな」

「でも、デズモンドだってお金持ちっていうほどじゃないんでしょう？　人に貰われるくらいなんですもの」

「彼は実の母親の名前とか、どういう女かということは知らなかったのです。しかし、この実母というのは女優で歌手をやっていて、病気になって死ぬまでに、相当の財産をきずいていたらしいのです。一度子供を手許に引きとりたいと申し出たのですが、ミセス・バートン＝コックスにはねつけられたので、その子の将来がひどく心配になり、財産を息子に残すことにきめたらしいのです。二十五歳になったら、デズモンドはこの財産を相続するのですが、それまでは信託にされているのです。そういうわけなので、もちろんミセス・バートン＝コックスは息子の結婚には反対だし、結婚するなら自分の眼鏡にかなった女か、自分の言うなりになる女でなくてはいけないということになるのです」

「ええ、ちゃんと筋の通った考えのような気がしますわ。でも、愉快な女じゃありませんわね？」

「さよう。あまり愉快な女だとは思いませんな」

「だから、あなたに来てもらいたくなかったんですね、余計な手出しをされ、自分の目論見を見抜かれてはいけないと思って」

「そんなところでしょうな」

「ほかに何かわかりまして？」

「さよう、わかりましたよ――じつを言うと、それもほんの二、三時間前のことですがね――たまたまギャロウェイ警視が、ほかのちょっとしたことで電話をかけてきたので、ついでにきいてみたのですが、あの年寄りの家政婦はひどく眼が悪かったそうです」

「それが、この事件とどこかでつながるんですか」

「ひょっとするとね」ポアロは腕時計を見た。「そろそろ失礼しなくてはなりません」

「空港への途中だったのですか」

「いや、わたしの乗る飛行機は明日の朝です。でも、ぜひ今日じゅうに行っておきたいところがあるものですから——自分の眼で見ておきたい場所なのです。外に車を待たせてありますので、これからその車で——」

「なんですの、ごらんになりたいっていうのは？」とミセス・オリヴァはちょっと好奇心をそそられてたずねた。

「見る、ではちがいます——感じる、ですな。さよう——それがぴったりの言葉です——感じておいて、わたしの受ける感じがどんなものか、はっきり見きわめて……」

18 間奏曲

エルキュール・ポアロは墓地の門をくぐった。小径《こみち》づたいに歩いていき、やがて苔むした塀の前で足をとめると、一つの墓石を見おろした。そして、まずその墓石を、しばらくのあいだ見つめ、それから砂丘地帯《ダウンズ》と、その向こうの海へ眼を移した。それからまた、視線をもとにもどした。墓石の上には、まだ新しい花が供えてあった。いろいろの野の花をとりあわせた小さな花束で、子供でも置いていきそうな花束だったが、ポアロはこれを置いていったのは子供ではないと思った。彼は墓碑銘を読んだ。

み霊《たま》のやすらかならんことを

ドロシア・ジャロー　一九六〇年九月十五日没

妹　マーガレット・レイヴンズクロフト　一九六〇年十月三日没

夫　アリステア・レイヴンズクロフト　一九六〇年十月三日没

死によっても彼らは離れざりき

我らがあやまちを許したまえ
我らはあやまちを成したる者を許したればなり
主よ、我らをあわれみたまえ
キリストよ、我らをあわれみたまえ
主よ、我らをあわれみたまえ

ポアロはしばらくそこにたたずんでいた。そして、一、二度うなずいた。それから墓地を後にすると、崖へ通じ、そのまま崖沿いにつづく小径をたどっていった。やがて、彼はふたたび立ちどまり、海のほうを見た。彼は心の中でつぶやいた。

「これで真相と原因がはっきりわかった。この事件の哀れさと悲しみが、わたしには理解できる。ずいぶん後戻りしなくてはならんものだ。『わが終りにこそ初めはあり』か。いや、これは『わが初めにこそ、わが悲しき終りはあり』と言いかえるべきかな？　あのスイス娘は知っているにちがいない——だが、話してくれるかな？　あの青年は絶対に話してくれると言っていたが。彼らのためにも——あの娘と青年のためにも。自分たちで知らないかぎり、あの二人は人生を受けいれることができないのだ」

19　マディとゼリー

「マドモアゼル・ルーセルでいらっしゃいますな？」とエルキュール・ポアロは言った。

そして、頭をさげた。

マドモアゼル・ルーセルは手を差しだした。五十くらいかな、とポアロは思った。すこしばかり尊大な女だ。自分の生き方を持っている。知的で、聡明で、人生がもたらす歓びを享受し、悲しみに悩み、いままで送ってきた生き方に満足している。

「お名前はうかがっております」と彼女は言った。「こちらにもフランスにも、お友だちがいらっしゃいますのね。わたしでなにかのお役にたちますのやら、よくわからないんですけど。ええ、そりゃいただいたお手紙に書いてありましたわね。なんでも昔の出来事だとか？　過去に起こったこと。いえ、起こったことじゃなくて、何年も何年も前に起こった事件の手がかりでしたわね。でも、お掛けくださいまし。ええ、そうですわ、その椅子がお楽ですわ。テーブルにお菓子《プチ・フール》とお飲物がございますから」

気ぜわしいところがなく、ものしずかなもてなしぶりだった。淡々としているが愛想はよかった。

「一時、あるご家庭で家庭教師をしておいででしたね」とポアロは言った。「プレストン＝グレイ家で。たぶん、もうそのご家庭のことは覚えていらっしゃらないでしょうが」

「いえ、若い頃のことって忘れないものですわ。わたしが参っておりましたお宅にはお嬢さまと、四つか五つ年下の坊ちゃまがおいででした。いいお子さまたちで。お父さまというのは、陸軍で将軍にまでおなりになった方なのです」

「ほかにもう一人、お母さまのお姉さまがおられましたな」

「ええ、思いだしましたわ。わたしがはじめて参りました時には、お宅にはいらっしゃいませんでした。お弱くてね。おからだのぐあいがよくなかったんですよ。どこかで治療をうけていらっしゃいました」

「そのご姉妹のお名前を覚えていらっしゃいますか？」

「一人はマーガレットでしたかしら。もう一人のほうは、もう記憶がうすれまして」

「ドロシア」

「ええ、そうそう。あまり聞きなれない名前なので。でも、お二人はお互いに名前をつづめて呼んでいました。モリー、ドリーって。一卵性双生児で、とても見分けがつかないくらいでしたわ。お二人ともそりゃおきれいでね」

「姉妹の仲はよかったのですか？」

「ええ、そりゃもう心から愛しあっておいででした。でも、お話がちょっとこんがらかってるんじゃございませんかしら？ わたしが教えに参っていたお子さまたちのお名前は、プレストン＝グレイじゃございませんわ。ドロシア・プレストン＝グレイは陸軍少佐の方と結婚なさって――もうお名前も思いだせませんけど。アローでしたかしら？いえ、ジャローですわ。マーガレットのご主人のお名前は――」

「レイヴンズクロフト」

「ああ、そうでした。おかしなものですわね、名前って、どうしてこう忘れるんでしょう。プレストン＝グレイっていうのは、結婚なさる前のお名前ですの。マーガレット・プレストン＝グレイはこちらの寄宿学校に入っていましてね。結婚後、寄宿学校の経営者のマダム・ブノワのところへ、二人の子供の乳母兼家庭教師として来てくれる人はいないだろうかというお手紙が参りましたので、わたしが推薦されたんです。そんなわけであのお宅に参ることになりましたの。さっきお姉さまのことをお話ししましたけど、それはわたしがお子さまたちのお相手をしておりました頃、たまたま、その方がお妹さんのお宅に滞在していらしたからでございます。お子さまといえば、当時六つか七つのお嬢さまでね。たしかシェイクスピアからとったお名前でしたわ。ロザリンドでしたかしら、シリヤでしたかしら」

「シリヤですよ」

「それにお坊ちゃまのほうは、まだ三つか四つでしたわ。お名前はエドワード。腕白だけど、かわいい坊やでした。お子さまたちのお相手をしていると楽しゅうございましたわ」

「そして、子供たちもあなたと一緒に暮らすのは楽しかったそうですよ。あなたと遊ぶのがうれしくて、それにあなたはとても優しく遊んでくださったとかでね」

「わたし、子供好きなものですから《モア・ジューム・レザンファン》」

「たしか子供たちはあなたのことを『マディ』と呼んでいたそうですな」

マドモアゼル・ルーセルは笑った。

「まあ、その言葉を聞くといい気持ちですわ。昔のことを思いだしますもの」

「デズモンドという男の子をご存じですか？　デズモンド・バートン＝コックス」

「ええ、お隣か、二、三軒先の家に住んでいましたわ。ご近所づきあいの方が何軒かありまして、子供たちがよく遊びに来ていましたの。デズモンドという子でしたわね。ええ、覚えておりますわ」

「あのお宅には長くいらっしゃったのですか、マドモアゼル？」

「いえ、せいぜい三年か四年でした。そのうちに、こちらへ呼びもどされました。母の病気がひどくなったものですから。国に帰って母の看病をしなくてはならなかったんです。それもそう長くはないとわかっておりましたけど。そのとおりになりましたわ。母はわたしがこちらへ帰って一年半か二年ほどで亡くなりました。その後、わたくしはこちらで小さな寄宿学校をはじめまして、語学やそのほかの勉強をしたいという、すこし年かさの娘さんをお預かりすることになりました。それっきりイギリスには参りません。もっとも、一、二年はお互いに便りをつづけていましたけど。クリスマスには、あのお子さま二人からカードをいただいたものですわ」

「あなたから見て、レイヴンズクロフト将軍夫婦は幸福そうでしたか？」

「それはもう。お子さまたちのことも可愛がっていらっしゃいましたし」

「たいへんお似合いのご夫婦だったんですな？」

「ええ、結婚生活がうまくいくのに必要な性質を、すべてお二人とも持っておられたように見うけましたわ」

「レイヴンズクロフト夫人は双生児のお姉さんを心から愛していた、とおっしゃいましたね。そのお姉さんのほうでも妹さんを愛していましたか？」

「それがね、わたしには判断する機会があまりございませんでしたので。率直に申しあげますと、お姉さんは——ドリーと呼ばれていましたけど——きっと精神異常にちがいないと、わたし、思っていましたわ。ちょっと説明のつかない態度をおとりになったことが、一、二度ありましてね。嫉妬深い方だったようで、それに、自分ではレイヴンズクロフト将軍と一時婚約していた、あるいは婚約することになっていた、と思っていたらしいのです。わたしの知っているかぎりでは、将軍は最初お姉さまのほうを愛していたのですけど、その後、お妹さんのほうに愛情が移ったのです。わたし、このほうがよかったと思いますわ、だって、モリー・レイヴンズクロフトは精神の均衡のとれた、とても優しい方でしたもの。ドリーのほうはというと——お妹さんを愛しているかと思えば、憎んでいるのじゃないかと思えることが、よくありました。人一倍嫉妬深くて、子供たちを可愛がりすぎるとまでおっしゃるんですから。こんなことでしたら、わたしなんかよりもっと詳しくお話しできる人がおりますわ。マドモアゼル・モーウラ。現在はローザンヌに住んでおりますけど、わたしがお暇をいただいてから一年半か二年して、レイヴンズクロフト家に行った人です。あのお宅には相当長くいましたわ。シリヤが外国の学校に入ったとき、たしか奥さまの付き添いとして、またもどったはずですわ」

言った。「その方には会ってみようと思っていますよ。住所もわかっていますから」とポアロは

「その人なら、わたしが知らないことでも、たくさん知っていますし、それに感じのい い、信用のできる人です。その後起こったあのおそろしい事件。どうしてあんなことになったのか、それを知っている人がいるとすれば、あの人をおいてほかにありませんわ。とても口の固い人でしてね。わたしにはなんにも話してくれませんの。あなたに話しますかどうか、わたしにはわかりませんの。話すかもしれませんし、話さないかもしれませんわ」

ポアロは一瞬立ったままマドモアゼル・モーウラを見つめた。マドモアゼル・ルーセルにもポアロはある感銘をうけたものだが、いまこうして彼を迎えようとしている女性にも、同じことが言えた。それほど厳しくはない。この女のほうが年はずっと下だ。すくなくとも十歳は若いだろう。そして、感銘をうけたにしろ、それは異質のものだ、とポアロは思った。元気そうで、まだ魅力的で、相手を見つめ、その人となりを自分なりに判断し、いつでも喜んで迎えいれ、近づいてくる人は優しく、だが、不当にわたらぬ優しさをこめて見る。そんな眼の持ち主であった。どうしてざらにいる女ではない、と

エルキュール・ポアロは思った。

「わたしはエルキュール・ポアロと申すものです。マドモアゼル」

「わかっております。今日か明日にはいらっしゃると思っておりました」

「なるほど。わたしの手紙をお受け取りになったんですな？」

「いいえ、そうじゃないんです。そのお手紙なら、きっとまだ郵便局ですわ。こちらの郵便局はあまり当てになりませんから。いいえ、ほかの方からお手紙をいただきましたの」

「シリヤ・レイヴンズクロフトからですか？」

「いいえ。シリヤとごく親しい方からなのです。少年というか青年というか、それは見方次第ですけど、デズモンド・バートン＝コックスという方で。あなたがいらっしゃることを知らせてくださったのです」

「ああ、そうですか。彼は頭がいいし、時間を無駄にしないのですな。一日もはやくあなたに会ってくれと言っていましたよ」

「だろうと思っておりましたわ。なにか困ったことがあるのだそうですわね。デズモンドはそれを解決したいと願っているし、その思いはシリヤも同じだって、二人はあなたが力になってくださると思っているのですね？」

「さよう、そして、二人はあなたがわたしに力を貸してくださると思っています」

「あの人たち、愛しあっていて、結婚したいと思っているのですわ」

「さよう、ところが二人の前途にはいくつかの困難があって思うとおりにならないのです」

「ええ、デズモンドのお母さんのせいですね。そんなふうに彼から言ってきましたけど」

「シリヤの人生にはいろいろと事情がありましてね、いや、かつて事情があったというべきですかな、そのため母親は、息子とこの娘との早すぎる結婚に反対しているのですよ」

「ええ、あのいたましい事件のためですのね、だって、あれはほんとにいたましい出来事だったんですもの」

「さよう、あの事件のためです。シリヤに名づけ親がいましてね、その人がデズモンドの母親に、あの自殺事件が起こった正確な事情を、シリヤから聞きだしてくれと頼まれたのです」

「そんなこと、ほんとに気がしれませんわね」とマドモアゼル・モーウラは言って、手で椅子のほうをさした。「お掛けくださいまし、どうぞ。すこし長いお話になりそうですから。ええ、シリヤはその名づけ親の方に打ち明けるわけにはいかなかったのですよ――その名づけ親って、小説家のミセス・アリアドニ・オリヴァでしたわね？　ええ、わたくしは覚えております。シリヤは事情をお話しできなかったのです。だって、彼女自身、誰からも聞いていませんもの」

「あの事件が起こったとき、シリヤは自宅にいなかったし、そのことについては、誰も話してくれなかった。そうなんですね？」

「ええ、そうなんです。あまり心ないというので」

「なるほど。それで、あなたはその処置でよかったとお思いですか、いけなかったとお思いですか？」

「どちらかと断定するのはむずかしい問題ですわね。とてもむずかしい問題ですわ。あの事件があってからもう何年にもなりますけど、そのあいだ一度だって、わたくし、あの処置がよかったと確信を持ったことはありません、それに、こんなことはいくらでもあることですものね。わたくしの知っているかぎりでは、シリヤはくよくよ考えていたことはありませんでした。つまり、原因とか動機を考えて、という意味ですけど。あの事件を飛行機事故とか自動車事故かなんかのように受けとめていたのです。結果として、ただ両親が死ぬことになった、なにかの事件ぐらいに。長いあいだ、外国の寄宿学校で暮らしていましたからね」

「実際は、その学校を経営していたのはあなただったのですね、マドモアゼル・モーウラ？」

「そうですわ。最近、経営からは手をひきましてね。同僚が引きついでいますけど。ところが、シリヤがわたくしのところへ参りましてね、教育をつづけるために、いい寄宿学校を探してくれというお話なのです。教育をうけるためにスイスに来る娘さんたちは、たいていそんなふうにするのです。おすすめしていいところがいくつかありましたけどね。さしあたり、わたくしのところでお預かりしたのです」

「それで、シリヤはなんにもたずねなかったのですか、事情を聞かせてくれとは？」

「いいえ。これは事件が起こる前のことですから」

「ほう。そこのところが、わたしにはよくのみこめないのですが」

「シリヤがこちらに来たのはあの事件が起こる何週間か前のことなのです。当時はわたくしもスイスにはおりませんでしたの。まだレイヴンズクロフト家におりましたので。シリヤの家庭教師としてではなく、レイヴンズクロフト夫人の付き添いという形でお世話していたのです。シリヤはその頃まだ全寮制の学校に入っていましたから。ところが、急にシリヤをスイスにやって、そちらで教育の仕上げをすることになったのです」

「レイヴンズクロフト夫人はお加減が悪かったのですね？」

「そうなのです。それほどお悪くはなかったんですけどね。一時、奥さまが自分で心配していらっしゃったほどにはね。でも、神経の過労やショックや、漠然とした不安などで、ずいぶん苦しんでいらっしゃいましたわ」

「あなたは奥さんのところにお残りになったのですね？」

「シリヤが向こうに着くと、前にローザンヌでわたくしと一緒に暮らしていた姉がひとまず預かりまして、それから学校に入れましたの。そこは十五、六人しか入れないところだったんですけど、取りあえずそこで勉強しながら、わたくしの帰りを待つことになったのです。わたくしは一カ月ほどしてから帰りました」

「でも、あの事件のとき、あなたはオーヴァクリフにいらっしゃったんですな」

「ええ、そうです。レイヴンズクロフト将軍ご夫婦は、日課みたいにしていらした散歩にお出かけになりました。そして、お出かけになったまま、お帰りになりませんでした。射殺死体で発見されたのです。ピストルがそばに転がっていました。レイヴンズクロフト将軍のもので、ふだんは書斎のたんすの引き出しにしまってあったのです。ピストルにはお二人の指紋が残っていました。どちらが最後に持っていたか、それを断定する証拠はありませんでした。お二人の指紋が、すこしぼやけてはいましたが残っていたのです。どうみても、心中としかとりようがありませんでした」

「あなたとしては、それを疑う理由はなかったのですね？」

「警察当局では、その理由はないと言っていますわ」

「なるほど」

「なにかおっしゃいまして？」

「いや、なんでもありません。ちょっと思いだしたことがありまして」

ポアロは彼女を見た。まだほとんど白いものが見られない茶色の髪、しっかり結んだ唇、灰色の眼、なんの感情も浮かんでいない顔、完璧なまでに自分を抑えている。

「では、これ以上お話ししていただけることはないわけですな？」

「申しわけありませんけど。なにしろずいぶん昔のことですから」

「あの頃のことはよく覚えていらっしゃるのですね」

「はい。あんな悲しい出来事を、すっかり忘れてしまうなんて」

「それで、シリヤには事件の原因についてもっと話してやる必要はないという考えに、ご賛成だったのですね？」

「ほかに話してやる材料もなかった、と申しあげませんでしたかしら？」

「あの事件の前のある期間、あなたはオーヴァクリフにいらしたんですね？　四、五週間――いや、六週間ぐらい前から」

「もっと前からですわ。以前にもシリヤの家庭教師をしておりましたけど、こんどはシリヤが学校へ行った後、レイヴンズクロフト夫人のお世話をするために、二度のおつとめをしていたのです」

「レイヴンズクロフト夫人のお姉さんも、そのころ同居しておられたんですね？」

「そうです。しばらく前、病院で特別の治療をうけておられたのです。容態もずいぶんよくなったので、先生方も――先生といってもお医者さまのことですけど――肉親の方と一緒に、家庭的な雰囲気の中で、普通の生活をなさったほうがいいだろうとお考えになったのです。シリヤも学校に行ったことだし、レイヴンズクロフト夫人としては、お姉さまを引き取るには、時期として好都合と思われたのです」

「二人は愛しあっていましたか？」

「それはなんとも申しあげられませんわ」とマドモアゼル・モーウラは言って、眉を寄せた。ポアロのいまの言葉に興味を呼びさまされたようだった。「わたくしもいろいろと考えました。あれ以来、いいえ、あの当時も、そりゃいろいろと考えてみました。ご存じのとおり、お二人は一卵性双生児でございます。お二人のあいだは絆で、お互いの信頼と愛情という絆で結ばれていて、多くの点ではほんとによく似ていました。ところがまた、似ていないところもあったのです」

「と申しますと？　そこのところをぜひうかがいたいものですな」

「いいえ、これはあの事件とはなんの関係もないことですわ。そういうふうなことじゃありませんの。でも、いわば明らかな肉体的あるいは精神的欠陥がありまして——これはどっちと言ってもいいのですけど——最近の学説では、どんな精神異常にもなにかしら肉体的原因があるということですから。たしかこれは医学界でもはっきり認められていると思いますけど、一卵性双生児は生まれた時から強い絆で結ばれ、性格も非常に似ていて、そのため別々の環境で育っても、生涯の同じ時に同じことが起こるんだそうです。まるで信じられないようなこともありますわ。医学的実例として引き合いに出されるケースには、二人は同じ傾向を持つのです。二人の姉妹がいて、一人はヨーロッパ、たとえばフランスに、一人はイギリスにいるといたしますわね、ところが、二人とも同じ種類の犬を飼っていて、その犬を飼いはじめるのが、また同じ頃なのです。結婚の相手も不思議なほど似ています。赤ちゃんが生まれるのも、一カ月とちがいません。どこにいようと、そして相手がどんなことをしているか知らないのに、まるで一つの型をたどっているように思えるのです。ところが、これと逆の場合もあります。反感というか、憎悪にちかいもの、それがもとで片方の姉妹なり兄弟が、顔も見たくないということになるのです。そっくりなところ、似通っているところ、双生児であるという事実、共通に持っている事柄から逃れようとするように。そういう場合はえてして異常な結果を迎えることになりかねません」

「さよう、わたしも聞いたことがあります。一、二度この眼で見たこともあります。愛情は至極簡単に憎悪へ変わるものです。かつて愛したものに対しては、無関心になるより、憎悪のほうに変わりやすいのです」

「ええ、あなたもご存じなのですね」

「さよう、一度ならず見てきています。レイヴンズクロフト夫人のお姉さんは、妹さんによく似ていたのですか？」

「その頃でも、見たところはそっくりでしたわ。もっとも、こう言ってよろしければ、顔の表情なんかとても違っていました。レイヴンズクロフト夫人とはあべこべに、いつも神経がぴりぴりしていたのです。大の子供嫌いでした。理由は存じません。若い頃に流産でもなさったのでしょう。たぶん、子供が欲しかったのですけど、子宝に恵まれなかったので、子供というものに対して、恨みともいえるものを抱いていたのでしょう。子供に対する嫌悪感を」

「それが一つ二つ重大な事件を招いたのでしょうな？」

「どなたかにお聞きになったのですね？」

「マラヤにいた頃の、あのご姉妹を知っている人から聞きました。レイヴンズクロフト夫人はご主人とマラヤに住んでおられた、そこへお姉さんのドリーが病院から出て、同居することになった。ある子供に事故が起こり、その責任の一端はドリーにあると考えられた。これといった決定的な証拠はなかったが、モリーのご主人は義姉をイギリスに連れて帰り、もういちど入院させた、ということですね」

「ええ、事情はそれで言いつくされていると思いますわ。もちろん、わたくしは直接知っているわけではございませんけど」

「さよう、でもあなたが直接知っておいでになることもあると思いますがね」

「たとえそうだとしても、いまさら蒸しかえす理由がありますかしら。すくなくとも、それで通っていることは、そのままそっとしておくほうがよろしいんじゃございません？」

「あの日、オーヴァクリフでは、ほかにもいろいろのことが起こったと考えられます。あれは心中だったかもしれないし、殺人だったかもしれないし、ほかにもいくつか考えられます。あなたは事件のことを人づてに聞いたと言われますが、いまさっきのちょっとした言葉から察しますと、あなたは事件のことを直接ご存じだと思われます。あの日、どんなことがあったかご存じだし、それ以前にどんなことが起こったか——いや、起こりかけていたか、とでも言いますかな——それもご存じだと思います。シリヤがスイスに行き、あなたはまだオーヴァクリフにおられた頃のことです。一つだけおたずねしたいことがあります。それに対するあなたのお答えが知りたいのです。直接見聞きなさった事実ではなく、あなたがこうだと思っていらっしゃることなのです。レイヴンズクロフト将軍はあのお二人、双生児のご姉妹にどんな気持ちを抱いておられたのでしょうか？」

「あなたのおっしゃる意味はわかりますわ」

はじめて彼女の態度がわずかに変わった。もはや警戒したようすもなく、身を乗りだし、ポアロに話しかけたが、こうしているとほんとに気が休まるというようすだった。

「お二人ともきれいな方でした、娘時代は。たくさんの人から、そのことは聞いておりますわ。レイヴンズクロフト将軍は心を病んでいたドリーと恋におちました。異常性格だったとはいえ、とても魅力的で——性的魅力があったのです。将軍は彼女に夢中だったのですが、そのうちに、わたくしにはわかりませんけど、たぶん彼女には変わったところがある、あるいは、警戒心とか、ある種の嫌悪感を抱かせるものがあるとお気づきになったのでしょう。異常さの先駆け、彼女とかかわりのある危険といったものを、お認めになったのでしょう。将軍の愛情はお妹さんのほうに移りました。そして、お妹さんと恋におちて、結婚なさったのです」

「つまり、ご姉妹二人を愛されたわけですな。同時にではないが、どちらの場合も、心から愛しておられたのですな」

「ええ、ええ、モリーには愛情のありったけを捧げ、お互いに信頼しあっておりましたわ。将軍はとてもいい方でしたもの」

「失礼ですが、あなたも将軍を愛しておられたようですな」

「そんなこと、わたくしに向かっておっしゃるんですか？」

「さよう。あえてあなたにおききするのです。あなたと将軍とのあいだに恋愛関係があったなんて、そんなことを言っているのではありません。ただ、あなたは将軍を愛していたかときいているだけなのです」

「ええ、わたくし、あの方を愛しておりました。ある意味では、いまも愛しておりますわ。世間に顔向けできないようなことは、なにもございません。将軍はわたくしを信頼し、頼りにしていらっしゃいましたけど、わたくしを愛していらっしゃったわけではございません。お慕いして、おそばに仕えて、それだけで幸福なことだってありますわ。わたくしは自分に与えられたもの以上は望みませんでした。信頼、同情、信用——」

「それで、あなたは将軍の人生に重大な危機がおとずれた時、できるかぎり力になってあげたのですね。あなたにはわたしに話したくないことがおありですな。わたしのほうはあなたにお話ししようと思っていることがあるのです。いろいろな情報から推測したことや、いくらかわかっていることなど。こちらにお訪ねする前に、ほかの人々、レイヴンズクロフト夫人、つまりモリーを知っているばかりでなく、ドリーも知っている人から話を聞いています。それでドリーのこともいくらか知っているのです。彼女の悲劇的な生涯、悲しみ、不幸、それに憎悪、おそらくは悪への傾向、一家に遺伝されるおそれのある破壊への欲望。彼女は自分が婚約していた男を愛していたとしたら、その男が妹と結婚したとき、おそらく、その妹に憎悪をおぼえずにはいられなかったでしょう。けっして妹をゆるしはしなかったでしょう。しかし、モリー・レイヴンズクロフトはどうでした？　姉を嫌っていましたか？　憎んでいましたか？」

「いいえ、とんでもない。愛していましたわ。とても深い、そして保護者のような愛情を抱いておいででしたわ。わたくしにはよくわかっております。ぜひ自分のところに来て一緒に暮らすようにと、しょっちゅう言ってらしたのは奥さまのほうですもの。不幸から、そして危険からも、お姉さまを救いだそうと思っておいでだったのです、と申しますのは、お姉さまはよく病気が再発して発作を起こし、危険なほど荒れ狂うことがあったからなのです。ときどき何かにおびえるんですよ。まあ、あなたもよくご存じのことですわね。ドリーには妙に子供を毛嫌いするところがあったことは、もうあなたの口からも出ましたもの」

「というと、シリヤを嫌っていたのですか？」

「いえ、シリヤじゃありません。もう一人のエドワードのほうです。下のお子さまです。二度もあやうく事故にあうところでした。一度は車の故障かなんかで、一度はかっとなって乱暴されるかなんかで。エドワードがまた学校へ行ったときなど、モリーはほっとしていらっしゃいましたわ。エドワードはまだ小さくて、シリヤよりずっと年下だったんですものね。八つか九つで、私立の予科校だったのです。傷つきやすいお子さまでした。モリーはエドワードのことを、そりゃ心配していましたわ」

「なるほど、よくわかりました。ところで、こんどはかつらのことでおうかがいしたいのですが、かつらです。かつらを着けることです。かつら四つ。一人のご婦人が一時に揃えておくには多いようですな。どんなかつらだったかわかっています。予備のかつらが必要になったとき、フランス人のご婦人がロンドンの店に行って、型やサイズを話して注文したこともわかっています。それに、犬もおりましたな。事件の日、レイヴンズクロフト夫婦の散歩についていった犬です。その犬は、その前に、そのちょっと前に、女主人のモリー・レイヴンズクロフトに噛みついたことがあったのですな」

「犬ってそんなものですわ」とゼリー・モーウラは言った。「けっして気はゆるせません。ええ、わたくしだって知っていますわ」

「そこでひとつ、わたしの考えをお話ししましょうか。あの日どんなことが起こったか、それ以前にどんなことがあったか。あの事件のちょっと前のことですよ」

「それで、わたくしのほうはうかがいたくないと申しあげたら？」

「いや、聞いてくださいますよ。わたしの想像は見当はずれだと、あるいはおっしゃるかもしれない。さよう、おっしゃらないともかぎりませんが、わたしはそうはなるまいと思っております。よろしいですか、ここで必要なのは真実なのですよ、わたしは固くそう信じています。ただの想像ではないのです、推測ではないのです。ここに一組の若い男女がいて、愛しあっていながら将来に強い不安を抱いています。それというのが、過去に起こったかもしれぬ事件と、父あるいは母から子供へと遺伝していないともかぎらない血のためです。わたしは、いまその娘シリヤのことを考えています。気のつよい娘さんで、元気があって、扱いにくいが聡明で、気だてがよく、幸福にもなれる素質も持っているし、勇気もある、それでいて、あるものを必要としている――それを必要とする人々もいるのです――真実ですよ。彼らは真実に敢然と向かうことができるからです。もし人生が生きるに値するものなら、人生で誰でもが持っていなければならない勇敢さで、真実に立ち向かうことができるからです。それに、彼女が愛している青年も、彼女のためにそれを望んでいるのです。わたしの話を聞いていただけますか？」

「はい」とゼリー・モーウラは言った。「うかがいますわ。あなたはずいぶん深い理解をお持ちのようですし、わたくしが想像していた以上にご存じだと思います。どうぞお話しくださいまし、うかがいますわ」

20　審問廷

ふたたびエルキュール・ポアロは、眼下の岩と、それに当たっては砕ける波を見おろす崖の上に立った。いま彼が立っているところで、一組の夫婦の死体が発見されたのだ。ここで、その三週間前、一人の女が眠ったまま歩いて、この崖から落ちて死んだのだ。

「どうしてあんなことが起こったのか？」これがギャロウェイ警視の質問であった。なぜか？　なにが原因であんなことになったのか？

先に一つの事故が起こった——それから三週間後に心中事件。長い影をひいた過去の罪。後年の悲劇的な結末を招いた発端。

今日、一同はここで会うことになっている。『真実』を求める若い男女。その真実を知っている二人の人物。

エルキュール・ポアロは海に背を向け、かつてオーヴァクリフと呼ばれていた家へとつづく細い道を引き返していった。

それほど遠い道のりではなかった。塀によせて車が何台か駐車していた。空を背景に家の輪郭が見えた。無人だとすぐわかる家――ペンキを塗りなおさなければならない。不動産屋の掲示板がかかっている――「この住み心地満点の家」買い手求む。門のオーヴァクリフという文字が線をひいて消してあり、それにかわってダウン・ハウスという名前が書いてあった。ポアロは近づいてくる二人連れのほうへ歩いていった。一人はデズモンド・バートン＝コックス、一人はシリヤ・レイヴンズクロフトだった。

「不動産屋からは許可をとってきました」とデズモンドが言った。

「家を見たいとかなんとか言って。家の中に入る必要があるかもしれないと思って、鍵も預かってきました。この五年間に二度も持ち主が変わっているんですよ。でも、いまさら見るものもないんじゃありませんかね？」

「そうは思わないわ」とシリヤが言った。「なんといったって、いままでたくさんの人が住んできた家ですもの。最初にアーチャーとかいう人が買ったんです。みんなここは淋しすぎると言うんですって。つぎはファローフィールドとかいう人が買って、こんど最後の人が売り出しているんです。たぶん、幽霊でも出るんでしょう」

「きみ、幽霊屋敷なんてほんとにあると思ってるのかい」とデズモンドが言った。

「そうね、もちろん、本気でそう思ってるわけじゃないわよ。でも、ここならそんなことになりかねないわね。だって、あんな事件といい、場所といい、なにもかもが……」

「わたしはそんなふうには考えませんな」とポアロは言った。「ここには悲しみと死があった、しかし、『愛』もあったのです」

一台のタクシーが近づいてきた。

「ミセス・オリヴァでしょう」とシリヤが言った。「汽車で来て、駅からタクシーを拾うって言っていらっしゃいましたから」

二人の女性がタクシーからおりた。一人はミセス・オリヴァで、連れは背の高い、上品な服装をした婦人だった。この婦人がくることは知っていたので、ポアロはべつに驚かなかった。彼はシリヤがなにか反応を示すかと見ていた。

「まあ！」シリヤは飛びだした。

彼女はその婦人のほうへ歩いていったが、顔が明るく輝いていた。

「ゼリー！　ゼリーなのね？　ほんとにゼリーだわ！　まあ、うれしい。あなたがくるとは知らなかったのよ」

「ムシュー・エルキュール・ポアロがくるようにとおっしゃるものですから」

「わかったわ。ええ、わかったような気がするわ。でも、あたし――あたし、いままで――」シリヤは言葉を切った。そして、そばに立っているハンサムな青年を振りかえった。「デズモンド、あなたが――あなただったのね？」

「そうなんだよ。ぼくがマドモアゼル・モーウラに手紙を出したんだ――ゼリーにさ、いまでもこう呼んでよければだが」

「いつでもそう呼んでいただいて結構ですよ、お二人とも」とゼリーは言った。「わたくし、自分でも来たかったのかどうか、はっきりわかりませんでした。くるのが賢明かどうかわからなかったのです。いまでもわかりませんけど、そうならいいがと思っていますわ」

「あたし、知りたいのです」とシリヤは言った。「あたしたち二人とも知りたいのです。デズモンドはあなたなら何か話してくださるだろうと考えたんですわ」

「ムシュー・ポアロがいらっしゃいましてね」とゼリーは言った。「今日くるようにっておすすめになったのですよ」

シリヤはミセス・オリヴァの腕に自分の腕をかけた。

「あたし、おばさまにも来ていただきたかったんです、だって、おばさまだってこれには関係があるんですものね？　ムシュー・ポアロにお願いしてくださったり、ご自分でも何か調べあげたりなさったんでしょう？」

「みなさんから話を聞いただけですよ」とミセス・オリヴァは言った。「なにか覚えていそうな人からね。覚えている人もありましたよ。正確に覚えている人もありましたし、まちがって覚えている人もありました。おかげでこんがらかりましてね。でも、ムシュー・ポアロはそんなことはかまわないんだとおっしゃるんですよ」

「さよう」とポアロは言った。「どれが噂で、どれが確かな情報かを見わけるのが大切なのです。というのは、たとえ、正しい事実でなくても、あるいは期待どおりの説明がつかなくても、一つのことから事実をつかむことができるからですよ。わたしのためにあなたが集めてくださった情報からも、マダム、あなたが象と呼んでいた人々の情報からも――」ポアロはちょっと微笑を浮かべた。

「象ですって?!」とマドモアゼル・ゼリーが言った。

「その人たちのことを、この方はそう呼んでいたんですよ」

「象は忘れませんものね」とミセス・オリヴァは言った。「そういう考えから、出発したのですよ。人間もずっと昔のことを、象みたいに覚えているものです。そりゃみんながみんなというわけにはいきませんけど、たいてい何かしら覚えているものですわ。そういう人がたくさんいましたよ。そこで、わたしは聞きこんだことを、ムシュー・ポアロに引きつぎました。するとムシュー・ポアロは――まあ、なんと言いますか――もしこの方がお医者だったら診断とでもいうべきことをなさったのです」

「わたしはリストをつくりました」とポアロは言った。「この何年ものあいだに起こった出来事の真相を解明する手がかりと思われるもののリストです。その中のいろんな項目を読みあげてみましょうか、この事件に関係のあるみなさんが、その項目になにか意味があるとお思いになるかどうかわかりますからね。意味がおわかりにならないかもしれませんし、すぐお気づきになるかもしれません」

「誰でも知りたいんですよ」とシリヤが言った。「あれは自殺だったのでしょうか、それとも他殺だったのでしょうか? 誰かが――誰か外部のものが――あたしの父と母を殺した、あたしたちの知らない理由や動機から殺したのでしょうか。あたし、そんなようなことがあったんじゃないかって、いつも考えずにはいられないんです。すぐにわかるようなことじゃありませんけど――」

「ここにこのままいることにしましょう」とポアロは言った。「家に入るのは後にしましょう。あの家にはほかの人が住んでいたのですから、雰囲気がちがいます。ここでわれわれの審問をすましてから、それでも入りたければ入ることにしましょう」

「これは審問廷なんですね?」とデズモンドが言った。

「さよう。過去の出来事の審問廷なのです」

ポアロは家の近くの大きなマグノリアの木蔭にある鉄のベンチのほうへ歩いていった。

そして、持っていたケースから、なにか書いてある一枚の紙を取りだした。彼はシリヤに向かって言った。

「あなたとしては、そんなふうにしなければ気がすまないのですかな？　はっきりした決定を。自殺か他殺かと」

「どちらかが事実にちがいないんですもの」

「では話してあげましょう。どちらも事実であり、しかも、この二つでは片がつかないのです。わたしの考えによれば、これは単に自殺や他殺だけでなく、同時に、わたしが死刑執行と呼ぶものが行なわれたものであり、ここにまた悲劇があるのです。愛しあい、愛のために死んだ二人の人間の悲劇が。愛の悲劇はつねにロミオとジュリエットのものとはかぎらないし、愛の苦しみに悩み、愛のために死ぬのは、かならずしも若い人たちだけではありません。さよう、これにはそれ以上のものがあるのです」

「あたしにはわかりませんわ」とシリヤが言った。

「いまのところはね」

「いまにわかるのでしょうか？」

「わかりますよ。これから、こんなことが起こったのだとわたしが考えていることや、どうしてそう考えたかを話してあげましょう。最初にわたしの頭に浮かんだのは、警察で調べた証拠によっても説明のつかなかった事柄なのです。そのうちのいくつかは、ごく普通の、まるで証拠ともいえないものでした。亡くなったマーガレット・レイヴンズクロフトの持ち物の中に、かつらが四つありました」ポアロは力をこめて繰りかえした。

「かつらが四つですよ」そして、ゼリーのほうを見た。

「奥さまはいつもかつらをお召しになっていたわけではございません」とゼリーは言った。「ほんのたまにです。旅行をなさるときとか、お出かけになって、お髪《ぐし》が乱れ、急いでちゃんとなさる必要があるときとか、それに、イヴニング・ドレスに合うかつらをお召しになることもございましたわ」

「さよう、その頃はそれが流行でしたからな。外国旅行をするときなど、たいてい、かつらを一つ二つは持っていったものです。しかし、あの方の持ち物の中には、四つあったのですよ。わたしには四つは多すぎるような気がしたのです。なんでまた四つも必要だったのだろうと考えました。警察に問い合わせてみたところ、夫人は髪がうすくなりかけていたわけでもなく、あの年配のご婦人としては普通の量の髪だったし、状態もよかったということです。それにしてもやはり、わたしは納得いきませんでした。後で知ったのですが、一つのかつらには灰色の毛束がまじっていました。ヘア・ドレッサーが話してくれたのです。一つは細かくカールしてありました。亡くなった日に夫人が着けていたのは、このかつらなのです」

「それになにか意味があるのでしょうか？」とシリヤがたずねた。「どれをかぶっていてもかまわないと思いますけど」

「あるいはね。また、家政婦が警察に話したところによると、夫人は亡くなる二、三週間前から、ほとんどいつもこのかつらを着けていたそうです。そのかつらが気に入ってたらしいですな」

「あたし、よくわかりませんけど——」

「それにまた、ギャロウェイ警視が教えてくれた諺があります——『帽子変われど、主変わらず』とね。これで、わたしはひどく考えこみました」

「あたしにはわかりませんけど——」とシリヤはまた言った。

「それにまた、犬という証拠もありましたし——」とポアロは言った。

「犬——犬がなにかしたんですか？」

「犬が夫人に嚙みついたのですよ。あの犬は夫人によくなついていたそうです——ところが、亡くなる何週間か前は、一度ならず襲いかかって、ひどく嚙みついているのですよ」

「犬は女主人が自殺するのを知っていたというのですか？」デズモンドが眼をみはった。

「いや、もっと単純なことですよ」

「ぼくには、どうも――」

ポアロは話をつづけた――「さよう、あの犬はほかのものが知らないことを知っていたのです。自分の女主人ではないことを知っていたのです。一見、女主人のように見えました――すこしばかり眼と耳が不自由だった家政婦が見たものは、モリー・レイヴンズクロフトの服を着て、いちばん見わけのつきやすいモリー・レイヴンズクロフトのかつら――いっぱいに細かくカールしたかつらを着けていた女なのです。家政婦は、奥さまが亡くなる二、三週間前から、物腰がすこし変わっていたと話してくれただけでしたが、『帽子変われど、主変わらず』というギャロウェイの言葉から、その考えが――確信が――わたしの頭に浮かんだのです。女変われど――かつら変わらず。犬は知っていたのですよ――鼻が教えてくれたのですな。ちがう女だ、自分が愛していた女ではない大嫌いな、こわい女だ。そこでわたしは考えました、その女がモリー・レイヴンズクロフトでなかったとすれば――いったい誰だったのだろう？　ドリーとは考えられないだろうか――双生児の姉の？」

「でも、そんなこと、あるはずがありませんわ」とシリヤが言った。

「いや――ありえないことではありません。とにかく、あのお二人は双生児だったのですからね。ここで、ミセス・オリヴァのおかげでわたしが気づいたことが、どうしても問題になってくるのです。いろんな人たちが彼女に話してくれたこと、あるいは、それとなく言ったことなどです。そうした情報によると、レイヴンズクロフト夫人は、事件のすこし前、病院か療養所に入っていて、おそらく、自分が癌におかされていることを知っていた、あるいは、そう思いこんでいたそうです。しかし、医学上の形跡はありませんでした。それでもまだ、彼女としては納得しなかったかもしれませんが、事実はそうでなかったのです。そのうちに、わたしにも彼女と双生児の姉のことがぼつぼつわかってきました。世間の双生児と同様、彼女たちも心から愛しあい、することも同じ、着るものも同じ、似たようなことが身の上に起こり、同じ時に病気にかかり、結婚も同じ頃、それほど時期もちがわなかったのです。それが結局、これは多くの双生児にみられるところですが、すべて同じでなく、あべこべのことをしたくなったのです。できるだけお互いが似ないようにと。そして、この二人のあいだにすら、だんだん相手に対する反感がつのってきました。反感以上のものです。それを証明する根拠が過去にあります。まだ若い頃、アリステア・レイヴンズクロフトは、双生児の姉のほうのドロシア・プレストン＝グレイと恋におちました。しかし、彼の愛情は妹のマーガレットに移り、二人は結婚しました。となれば、当然嫉妬が燃えあがり、それが姉妹のあいだの不和をもたらしました。マーガレットは以前と変わりなく姉に深い愛情をそそいでいましたが、ドロシアのほうはそれ以来妹をけっして愛してはいなかったのです。これでわたしにはいろいろなことがわかるような気がしました。ドロシアは悲劇的な人物です。自分のせいではなく、遺伝子の、血統の、遺伝形質のいたずらで彼女はつねに精神の安定を欠いていたのです。まだ若い頃から、いまだに明らかでない、なんらかの理由で、子供が嫌いでした。ある子供が彼女の行為によって死んだと信ずべき、あらゆる理由があります。証拠は決定的ではありませんでしたが、医者としては、精神異常の治療をうけるよう勧めるためには、それで充分で、彼女は何年間か病院で治療をうけることになりました。医者から全治したと知らされると、彼女は平常の生活にもどり、しばしば妹の家に滞在したり、妹夫婦がマラヤに赴任したときには、あちらに行っています。ところが、またもや事故が起こりました。近所の子供です。こんどもまた、おそらく決定的な証拠はなかったでしょうが、これまた、ドロシアの仕業ではないかと言われました。レイヴンズクロフト将軍は彼女をイギリスに連れて帰り、また精神異常の治療をうけさせました。そのときもまた全治したように見えたので、治療をうけた後、またもや、退院して平常の生活にもどることを許されました。マーガレットはこんどこそ万事うまくいくと信じ、姉は自分たちと一緒に暮らしたほうがいいと考えました。そうすれば、また精神異常の徴候があらわれでもしないか、身近で観察していられるからです。レイヴンズクロフト将軍がそれを信じたとは思いません。将軍は、痙攣《けいれん》を起こすとか、なにか身体的欠陥を持って生まれる人があるように、ドロシアは脳に欠陥があり、それが折にふれて再発するのだ。したがって、絶えず監視していて、また悲劇が起こることを考えて、彼女自身を守ってやらねばならないと、強く確信していたと思います」

「というと、レイヴンズクロフト夫婦を殺したのはドロシアだとおっしゃるんですか？」とデズモンドが言った。

「いや、わたしの答えはちがいます。事件の真相はこうだと思います。ドロシアが妹のマーガレットを殺したのです。ある日、二人は一緒に崖の上を散歩していた。そして、ドロシアがマーガレットを崖から突き落としたのです。自分と瓜二つでいながら、正常で健康な妹に対する憎しみと恨み、その潜在的な強迫観念に耐えられなかったのです。憎悪、嫉妬、殺人の欲望、こうしたものがすべて頭をもたげ、彼女を支配したのです。あなたはご存じだったと思いますがね、マドモアゼル・ゼリー」

これを知っている人、この事件のとき、この場所にいた第三者が一人いました。

「はい」とゼリー・モーウラは言った。「知っていました。その頃、わたくしはこちらにいました。レイヴンズクロフトご夫婦はドロシアのことを心配しておられました。その頃あの方が小さなエドワードを狙っているのに気づかれたのです。エドワードは学校に送りかえされ、シリヤとわたくしはわたくしの寄宿学校に参りました。わたくしはまたこちらにもどってきたのです——シリヤが落ちつくのを見とどけてから。家には、わたくし、レイヴンズクロフト将軍、ドロシア、マーガレットと、それだけになってしまうと、もう誰も心配する必要がなくなりました。ところが、ある日、あの事件が持ちあがったのです。ご姉妹二人は一緒にお出かけになりました。そして、お帰りになったのはドロシアひとりっきりでした。とても様子が変で、いらいらしていらっしゃるようでした。家に入ると、お茶テーブルの前に腰をおろしました。そのとき、彼女の右手が血だらけなのにレイヴンズクロフト将軍がお気づきになりました。転びでもしたのかと将軍がたずねました。すると彼女は『いえ、なんでもないのよ。ほんとになんでもないのよ。バラの茂みでひっかいただけなの』と言いました。でも、この辺の丘にはバラの茂みなんかありません。あんまりばかばかしい返事なので、わたくしたちは心配になってきました。ハリエニシダの茂みと言ったのなら、こちらも真《ま》にうけたでしょうけど。レイヴンズクロフト将軍が外にお出になったので、わたくしも後を追いました。将軍は歩きながら、たえずつぶやいておられました。『マーガレットの身になにか起こったのだ。モリーになにか起こったのだ』って。モリーは崖をちょっと降りた途中の、岩の出っぱりで見つかりました。岩にたたきつけられたのです。まだ息はありましたが、ひどい出血でした。一瞬、わたくしたちはどうしていいか途方にくれました。動かしてはいけないと思いました。すぐに医者を呼ばなくてはと思ったのですが、その暇もなく、彼女はご主人にすがりついて、苦しい息の下からおっしゃったのです。『ええ、ドリーなのよ。自分のしていることがわからなかったのよ。ほんとにわからなかったのよ、アリステア。こんなことをしたからって、お姉さまを苦しめないで。自分のしたことも、そのわけもまるで知らないのよ。自分ではどうしようもなかったんだわ。自分ではとめられなかったのよ。約束して、アリステア。わたしはどうせ助からないでしょう。いいえ──いいえ、お医者を呼びに行く暇はないし、来てもらっても、お医者だってどうにもできやしないわ。わたし、ここにこうしたまま、出血で死ぬのを待っていましたの──それももうすぐですわ。わたしにはそれがわかるの、でも、約束して。お姉さまを守ってやるって約束して。警察に渡さないって約束して。わたしを殺したといって裁判にかけたり、罪人として一生刑務所暮らしなんかさせないって約束して。死体が見つからないよう、わたしをどこかへ隠してください。どうぞ後生だから、これが最後のお願いです。わたしがこの世の何よりも愛しているあなたへの最後のお願い。あなたのために、助かるものなら助かりたいんですけど、もう助かりそうもないわ。なんとなくわかるのよ。これですこしばかり言ってきたんだけど、それがせいいっぱいだったの。約束して。それに、ゼリー、あなたもわたしを愛してくれるわね。わたしにはわかるの。わたしを愛して、やさしくしてくれて、いつもよく世話をしてくれたわ。それに、子供たちのことも愛してくれたわ、だから、どんなことをしても、ドロシアを守ってやってちょうだい。あの気の毒なドリーを。お願い、お願い。おたがいに愛しあってきたその愛にかけても、ドリーは助けてやらなくては』」

「それから」とポアロが言った。「あなた方はどうなさったのですか？　お二人のあいだで、なんとかしなければ――」

「そうなのです。モリーは助かりませんでした。最後の言葉を言いおわると、十分もしないで息をひきとりました。それで、わたくしは将軍のお手伝いをしました。モリーの死体を隠すお手伝いをしたのです。そこは崖沿いにちょっと行った場所でした。そこまで死体を運びましたが、そこには岩や丸石や小石がありましたので、できるだけうまく隠しました。道らしい道もないところなのです。よじのぼりでもしなければ行けないところなのです。そこにモリーを隠しました。アリステアは何度も何度も同じことを口にしていました――『わたしは約束したのだ。約束は守らなくてはならない。どうすればいいのだ、どうすればドリーを助けることができるのだ。わたしにはわからん。だが――

——』ええ、わたくしたちは約束を守ったのです。ドリーは家にいました。て、ひどくおびえていて、恐ろしさのあまり自暴自棄になり——でも、それと同時に、ぞっとするような満足感を見せていました。彼女はこんなことを言ったのですよ。『わたしには前からわかっていたのよ。ずっと前から、モリーがほんとの悪魔だってわかっていたわ。あの人はわたしからあなたを取ったのよ、アリステア。わたしのものだったあなたを——それなのにあなたを取りあげて、むりに結婚させたのよ。だから、わたし、いつかかならず仕返ししてやろうって、前から考えていたの。わかっていたのよ、前から。でも、こわい。どんなことになるんでしょう——なんて言われるんでしょう？　また監禁されるのはごめんよ、いや、いや。そんなことになったら気が狂うわ。まさか、あなた方、わたしを監禁させるんじゃないでしょうね。警察がわたしを連れていって、おまえは人殺しをしたのだと言うでしょうね。あれは人殺しじゃない。ただそうしなきゃいられなかっただけ。わたし、どうにもしようがないときがあるの。血を見たかったのよ。でも、モリーが死ぬのを見るまで待っていられなかったの。逃げだしたわ。でも、死ぬのはわかっていた。ただあなた方が見つけなければいいがと思っていたわ。モリーは崖から落っこったのよ。誰だって事故だって言うにきまっているわ』

「恐ろしい話だ」とデズモンドが言った。

「ええ」とシリヤは言った。「恐ろしい話ね。でも知らないよりましだわ、ね、そうじゃないかしら？　ドリーに対しては、かわいそうという気持ちにもならないわ。母のためによ。やさしい人だったわ。腹黒いところなんか毛ほどもない人だった——いつも善意にあふれていて——あたしにはわかってるわ、父がなぜドリーと結婚しなかったか、よく理解できるわ。父が母と結婚しようとしたのは、母を愛していたこともあるけど、もうその頃には、ドリーにどこかおかしなところがあることに気づいていたからよ。なにかいけないところ、まっとうでないところが。でも、どんな——あなた方、どんな方法をつかったの？」

「ずいぶん嘘をつきましたわ」とゼリーは言った。「死骸が見つからなければいいが、とそればかり願っておりました。そうすれば、後になって夜のうちにどこか、海に落ちたと見えそうな場所に移せますから。でも、そのうちに夢遊病という話を思いつきました。方法はごく簡単でした。アリステアが言いました。『それじゃひどいよ。だが、わたしは約束したのだ——臨終のモリーに誓ったのだ。願いどおりにしてやると誓ったのだ——一つ方法がある、ドリーを救えそうな方法が一つある、ドリーさえ自分の役割が果たせさえすれば。ただ、ドリーにそんなことができるかどうか』そこで、わたくしはたずねました。『どんなことをするんですか？』するとアリステアが言いました。『ドリーをモリーに仕立てるのだ、そして、眠ったまま歩いていて、崖から落ちて死んだのはドロシアということにするのだ』って。

わたくしたちはなんとかそのお芝居をやりとげました。空家の別荘があるのを知っていましたので、そこでわたくしがドリーといっしょに何日間か過ごしました。モリーは姉が夜のあいだに夢遊病で歩いていて、崖から落ちたことを知ってひどいショックを受けたので、病院に入院させたとアリステアは人には言っていました。やがて、わたくしたちはドリーを連れかえりました――モリーということにして――モリーの服を着せ、モリーのかつらをかぶらせて。余分のかつらはわたくしがあつらえたのです――カールのついたかつらで、あれを着けると面《おも》変わりがするほどでした。家政婦のジャネットはあまり眼がよくないのです。実際ドリーとモリーはまったくよく似ていて、声まで似ているんですよ。みんながモリーだとなんなく信じてくれ、ときどき変な振る舞いをするのは、まだショックから立ちなおっていないせいだと思ったようでした。すべてがごく自然に見えたのです。そこが綱渡りみたいな気がして」

「でも、よくドリーにそんなことができたものですわね」とシリヤが言った。「きっとなみたいていのむずかしさじゃなかったでしょう」

「いいえ――ちっともむずかしくはなかったのです――だって、望みのものを手に入れたんですもの――昔から欲しかったものを。アリステアを自分のものにしたんですから――」

「それにしても、父は――どうしてそんなことに耐えられたんでしょう？」

「そのわけなら話してくださいましたわ――わたくしがスイスに帰る手はずをととのえてくださった日に。今後のわたくしの行動を説明し、それから自分の意向をお話しくださったのです。

『わたしには、やるべきことは一つしか残されていない。わたしはマーガレットに約束したのだ、ドリーを警察に渡しはしない、ドリーが殺人者であることを絶対に隠しとおす、子供たちには伯母さんが人殺しであることは、どんなことがあっても知らせない、と。ドリーが殺人を犯したことは、誰も知る必要のないことだよ。ドリーは夢の中で歩いていて崖から落ちたのだ――悲しい事故だった。そして、その土地の教会に、自分の名で埋葬されるのだよ』

『そんなことが、あなたにおできになるものですか？』とわたくしは言いました――わたくし、もう耐えられなかったのです。

『それはこれからのやり方次第だよ――そのことを、きみにぜひ知っておいてもらいたいのだ。

いいかね。ドリーはこれ以上生きていてはいけないのだよ。子供たちの近くにいると、ドリーはもっと多くの命を奪うだろう――気の毒な人だ、生きていくに適していないんだな。だが、わかってもらいたい、ゼリー、これからの行動のために、わたしは自分の命という代価まで払わなければならないのだ――わたしは妻の役割をしているドリーと、もう二、三週間、ここで静かに暮らす――それから、また一つの悲劇が起こることになるだろう――』

将軍のおっしゃる意味が、わたくしにはわかりませんでした――『また一つの事故ですか？　また夢遊病ですか？』とわたくしはおききしました。すると将軍は言いました。『いや、そうじゃない――世間には、わたしとモリーが自殺したということにするのだ――理由は永久にわからずに終ることだろう。モリーが癌だと信じこんでいたからだろうとか――あるいは、わたしがそう思っていたとか――いろんなことが取沙汰されるかもしれないがね。だが――きみはわたしに力を貸してくれ、ゼリー。きみはほんとにわたしを愛し、モリーを愛し、子供たちを愛してくれた、ただひとりの人だ。ドリーは死ぬ以外にないとしたら、それに手を貸すのは、わたしをおいてほかにはないのだ。ドリーは不幸でもなく、こわがることもないだろう。彼女を撃ってから、わたしも後を追う。ドリーはつい先日、ドリーはピストルに触ったから、指紋が残っているだろうし、わたしの指紋もついているだろう。正義が行なわれなければならないなら、わたしがその執行者をつとめるほかにないのだ。きみに知っておいてもらいたいのは、わたしがあの二人を愛していた——いや、いまでも愛しているということだよ。モリーはわたしの命以上のものだ。ドリーは、持って生まれたものが、哀れで仕方がなかったからだ。それだけは、いつまでも忘れないでくれ——』」

ゼリーは立ちあがって、シリヤのほうへ行った。「さあ、これで真実がおわかりになりましたわね。あなたには絶対に知らせないと、お父さまに約束しましたけど——とうとうその約束を破ってしまいましたわ。あなたにも、ほかの誰にも打ち明けるつもりはなかったのです。ところが、ムシュー・ポアロに言われて、気持ちが変わったのです。でも、ほんとに恐ろしい話で——」

「あなたの気持ちはわかりますわ」とシリヤが言った。「あなたの立場からすれば、あなたがなさったことは正しかったんですけど、でも、あたしは——あたしはわかってほっとしているのです。これで大きな肩の荷がおりたみたいな気持ちですし——」

「それに、これでぼくたち二人とも真実を知ったわけですからね」とデズモンドが言った。「そんなこと知ったからって、ぼくたち、気にはしませんよ。たしかにそれは悲劇でした。ムシュー・ポアロが言われたように、お互いに愛しあっていた二人の人間の、ほんとの悲劇でした。でも、二人は殺しあったわけじゃない、どれだけ愛しあっていたからといっても。一人は殺され、一人は殺人者を処刑した、これ以上子供たちに危険がおよばないよう、人道のためにです。たとえ将軍の行為がまちがっていたにしても、許すことができますが、ほんとにまちがっていたとは、ぼくは思いませんね」

「ドリーは昔からこわい人でしたわ」とシリヤは言った。「子供の頃、あたし、ドリーがこわくて仕方がなかったんですけど、そのわけがわからなかったんです。でも、これでわかりましたわ。考えてみると、そんなことをするなんて、父は勇気のある人だったんですね。母が頼んだこと、苦しい息の下から頼んだことをやりとげたんですものね。母が心から愛していた姉を、守りぬいたのですわ。あたし、こう考えたいんです――え え、こんなことを言うのは、自分でも子供っぽいような気がするんですけど――」彼女は自信なげにエルキュール・ポアロを見た。「たぶん、あなたはそうはお考えにならないでしょう。カソリックでしょうから。でも、あのお墓に書いてある言葉なんです。『死によっても彼らは離れざりき』これはあの人たちが一緒に死んだという意味ではなく、いまでも一緒にいるのだと、あたし、思いますの。死んでから、はじめて一緒になったんですわ。心から愛しあっていた二人と、気の毒な伯母との三人が。あたし、これからは伯母のことを、昔よりあたたかい気持ちで考えるようになりますわ——伯母は、たぶん、自分ではどうしようもなくてあんなことをしたんでしょうから、そのために罪をつぐなわされる必要もなかったんですわ。でもね」とシリヤは、とつぜんふだんの口調になって言った。「伯母はいい人ではありませんでしたわ。いい人でなくちゃ、どうしたって好きにはなれませんもの。伯母だってその気になれば、ちがったふうになれたかもしれないけど、たぶん、なれなかったでしょうね。もしそうだったら、重病にかかっている人と考えるより仕方がありません——たとえば、村に住んでいて、ペストにかかった人のようなものですわ。村の人はその人を外出もさせないし、食べものも与えない、人中に出ることも許さない、だってそんなことをしたら、村は全滅ですもの。それに似たことですわ。でも、あたし、これからは伯母を気の毒だったと思うように努めます。それから父と母のことは——あたし、もう心を苦しめてはいません。あんなに愛しあっていたのだし、哀れで、不幸で、悪意しかなかったドリーを愛していたのですから」

「ぼくはね、シリヤ」とデズモンドが言った。「こうなったら、ぼくたち、できるだけ早く結婚したほうがいいと思うんだ。一つだけ言っておくことがある。さっきの話は、母の耳には入れないことにしよう。ほんとの母ではないんだし、こんな秘密を守れるような人じゃないからね」

「きみの義母はね、デズモンド」とポアロが言った。「これは確かな根拠があって言うのだが、彼女はなんとかしてきみとシリヤとのあいだに入りこみ、シリヤは両親から恐ろしい性格を受け継いでいるという考えを、きみに吹きこもうとしたのだよ。だが、きみも知っているように、いや、知らないかもしれないが、ここで話していけない理由もないようだから教えるが、きみはほんとの母上で、さきごろ亡くなった婦人から遺産をもらうことになっているのだよ——きみが二十五歳になったら、莫大な財産を相続するのだよ」

「シリヤと結婚したら、もちろん暮らしていくお金は必要です」とデズモンドは言った。「よくわかっています。現在の養母はお金につましい人でね、いまでもぼくのほうから貸すことがよくあるんですよ。先日も弁護士に会えとすすめるんですが、そのわけというのが、二十一を過ぎたのだから、遺言状をつくっておかなければいけないと言うのです。どうやら、その財産が目当てだったようですね。ぼくは財産の大部分は母に残そうと、前から思っていたのです。でも、シリヤと結婚することになれば、もちろん、シリヤに残しますよ——それに、ぼくがシリヤに嫌気がさすように仕向ける、母のやり方が気にくわないんですよ」

「きみの懸念はまちがっていないようだな」とポアロは言った。「おそらく、なにもかもよかれと思ってしていることだ、シリヤの血統も、もし危険があるものなら、そのことをきみも知っておくべきだ、とこんなふうに自分に向かって言いきかせているのだろう、しかし——」

「わかっています。でも——ぼくが辛くあたっていたことは認めますよ。ともかく、ぼくを養子にして、ここまで育てたり、そのほかいろいろと面倒をみてくれたんですから、それだけの財産があれば、母に譲ってもかまわないんです。シリヤとぼくは、その残りで幸福にやっていきますよ。いずれにせよ、ときどきはおもしろくなく思うような事情がありますが、ぼくたちはもうくよくよしたりはしません、そうだろう、シリヤ？」

「そうよ、二度とくよくよはいたしません。父と母は立派な人だったと思いますわ。母は生涯、伯母の面倒を見ようと心がけたのですけど、どうやら実を結ばなかったようですわね。人間の本性は誰だって変えることはできませんものね」

「ああ、かわいい子供たち」とゼリーが言った。「子供たちなんて呼んでごめんなさい。お二人とも、もうりっぱな大人ですもの。そりゃわかっています。こうしてまたお目にかかれて、しかも自分の行為で、どなたも傷つけずにすんだとわかって、ほんとにうれしゅうございますわ」

「あなたは誰も傷つけなかったのよ、それに、あなたに会えてよかったわ、ゼリー」シリヤはそばに行って、ゼリーを抱きしめた。

「あたし、昔からあなたが大好きだったのよ」

「ぼくだって、知りあったときから、あなたが大好きだったんですよ」とデズモンドが言った。

「ほら、隣に住んでた頃ですよ。おもしろいゲームをたくさん知っていて、よくぼくたちと遊んでくれましたね」

若い二人は振りかえった。

「ありがとうございました、ミセス・オリヴァ」とデズモンドが言った。「ほんとに親切にしていただきました。それに、ずいぶん活躍していただいて。ぼく、知ってるんですよ。ありがとうございました、ムシュー・ポアロ」

「ほんとにありがとうございました」とシリヤも言った。「なんとお礼を申しあげてよいやら」

二人は立ち去った。ほかのものは彼らを見送った。

「それでは」とゼリーが言った。「もうおいとまいたしますわ」それからポアロに向かって言った。「あなたはどうなさるんですか？　このことを報告しなければならない方があありですか？」

「一人だけ、ことによったら内密に打ち明ける人がいます。隠退した警察畑の人です。いまではもう警察では働いていません。完全に隠退しているのです。時が拭い去った事件に、いまさら干渉するのは自分のつとめだとは思いますまい。これがまだ現職にいるのなら、話はべつですがね」

「恐ろしい話ですわ」とミセス・オリヴァが言った。「ほんとに恐ろしい。それに、わたしに話をしてくれた人たちはみんな――ええ、いまになってわかりましたけど、みんな何かしら覚えていたんですね。わたしたちに真相を教えてくれる何かしらを。もっとも、それをまとめあげるのはたいへんでしたけど。ムシュー・ポアロはべつですよ。なにしろ、いつでもまるで途方もないものを一つにまとめるんですから。かつらだとか、双生児だとか」

ポアロはあたりの風景を眺めているゼリーのほうへ歩いていった。

「わたしのことを責めてはいないでしょうな。お宅に押しかけていって、こんなことをするようにと無理にお願いしたりして」

「いいえ。かえってよかったと思っております。あなたのおっしゃるとおりでしたわ。あの二人はとてもすばらしいし、よくお似合いだと思います。きっとおしあわせになりますわ。いまわたくしたちが立っているところは、昔、愛しあっていた二人が住んでいたところなのです。そして、愛しあっていた二人が亡くなったところですけど、わたくし、あんなことをなさった将軍を責めはいたしません。あるいはまちがったことかもしれません。いえ、まちがっていると思いますけど、わたくし、あの方を責める気になれません。たとえ、それがまちがったことだったにせよ、勇気のある行為だと思いますわ」

「あなたも将軍を愛しておられたのですね?」

「ええ。昔から。こちらへ来てすぐからですわ。心からお慕いしておりました。将軍はご存じなかったと思いますわ。わたくしたちのあいだには、なんにもなかったんですから。将軍はわたくしを信頼し、好意を持ってくださいました。わたくし、あの方たちお二人とも愛していましたわ。将軍もマーガレットも」

「おたずねしたいことがあるのですが。将軍はモリーと同じように、ドリーも愛しておられたのですね?」

「最後までそうでしたわ。ご姉妹を二人とも愛していらっしゃいました。だからこそ、すすんでドリーを救おうとなさったのです。モリーが頼んだのも、そのためですわ。ご姉妹のどちらを深く愛していらしたか? どうでしょう。たぶん、絶対にわからないでしょう。いままでだってわかりませんでした――おそらく、いつまでたってもわかりはしないでしょう」

ポアロはしばらくゼリーを見ていたが、やがて、ミセス・オリヴァのところへ行った。

「ロンドンまで車で行くことにしましょう。ふだんの生活にもどるのですよ、悲劇とか恋愛とかは忘れてね」

「象は忘れない」とミセス・オリヴァは言った。「でも、わたしたちは人間ですからね、ありがたいことに、人間は忘れることができるんですよ」

アガサを忘れない——クリスティーとポアロの到達点

作家
芦辺　拓

一九七五年の正月のこと、当時七十二歳だった横溝正史氏は、ひそかにこう誓ったとある対談で語っておられます——「田中《でんちゅう》さんには及びもないが、せめてなりたやクリスティー」と。

田中さんとは木彫家の平櫛《ひらぐし》田中翁（一八七二—一九七九）のことで、齢百歳を迎えて、作品の素材となるケヤキやクスを向こう三十年分も買い込んだエピソードが残っています。そのころ、探偵作家として再評価されるというよりは、若い読者層によって全く新たな脚光を浴びつつあった横溝氏は、それに刺激されてわき起こった執筆意欲を二人の創作家《アーチスト》、とりわけアガサ・クリスティー女史に託したのでしょう。

その年、名探偵エルキュール・ポアロ最後の事件ということでセンセーションを呼ぶことになる『カーテン』を発表した同女史は、翌七六年一月に八十五歳で亡くなりますが、横溝氏は七七年に〝金田一耕助最後の事件〟と銘打った『病院坂の首縊りの家』を完成（刊行は翌年）、なおも長短篇の筆を執り続けるなど八一年に七十九歳で亡くなるまで、その作家的情熱は衰えることはありませんでした。そんな氏の念頭に、自分より十一歳年長でありながら、毎年のように新作を発表していたクリスティーの姿があったことは明らかです。

本書『象は忘れない』は、彼女の何と六十三番目の長篇で、三年後に発表された『カーテン』が以前から書きためられていたことを考えると、実質的にポアロものの最終作に当たります。つまり、この作品は作家クリスティーとあの名探偵の一つの到達点を示したものといっていいのです。

ざっと振り返っておくと、一九二〇年、第一作にして巧緻さと狡智を兼ね備えた『スタイルズ荘の怪事件』に始まって、事件の構成要素を複雑に、そして意地悪に構成した『ゴルフ場殺人事件』『青列車の秘密』を書き、『邪悪の家』『エッジウェア卿の死』でシンプルに読者の盲点をつき、小説作りの巧さを見せたかと思えば、まさに歴史に残る一発トリックともいうべき大花火（それだけに、ネタバレ被害にあうことも甚だしかったのですが）『アクロイド殺し』『オリエント急行の殺人』を打ち上げ、強烈なインパクトを与えました。さらに、登場人物をゲームの駒と見ることに徹した『三幕の殺人』『ＡＢＣ殺人事件』、登場人物自身が探偵小説であることを過剰に意識しているような『雲をつかむ死』『ひらいたトランプ』を書き、そこからマニアックな袋小路に突っ込んで行くかと思いきや、『ナイルに死す』『白昼の悪魔』のように観光やリゾートを背景に盛り込んでの大作を書き、『愛国殺人』また『ゼロ時間へ』のような野心作を経て、やがて第二次大戦後終結を迎えます。

それらで活躍するのは、ポアロとミス・マープルを筆頭に、トミー＆タペンス、クィン氏、パーカー・パイン、バトル警視といったキャラクターであり、その一方で、クローズド・サークルものの最初にして最高をきわめた『そして誰もいなくなった』や、観るものを茫然とさせずにはおかない戯曲『検察側の証人』など、名探偵不在でありながら強烈な印象を残す傑作をものしてゆくなど、さまざまな実験をくり返し、うねりのように作風を変容させながら書き続けてきたのがアガサ・クリスティーという作家なのです。

戦後の彼女は、ハヤカワ・ポケットミステリへの収録第一号となったノンシリーズ長篇『忘られぬ死』には、独創的なトリックと「ああ、あのときに！」と衝撃を与える犯人指摘を盛り込み、『満潮に乗って』ではおなじみの遺産争いに戦争による人の心の移ろいを加えて、ある種アモラルな形で幕を引き、たった一つの欺瞞がここまで事件の全体像を見誤らせるかと驚嘆させる『葬儀を終えて』、発端から異様な緊張と悲愴さに包まれた『無実はさいなむ』、何の悪意もないふるまいが悲劇を呼ぶ『鏡は横にひび割れて』と、戦前同様に挙げだせばきりがない健筆ぶりを示し、やがて行き着いたのが、この『象は忘れない』だったというわけなのです。

ある会で、推理作家のアリアドニ・オリヴァが初対面の女性から頼まれたのは「自分の息子が、あなたが名付け親となったシリヤという娘と結婚しようとしているが、彼女の両親は不審な死を遂げている。その真相を知りたい」というものでした。その事件はもとより、シリヤのことさえ記憶に遠くなっていたオリヴァは、旧知のポアロ探偵に相談するかたわら、十何年前に未解決に終わった事件を掘り返すべく「象」たち——当時のことを記憶している人々を訪ね歩いてゆくことになります。

ポアロ自身が連想しているように『五匹の子豚』系統の、過去の悲劇を証言によってよみがえらせてゆくクリスティーお得意の構成ですが、この作品を読み始めてハッと胸をつかれたのは、アリアドニ・オリヴァが秘書に住所録を探させるくだりで飛び交う年号の新しさでした。「去年のがありましたわ（中略）一九七一年のです」というセリフからすると、物語の舞台は発表と同じ一九七二年ということになります。実際、私はこれのポケミス版を新作として書店で見かけたのでした。

今から見れば十分に過去ですが、クリスティーを戦前の本格ミステリ黄金時代の作家と見、みなさんご存じのデヴィッド・スーシェ主演のTVシリーズも一九三〇年代のイメージで統一されていることからしても、これ自体「こんなに新しい作品だったか」と一種の感慨を覚えさせるものでした。実際、日本にしてもイギリスにしても、こうした古典的探偵小説は地を払っていましたし、いわばクリスティーが孤軍奮闘の形で（ベストセラー作家として膨大な読者に支えられていたとはいえ）このジャンルを書き続けてくれたといえるのです。前出の横溝氏もこのあたりに感銘していたのでしょう。

『象は忘れない』においては、過激なケレンや読者への不意打ち、ただならぬ雰囲気、あるいは戦後の作品に見られる人心や風俗、街の変容への鋭い指摘——といった要素はむしろ一歩脇に退き、尋問によって事件の証言を集めるというよりは、くつろいだ日常のおしゃべりと懐旧談の中に物語が進められてゆきます。しかし、そこには静かに高まってゆく不安や恐怖があり、やはり女史ならではのトリッキーな真相が明らかにされて、物語はポアロとアリアドニの対話によって結ばれるのです。

「……ふだんの生活にもどるのですよ、悲劇とか恋愛とかは忘れてね」／「象は忘れない。……でも、わたしたちは人間ですからね。ありがたいことに、人間は忘れることができるんですよ」

ここに、作品目録上とはまた別の、作家とその分身たちの一つの到達点を感じるのは私だけでしょうか。ともあれ、本書を出発点としてクリスティーとその作品世界に分け入っていかれるのもまた一興かと思います。それはおそらく読者《あなた》の中で彼女《アガサ》の名を忘れられないものとするとともに、当分の間は尽きせぬ（何しろ今回の〈クリスティー文庫〉では短篇、戯曲、恋愛小説、自伝なども含めた全著作が百巻にまとめられるというのですから！）楽しみを与えてくれることでしょう。

灰色の脳細胞と異名をとる

〈名探偵ポアロ〉シリーズ

本名エルキュール・ポアロ。イギリスの私立探偵。元ベルギー警察の捜査員。卵形の顔とぴんとたった口髭が特徴の小柄なベルギー人で、「灰色の脳細胞」を駆使し、難事件に挑む。『スタイルズ荘の怪事件』（一九二〇）に初登場し、友人のヘイスティングズ大尉とともに事件を追う。フェアかアンフェアかとミステリ・ファンのあいだで議論が巻き起こった『アクロイド殺し』（一九二六）、イニシャルのＡＢＣ順に殺人事件が起きる奇怪なストーリーが話題をよんだ『ＡＢＣ殺人事件』（一九三六）、閉ざされた船上での殺人事件を巧みに描いた『ナイルに死す』（一九三七）など多くの作品で活躍し、最後の登場になる『カーテン』（一九七五）まで活躍した。イギリスだけでなく、イラク、フランス、イタリアなど各地で起きた事件にも挑んだ。

映像化作品では、アルバート・フィニー（映画《オリエント急行殺人事件》）、ピーター・ユスチノフ（映画《ナイル殺人事件》）、デビッド・スーシェ（ＴＶシリーズ）らがポアロを演じ、人気を博している。

好奇心旺盛な老婦人探偵

〈ミス・マープル〉シリーズ

本名ジェーン・マープル。イギリスの素人探偵。ロンドンから一時間ほどのところにあるセント・メアリ・ミードという村に住んでいる、色白で上品な雰囲気を漂わせる編み物好きの老婦人。村の人々を観察するのが好きで、そのうちに直感力と観察力が発達してしまい、警察も手をやくような難事件を解決するまでになった。新聞の情報に目をくばり、村のゴシップに聞き耳をたて、それらを総合して事件の謎を解いてゆく。家にいながら、あるいは椅子に座りながらゆったりと推理を繰り広げることが多いが、敵に襲われるのもいとわず、みずから危険に飛び込んでいく行動的な面ももつ。

長篇初登場は『牧師館の殺人』（一九三〇）。「殺人をお知らせ申し上げます」という衝撃的な文章が新聞にのり、ミス・マープルがその謎に挑む『予告殺人』（一九五〇）や、その他にも、連作短篇形式をとりミステリ・ファンに高い評価を得ている『火曜クラブ』（一九三二）、『カリブ海の秘密』（一九六四）とその続篇『復讐の女神』（一九七一）などに登場し、最終作『スリーピング・マーダー』（一九七六）まで、息長く活躍した。

35 牧師館の殺人
36 書斎の死体
37 動く指
38 予告殺人
39 魔術の殺人
40 ポケットにライ麦を
41 パディントン発4時50分
42 鏡は横にひび割れて
43 カリブ海の秘密
44 バートラム・ホテルにて
45 復讐の女神
46 スリーピング・マーダー

バラエティに富んだ作品の数々

〈ノン・シリーズ〉

名探偵ポアロもミス・マープルも登場しない作品の中で、最も広く知られているのが『そして誰もいなくなった』（一九三九）である。マザーグースになぞらえて殺人事件が次々と起きるこの作品は、不可能状況やサスペンス性など、クリスティーの本格ミステリ作品の中でも特に評価が高い。日本人の本格ミステリ作家にも多大な影響を与え、多くの読者に支持されてきた。

その他、紀元前二〇〇〇年のエジプトで起きた殺人事件を描いた『死が最後にやってくる』（一九四四）、『チムニーズ館の秘密』（一九二五）に出てきたロンドン警視庁のバトル警視が主役級で活躍する『ゼロ時間へ』（一九四四）、オカルティズムに満ちた『蒼ざめた馬』（一九六一）、スパイ・スリラーの『フランクフルトへの乗客』（一九七〇）や『バグダッドの秘密』（一九五一）などのノン・シリーズがある。

また、メアリ・ウェストマコット名義で『春にして君を離れ』（一九四四）をはじめとする恋愛小説を執筆したことでも知られるが、クリスティー自身は四半世紀近くも関係者に自分が著者であることをもらさないよう箝口令をしいてきた。これは、「アガサ・クリスティー」の名で本を出した場合、ミステリと勘違いして買った読者が失望するのではと配慮したものであったが、多くの読者からは好評を博している。

72 茶色の服の男
73 チムニーズ館の秘密
74 七つの時計
75 愛の旋律
76 シタフォードの秘密
77 未完の肖像
78 なぜ、エヴァンズに頼まなかったのか？
79 殺人は容易だ
80 そして誰もいなくなった
81 春にして君を離れ
82 ゼロ時間へ
83 死が最後にやってくる
84 忘られぬ死
86 暗い抱擁
87 ねじれた家
88 バグダッドの秘密
89 娘は娘
90 死への旅
91 愛の重さ
92 無実はさいなむ
93 蒼ざめた馬
94 ベツレヘムの星
95 終りなき夜に生れつく
96 フランクフルトへの乗客

冒険心あふれるおしどり探偵

〈トミー＆タペンス〉

本名トミー・ベレズフォードとタペンス・カウリイ。『秘密機関』（一九二二）で初登場。心優しい復員軍人のトミーと、牧師の娘で病室メイドだったタペンスのふたりは、もともと幼なじみだった。長らく会っていなかったが、第一次世界大戦後、ふたりはロンドンの地下鉄で偶然にもロマンチックな再会をはたす。お金に困っていたので、まもなく「青年冒険家商会」を結成した。この後、結婚したふたりはおしどり夫婦の「ベレズフォード夫妻」となり、共同で探偵社を経営。事務所の受付係アルバートとともに事務所を運営している。トミーとタペンスは素人探偵ではあるが、その探偵術は、数々の探偵小説を読破しているので、事件が起こるとそれら名探偵の探偵術を拝借して謎を解くというユニークなものであった。

『秘密機関』の時はふたりの年齢を合わせても四十五歳にもならなかったが、

最終作の『運命の裏木戸』（一九七三）ではともに七十五歳になっていた。青春時代から老年時代までの長い人生が描かれたキャラクターで、クリスティー自身も、三十一歳から八十三歳までのあいだでシリーズを書き上げている。ふたりの活躍は長篇以外にも連作短篇『おしどり探偵』（一九二九）で楽しむことができる。

ふたりを主人公にした作品が長らく書かれなかった時期には、世界各国の読者からクリスティーに「その後、トミーとタペンスはどうしました？　いまはなにをやってます？」と、執筆の要望が多く届いたという逸話も有名。

訳者略歴　1903年生，英米文学翻訳家
訳書『死者との結婚』アイリッシュ
（早川書房刊）他多数

Agatha Christie

象《ぞう》は忘《わす》れない

〈クリスティー文庫 32〉

二〇〇三年十二月十五日　発行
二〇二五年　五　月十五日　九刷
（定価はカバーに表示してあります）

著者　アガサ・クリスティー
訳者　中《なか》村《むら》能《よし》三《み》
発行者　早川浩
発行所　株式会社 早川書房

東京都千代田区神田多町二ノ二
郵便番号　一〇一‐〇〇四六
電話　〇三‐三二五二‐三一一一
振替　〇〇一六〇‐三‐四七七九九
https://www.hayakawa-online.co.jp

乱丁・落丁本は小社制作部宛お送り下さい。
送料小社負担にてお取りかえいたします。

印刷・三松堂株式会社　製本・株式会社明光社
Printed and bound in Japan
ISBN978-4-15-130032-5 C0197

本書は活字が大きく読みやすい〈トールサイズ〉です。